로봇 소년, 날다

Ungifted by Gordon Korman

Copyright ⓒ 2012 by Gordon Korman
All rights reserved.

This Korean edition was published by Mirae Media and Books, Co. in 2013
by arrangement with Gordon Korman c/o Curtis Brown Ltd., New York, NY
through KCC(Korea Copyright Center Inc.), Seoul.

이 책은 (주)한국저작권센터(KCC)를 통한 저작권자와의 독점계약으로 도서출판 미래M&B에서 출간
되었습니다. 저작권법에 의해 한국 내에서 보호를 받는 저작물이므로 무단전재와 복제를 금합니다.

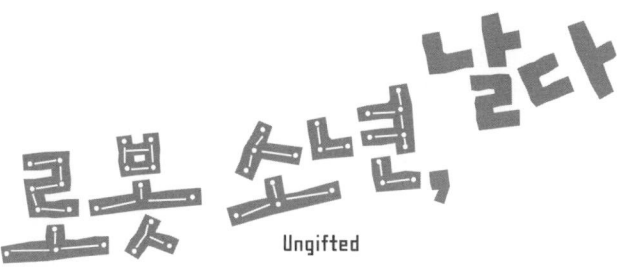
로봇 소년, 날다
Ungifted

고든 코먼 지음 ◎ 정현정 옮김

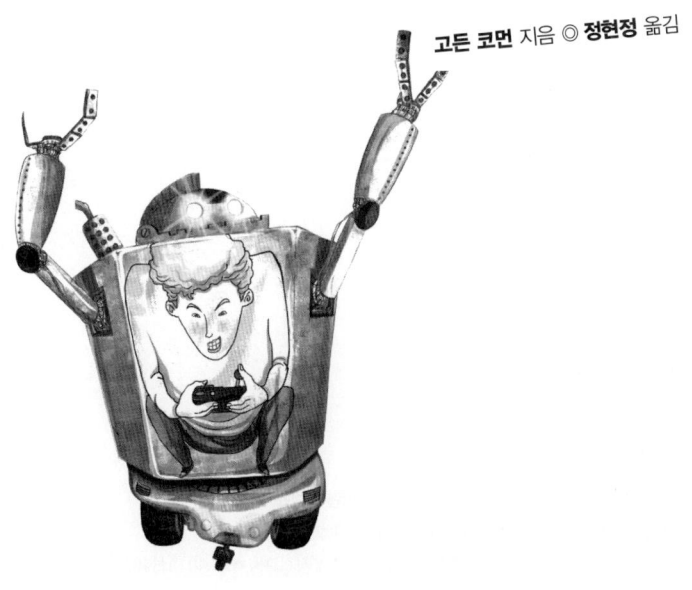

미래인

로봇 소년, 날다

1판 1쇄 발행 2013년 10월 15일
1판 8쇄 발행 2021년 3월 30일

지은이 고든 코먼 **옮긴이** 정현정 **펴낸이** 박혜숙 **펴낸곳** 미래M&B
책임편집 황인석 **디자인** 서정민 **영업관리** 장동환, 김하연
등록 1993년 1월 8일(제10-772호) **주소** 마포구 동교로 134(서교동 464-41) 미진빌딩 2층
전화 02-562-1800(대표) **팩스** 02-562-1885(대표)
전자우편 mirae@miraemnb.com **홈페이지** www.miraeinbooks.com

ISBN 978-89-8394-755-0 03840

* 잘못 만들어진 책은 바꾸어 드립니다.
* 미래인은 미래M&B가 만든 단행본 브랜드입니다.

"모든 게 영재의 기준에 맞춰져야 할 필요는 없다."

—클로이 가핑클

차례

1장   도노반 커티스 IQ 112   9

2장   슐츠 교육감 IQ 127   18

3장   도노반 커티스 IQ 112   23

4장   클로이 가핑클 IQ 159   36

5장   도노반 커티스 IQ 112   49

6장   오즈본 선생님 IQ 132   63

7장   도노반 커티스 IQ 112   77

8장   클로이 가핑클 IQ 159   91

9장   노아 유킬리스 IQ 206   98

10장   도노반 커티스 IQ 112   107

11장   슐츠 교육감 IQ 127   114

12장   클로이 가핑클 IQ 159   117

13장   도노반 커티스 IQ 112   126

14장   노아 유킬리스 IQ 206   141

15장   도노반 커티스 IQ 112   151

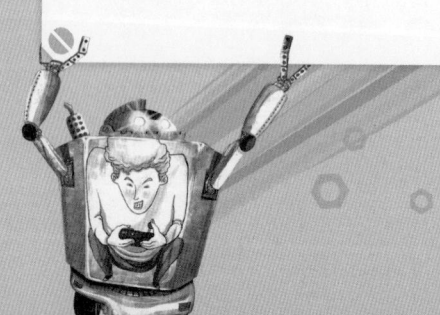

16장 베벨라쿠아 선생님 IQ 140 164

17장 부정행위 조사 도노반 커티스와의 면담 171

18장 케이티 패터슨 IQ 107 173

19장 슐츠 교육감 IQ 127 183

20장 부정행위 조사 클로이 가핑클과의 면담 186

21장 도노반 커티스 IQ 112 188

22장 부정행위 조사 애비게일 리와의 면담 201

23장 클로이 가핑클 IQ 159 203

24장 부정행위 조사 노아 유킬리스와의 면담 211

25장 도노반 커티스 IQ 112 213

26장 오즈본 선생님 IQ 132 222

27장 도노반 커티스 IQ 112 228

28장 클로이 가핑클 IQ 159 235

29장 애비게일 리 IQ 171 243

30장 노아 유킬리스 IQ 206 246

31장 도노반 커티스 IQ 112 252

1장
도노반 커티스
IQ 112

족보닷컴에서 환불을 받고 싶다.

그 사이트에서 난 미국독립혁명부터의 우리 집 가계도(家系圖)를 쭉 추적해봤다. 하지만 족보를 아무리 뒤져봐도 우리 커티스 가문에 나와 비슷한 사람은 없었다. 반역죄로 교수형을 당한 수다쟁이라든가, 창고에 처박힌 채 사람들이 던지는 썩은 야채를 온몸으로 맞아야 했던 어릿광대 따윈 보이지 않았다. 가장 비슷한 사람을 굳이 고르자면 남북전쟁에서 어떤 전투를 일으켰다는 한 남자를 들 수 있는데, 묘비명에는 남군(南軍)이 섬터 요새(1861년 4월 12일, 남군이 이 요새를 포격함으로써 남북전쟁의 서막이 올랐다:옮긴이)에 발포하며 도발했기 때문에 전투를 일으킬 수밖에 없었다고 적혀 있었다. 내가 보기엔 그저 구실 좋은 변명 같지만.

하여튼 난 그런 유의 인간이다. 내 주위에 무슨 전투나 난리가 벌어진다면, 그중 대부분은 내가 일으킨 것이다. 남군과 같은 다른 누군가에게 도발을 당해서 그러는 게 아니다. 그저 내 행동의 결과가 어떻게 될지 궁금해서 그런다. 이런 나를 보고 "무모하다"고 엄마는 늘 말한다. 학교 심리상담선생님은 "충동 억제력이 낮다"고 했다. 아빠는 "그러다 언젠가는 크게 혼쭐이 날 거다"라고 했다.

아빠 말이 맞다. 엄마, 상담선생님의 말도 모두 다 맞다. 하지만 내 앞에 어떤 사물이 보이는데 그게 발로 차거나, 잡거나, 뛰어들거나, 색칠하거나, 누르거나, 불을 붙일 수 있는 거리에 있다면, 난 줄에 매달린 꼭두각시처럼 몸이 가는 대로 움직인다. 생각하는 대신 행동하는 것이다.

여동생의 튜브에 다트를 던져서 동생을 물에 빠뜨린다든가, 동물원의 라마한테 침을 뱉는 것 같은 장난은 자질구레한 것에 속한다. 헬륨 풍선에 낚싯바늘을 매달아 마크 삼촌의 가발을 벗겼던 건 꽤 창의적인 시도였다. 학교에서 행해진 '미래에 감옥 갈 것 같은 사람' 투표에서 2년 연속 1위의 영광을 안을 정도로 기막힌 장난을 친 적도 있었다.

"우리 팬은 위대하다. 우리 팀은 훌륭하다. 우리는 50점 차로 발린다."

우리 학교 농구팀의 숙적인 살렘 중학교와의 중요한 경기가 있던 날, 난 저런 망언을 내뱉고 말았다. 그냥 말했다면 모르는데, 아예 교내 스피커로 온 건물에 '방송'을 해버렸다. 왜 그랬는지는 아직도 모르겠다. 그 문구는 경기 홍보 포스터를 처음 봤던 그 순간 자연스럽게 떠올라 며칠에 걸쳐 내 머릿속에 완벽히 각인된 것이었다. 마침 그날 난 '침뱉기 놀이'를 한 죄로 이름이 같은 두 명의 다니엘과 함께 교무실에 묶여 있었고, 몇 미터 안 되는 가까운 거리엔 생방송 가능한 교내 방송 마이크가 있었다. 운율까지 맞는 기발한 문장을 전교생과 나눌 절호의 기회를 놓칠 순 없었다. 난 주저 없이 마이크의 스위치를 올렸다.

방송이 끝난 즉시 복도에 울려 퍼지기 시작한 분노의 아우성에 나까지 놀랄 정도였다. 마치 내가 이 집 저 집 돌아다니며 개밥에 독약이라도 탄 것 같았다. 그날 벌로 나머지 공부를 받은 건 어쩌면 내게 다행이었는지도 모른다. 평소처럼 3시 30분에 교실에서 나왔다면 아마 린치를 당했을 거다. 이곳 하드캐슬 중학교에서 학교 농구팀을 비하하는 농담만큼은 결코 용납되지 않는다.

"우리가 왜 발려, 새끼야?"

팀의 센터를 맡고 있는 웰런 카이저가 높이 180센티미터의 상공에서 내 정수리를 내려다보며 물었다.

왜냐고? 나도 모른다. 이런 내 성격은 본능적인 것이다. 유전자를 통해 조상에게서 물려받았다는 것밖에는 달리 설명할 방법이 없었다. '족보닷컴'에서 가계도 추적을 의뢰한 것도 그 때문이었다.

그날 오후, 벌을 받아야 하는 다른 모든 아이들이 농구팀 응원을 이유로 풀려났지만, 팀을 '디스'했던 난 나머지 공부를 위해 교실에 남게 되었다. '침뱉기 놀이'의 공범인 두 명의 다니엘조차 면죄부를 받았는데 말이다.

두 다니엘은 경기를 보러 가는 대신, 창밖 덤불에 숨어 온갖 우스꽝스러운 표정을 지어 보이며 나를 웃기려 애썼다. 만약 내가 웃음을 터뜨렸다면 내 벌은 훨씬 가중되었을 거다. 나를 감시하는 일을 맡은 펜더 선생님은 30초에 한 번씩 시계를 확인하는 걸로 보아 당장이라도 체육관으로 뛰쳐나가고 싶은 듯했다. 하긴 문제아를 돌보는 것보다는 농구 경기 구경이 백배 재미있겠지.

마침내 더 이상 참을 수 없었는지, 펜더 선생님은 금방 돌아오겠다는 말을 남기고 교실을 떠났다.

선생님이 나가자마자, 바깥에 숨어 있던 두 다니엘이 교실 창문을 열었다.

"빨리!" 다니엘 샌더슨이 속삭였다. "거기서 나와!"

"금방 돌아오신다잖아."

"안 돌아와." 다른 다니엘, 다니엘 너스바움이 코웃음 쳤다. "지금 체육관 CCTV 보려고 교무실 가셨어. 어차피 나머지 공부 시간도 10분밖에 안 남았잖아."

난 총알같이 창밖으로 빠져나가 신선한 공기를 들이켰다. 앞에서 내가 생각하는 대신 행동한다고 말하지 않았나? 열려 있는 창문을 보는 순간, 난 나중의 결과에 대한 별다른 고민 없이 바로 도망가는 길을 택했다. 물론 이번엔 창문을 열어주고 옆에서 부추겨주는 조력자가 필요했다. 그게 바로 두 다니엘이었다. 이 녀석들은 내가 조금이라도 망설일 때마다 나타나 말썽을 일으키도록 이끌었다. 침뱉기 놀이를 해서 교무실에 불려오게 한 것도, 내가 교내 방송 마이크에 대고 망언하도록 내기를 시작한 것도 이 녀석들이었다. 가끔은 얘들이 친구인지 원수인지 모르겠다.

난 두 다니엘에게 말했다.

"고맙다. 덕분에 혼자 나머지 공부까지 했네. 정말 눈물 나게 고마워."

그러자 다니엘 너스바움이 순진무구한 표정으로 어깨를 으쓱했다.

"그런 대단한 시를 학교 전체에 낭송하는 명예를 같이 누릴 순 없지."

"시는 아니었어. 그냥 어쩌다 운율이 맞은 거야."

"안 그래도 물어보려 했는데 말이야." 다니엘 샌더슨이 끼어들었다. "말하면서도 좀 웃기지 않았냐? 요즘 촌스럽게 그런 식으로 운율 맞춰 말하는 사람이 어딨냐?"

"글쎄, 힙합이나 랩 하는 사람들이라면 혹시 모르지."

그러고 나서 난 솔방울을 집어 다니엘 샌더슨의 머리를 맞혔다. 녀석은 약을 올리는 데 성공했다고 생각했는지 맞고서도 싱글벙글했다.

우리는 언덕 위에서 서서 우리 학교와 하드캐슬 고등학교가 공동으로 쓰는 체육관을 내려다봤다. 주차장은 가득 차 있었고, 건물에서는 열렬한 함성 소리가 쏟아져 나왔다.

"이야, 자전거 들어갈 자리도 없겠다!" 너스바움이 주차장을 보며 소리쳤다. "하긴, 살렘 중학교 대 하드캐슬 중학교라면 정말 볼 만한 게임이지."

"가서 점수나 확인하자." 샌더슨이 나의 어록을 인용하며 말했다. "우리는 50점 차로 발린다며?"

"그러게, 도노반. 대단한 애교심이셔." 너스바움이 마치 자기는 진짜 애교심이 넘쳐난다는 투로 장단을 맞췄다. 웃기고 있네.

체육관 쪽으로 발걸음을 옮기는 내내, 두 다니엘은 서로를 밀치고 때리며 아옹다옹했다. 녀석들은 늘 친근하고 장난스러운 교전을 벌였는데, 어쩌면 그것도 내 성격처럼 조상으로부터 대대로 전해 내려오는 유대관계일지 모르겠다는 생각이 들었다. 물론 녀석들은 그런 것에 신경도 안 쓰겠지만.

'그 사건'이 벌어진 건 바로 이 다음이었다.

체육관으로 내려가는 길에는 아틀라스 동상이 있었다. 하드캐슬 중학교를 오고 가면서 아마 천 번도 넘게 봤을 거다. 하지만 이상하게 그날만큼은 동상이 뭔가 낯설게 느껴졌다.

황동색 지구본을 받치고 있는 아틀라스의 어깨는 여느 때와 같이 넓고 듬직했다. 문제는 아틀라스의 엉덩이였다. 아무리 거인이라도, 어떻게 엉덩이가 이렇게 크지? 불쌍해 보일 정도였다.

난 무의식적으로 언덕을 가로질러 내려갔다. 그런 뒤 바닥에 떨어져 있던 나무막대기를 집어 들고 동상에 다가갔다.

너스바움이 내 이상한 행동을 포착하고서 물었다. "야, 뭐 하냐?"

난 대답하지 않았다. 너스바움도 딱히 대답을 바라고 물은 건 아니었을 거다. 두 다니엘은 누구보다 나를 잘 아니까.

난 야구선수처럼 두 팔을 높이 들어 올렸다가 온힘을 실어 풀 스윙을 날렸다. 동상을 치는 타격감이 두 팔을 타고 뇌로 올라와 온몸의 세포로 전달되었다. 쥐고 있던 나무막대기는 산산조각 나 버렸다.

이런 짜릿한 기분 때문에 장난을 그만둘 수가 없는 거다. 토마토를 던져 자동차를 정통으로 맞힐 때, 수영장으로 다이빙하기 위해 지붕 위에서 뛰어내릴 때, 헬륨 풍선으로 들어 올린 마크 삼촌의 가발 아래로 매끈한 대머리가 반짝일 때 모두 이런 짜릿함이 느껴진다.

이번에는 '고오오오오오옹' 하고 울리는 동상의 진동 소리가 그 전율의 마지막을 장식했다. 보통 이 즈음부터 짜릿함은 가시고, 내가 벌여놓은 일에 대해 책임을 질 시간이 다가온다.

아틀라스 동상이 진동하자, 거인의 어깨에 얹혀 있던 거대한 황동색 지구본도 따라서 어지럽게 흔들리기 시작했다. 그제야 나는 동상이 커다란 한 조각이 아닌, 지구본과 거인의 두 부분으로 이뤄져 있다는 사실을 알게 되었다. 그 두 조각은 거인의 목덜미 부근에서 나사 하나로 가까스로 이어져 있었다.

갈라지는 소리와 함께 오랜 세월에 걸쳐 부식된 나사가 풀렸다. 거인의 어깨 위에서 기우뚱거리던 황동색 지구본이 '쿵' 하고 바닥에 떨어졌다.

멍하니 서 있던 난 두 다니엘의 '헉' 소리에 뒤늦게 이성을 되찾았지만, 이미 늦었다. 무거운 지구본이 언덕을 따라 굴러 내려가고 있었다.

안 돼!!!!!!!!!!!!!

지구본은 체육관을 향해 빠르게 돌진했다. 난 멈출 수 없다는 걸 알면서도 구르는 지구본을 따라 달렸다. 다른 수가 없었다.

"좀 도와줘!"

난 두 다니엘한테 급히 소리쳤다.

하지만 녀석들은 내 안쓰러운 모습을 제대로 구경하기 위해 언덕 위쪽으로 올라가는 중이었다. 녀석들은 애초부터 내가 어떤 상황에 처하게 될지에 대해선 별 관심이 없었다.

달아나는 지구본을 따라 달리는 내 마음은 점점 무거워졌다. 예감이 좋지 않았다. 이대로 쭉 내려가면 주차장의 불쌍한 차들을 정통으로 깔아뭉갤 게 분명했다. 최후의 수단으로, 난 지구본을 향해 필사적으로 몸을 던져 무거운 쇳덩어리를 세게 밀었다. 하지만 마치 벽돌 담장에 부딪친 기분이었다. 지구본은 미동도 없이 그대로 굴러갔다. 바닥에 넘어진 난 속수무책으로 내 장난질의 결과를 가만히 지켜보는 수밖에 없었다.

그때 직진하던 지구본이 보도블록에 부딪히더니 방향을 바꿔 체육관을 향해 내려가기 시작했다. 다행히 자동차들은 안전했지만, 이젠 농구 경기가 진행 중인 체육관이 문제였다.

체육관 창문이 박살나며 유리조각들이 연기처럼 부서져 내렸다. 안쪽에서 날카로운 호루라기 소리가 들렸다. 마치 농구 감독이 아틀라스한테, 아니 나한테 파울을 선언하는 것 같았다.

여기서 잠깐, 족보닷컴에서 찾아준 가계도에 나와 같은 이름을 가진 조상이 있었다. '제임스 도노반'이라고, 사실 나와 성격상 그리 닮은 점은 없어서 이름이 아니었다면 별로 신경 쓰지 않았을 거다. 이 조상을 본떠서 내 이름을 지은 게 아닐까 생각했지만, 엄마는 절대로 아니라고 못을 박았다. 어쨌든 제임스 도노반 씨는 1912년에 아일랜드에서 이민을 떠났다. 타이태닉호를 타고.

타이밍 선택에 젬병인 건 나나 제임스 도노반 씨나 마찬가지인 것 같다.

그런데 반전이 있다. 도노반 씨는 죽지 않았다. 얼음물에서 산 채로 구출되었다.

흔히 말하는 '생존자'였다.

만약 내가 그런 '생존' 능력까지 물려받았다면, 지금이 바로 그 능력을 사용해야 하는 때였다. 하지만 내 기분은 이미 처참하게 가라앉고 있었다.

2장
슐츠 교육감
IQ 127

하드캐슬 교육청에는 건물 47동과 3만 명이 넘는 학생들이 있다. 이곳의 교육감에겐 아주 큰 책임감이 뒤따른다. 하지만 장관들이 수많은 법과 규율을 지켜야 하는 반면, 나는 단 한 가지만 기억하면 된다. 사고 치는 꼴통을 골라낼 것.

번거로운 직무들로 가득 찬 스케줄이었지만 가까스로 짬을 내서 중학교 농구 경기를 보러 갔었다. 질서정연한 학생들, 멋진 스포츠맨십, 즐거운 동문회 모임을 기대했었다. 체육관 창문을 부수고 들어오는 거대한 황동색 구체나 볼링 핀처럼 흩어지는 농구 선수들을 보게 될 거라고는 생각지도 못했다. 위험할 뿐만 아니라, 하드캐슬 교육청의 평판을 심각하게 깎아내릴 사고였다.

부상당한 학생이 없는 건 정말 기적이었다. 하지만 바닥에 넘어진 자기 아들에게 학부모들이 정신없이 달려드는 사태가 벌어지면서 엄청난 혼란이 일어났다.

체육관을 습격한 구체는, 한눈에 봐도 학교를 굽어보는 자리에 설치된 아틀라스 동상에서 떨어진 게 분명했다. 외부의 압력 없이 혼자 굴러왔을 리는 만무했다. 나는 바닥의 유리조각들을 피해 밖으로 재빨리 달려 나갔다. 구체가 굴러오면서 잔디가 눌린 자국이, 어깨 위가 허전해 우스워 보이는 거인 동상부터 체육관의 깨진 창문까지 죽 이어져 있었다.

피의자로 보이는 녀석이 그 눌린 자국 위에 팔꿈치를 괴고 엎드려 있었다.

"거기, 너!"

나는 엄하게 소리쳤다.

녀석은 재빨리 도망치고 싶지만 납작해져 미끄러운 잔디 때문에 얼른 일어나지 못하는 듯 보였다. 마침내 일어났을 때는 내가 이미 녀석을 잡은 후였다.

"교무실로 따라와라."

녀석의 어깨가 축 늘어졌다.

"네, 갈게요."

녀석의 얼굴에는 걱정이 가득해 보였다. 그 울상을 보니 조금이나마 위로가 되었다.

교육청 건물은 학교 바로 옆에 있었다. 녀석은 가는 내내 꿀 먹은 벙어리처럼 변명조차 하려 들지 않았다. 하긴 변명해봤자 소용없었다. 이제 녀석은 반쯤 죽은 목숨이었다. 범죄의 증거로 180킬로그램짜리 황동색 구체와 산산조각 난 유리조각들이 있으니 말이다.

교육감실에 도착한 후 나는 책상 너머로 녀석을 노려보며 물었다.

"내가 누군지 알고 있냐?"

녀석은 겁먹은 표정을 지으며 고개를 저었다.

"하드캐슬 교육청의 교육감, 슐츠 박사다. 학생은 이름이 뭐고 다니는 학교는 어디지?"

"도노반 커티스요. 여기, 그러니까 하드캐슬 중학교에 다녀요. 음, 그 사건이 일어난 곳요."

나는 각종 서류들로 지저분한 책상에서 종이 한 장을 집어 이름과 학교명을 적었다.

"그래, 도노반 커티스 학생. 학생이 얼마나 심각한 사고를 쳤는지는 따로 설명하지 않아도 알고 있을 거라 믿는다. 다치거나 숨진 학생이 없는 것에 감사해야 해. 자, 왜 그런 짓을 저질렀지?"

"사고였어요."

그런 어쭙잖은 변명에 넘어간다면 나, 슐츠가 아니지.

"거대한 지구본이 저 혼자 건물로 굴러 떨어질 리는 없지. 안 그러냐?"

녀석이 다시 입을 열었다.

"동상을 나무막대기로 쳤는데, 설마 그렇게 떨어질 줄은 몰랐어요."

"설마?"

그때 내 비서인 신시아 부인이 걱정스런 얼굴로 들어왔다.

"죄송합니다, 슐츠 교육감님. 지금 빨리 강당으로 가보셔야겠어요. 누가 소방관을 불렀는데, 돌려보낼 권한을 가진 사람이 교육감님밖에 없어서요."

그러고는 얼굴을 찌푸리며 물었다.

"설마 어디 불이 난 건 아니죠?"

"화재는 없으니 걱정 마세요, 신시아."

그렇게 대답해주고 사무실을 나서다가 문간에서 잠시 망설였다. 잡아온 녀석은 어쩌지? 녀석은 벌써부터 풀려나기라도 한 것처럼 희망에 가득 찬 표정이었다. 그럴 리가. 내가 체육관에 가서 난장판을 처리하는 내내 사무실에 갇혀 있더라도 저 녀석은 할 말이 없다! 시간이 그렇게 오래 걸리진 않겠지? 하지만 이따가 시내에서 저녁식사 약속도 있는데…….

나는 내가 지을 수 있는 가장 무서운 표정을 지으며 학생을 바라봤다.

"지금은 일단 가봐라. 내일 아침에 다시 얘기하자꾸나."

녀석은 총알처럼 빠르게 자리를 떴다. 그때 신시아 부인이 뒤에서 나를 불렀다.

"죄송합니다만, 학생관리부에서 영재 프로그램에 새로 편입시킬 후보 학생 목록이 필요하다고 하네요."

나는 한숨을 쉬었다. 왜 모든 서류와 절차는 나를 거쳐야 하는 걸까? 내 팔다리가 열 개씩 달린 것도 아닌데 말이지!

"책상 위에 있어요, 신시아. 바로 보일 거예요."

체육관의 상황은 끔찍했다. 유리가 깨지면서 바닥의 코팅까지 손상이 된 상태였다. 아틀라스 동상을 제작했던 주조장이 5년 전 문을 닫았기 때문에, 동상 수리도 불가능했다.

나는 저녁식사 약속을 취소해야 했다. 모든 뒤처리를 마치고 마침내 사무실로 돌아왔을 때는 짜증으로 인해 정신이 반쯤 나간 상태였다. 내가 이래서 '사고 치는 꼴통'들을 정말 싫어한다. 그만큼 주위에 민폐를 끼치는 게 없다. 이제 오늘의 마지막 일정으로는, 사고 친 녀석의 학부모에게 전화를 걸어 아들이 파손한 학교 기물들과 손해배상 비용에 대해 얘기하는 일이 남아 있었다.

나는 눈으로 책상 위를 훑었다. 아까 이름을 적어놓은 종이가 보이지 않았다.

샅샅이 뒤져봐도 없었다. 사라졌다.

"신시아!"

하지만 신시아 부인은 이미 퇴근한 뒤였다.

어떻게 이럴 수가 있지? 그 녀석이 종이를 갖고 도망간 게 분명했다. 학생이 3만 명이나 되니 자기 이름쯤은 잊을 줄 알았겠지. 미안하지만 잘못된 생각이다. 녀석의 이름은…… 이름은…….

화가 치밀어 올랐다.

이런 적은 처음이었다.

3장
도노반 커티스
IQ 112

그날 밤 난 내 생애 최악의 스트레스에 시달려야 했다. 전화기가 울릴 때마다 내가 한 짓을 엄마 아빠한테 고발하려는 슐츠 교육감이 아닐까 싶어 조마조마했다. 노크 소리가 들리면, 왠지 경찰들이 들어와 농구 경기 중에 황동색 행성을 투척한 죄로 나를 잡아갈 것만 같았다. 아빠의 휴대폰이 진동하면 속보로 체육관 사고에 대한 뉴스가 뜬 게 아닐까 걱정됐다. 그날 밤 난 제대로 잠을 잘 수 없었다. 아니, 조금도 잘 수가 없었다.

다음 날 아침 내 초췌한 모습을 보고 엄마가 깜짝 놀랐다.

"늦게까지 공부해서 그래요."

난 늘어지게 하품을 하며 둘러댔다.

"꼭 절벽에서 떨어진 코요테 꼴이네."

케이티 누나가 끼어들었다. 누나는 스물여섯 살인데, 직업군인인 매형이 아프가니스탄으로 발령 나서 잠시 동안 친정에 들어와 사는 중이었다.

"뭐라는 거야, 복어가."

난 무심코 대꾸했다. 누나는 지금 임신 7개월째였다.

"한 번만 더 그런 식으로 지껄여봐. 깔고 앉아버릴 거야." 누나가 위협했다. "지금 내가 한가하게 휴가 나온 걸로 보이니?"

"누나가 아니라 매형이 휴가를 간 거지. 누나 피해서 전쟁터로 휴가 갔잖아."

난 곧바로 그런 말을 내뱉은 걸 후회했다. 평상시라면 이런 식으로 몇 시간이고 서로를 욕하며 놀았을 테지만, 이번에는 누나가 울적한 표정으로 입을 다물었기 때문이다. 난 누나의 심정을 충분히 이해할 수 있었다. 뱃속 아이의 아빠가 지구 반대편에서 전쟁을 하고 있지 않은가. 매형인 브래들리 패터슨 중위는 완벽하게 무장된 탱크 안에서 대부분의 시간을 보낼 테지만, 누나로서는 남편이 총알이 빗발치는 최전선에 나가 있는 양 늘 초조하고 걱정될 거다.

엄마가 누나의 어깨에 손을 올리며 기운을 북돋아주었다.

"브래드는 최신 장비들로 무장하고 잘 훈련된 군인들과 함께 있으니까 너무 걱정할 것 없어."

하지만 누나의 머릿속엔 다른 문제가 들어앉아 있는 듯했다.

"베아트리체 데리고 오기로 했어요."

"베아트리체?" 엄마가 물었다. "브래드가 키우는 개 말이니? 사돈어른 댁에서 맡아주기로 한 거 아니었어?"

"원래 그랬는데." 누나가 상황을 설명했다. "어머님한테서 오늘 아침 전화가 왔어요. 도저히 못 키우겠어서, 오늘 오후 우리 집에 놓고 간다고요."

"우리 그럼, 개 키워?" 호기심이 생긴 내가 물었다.

"그 똥개, 날 완전 싫어한단 말이야." 누나가 짜증을 냈다. "어머님이 맡아주시기로 했던 것도 그 때문이었어. 걔는 내가 자기 자리를 빼앗은 줄 알아. 이젠 브래드도 없겠다, 날 보면 아주 죽어라 달려들걸. 아프가니스탄 발령도 내가 낸 거라고 생각할지 몰라."

"베아트리체는 네 개이기도 하잖니, 케이티." 엄마가 잔소리했다. "브래드는 열심히 국방의 의무를 다하고 있으니까, 우리가 그동안 맡아주는 게 맞지. 아들도 그렇게 생각하지?"

"분명히 말하는데, 난 개똥 안 치워요." 난 단호하게 말했다.

똥개 따위엔 전혀 관심 없었다. 내 머릿속은 온통 슐츠 교육감 생각뿐이었다.

등교 후, 난 교무실에 불려가기만을 기다렸다. 쉬는 시간마다 사물함에 소환장 같은 게 붙어 있지는 않나 확인했다. 마침내 교내 방송이 나왔을 때는, 차라리 마음이 놓이는 기분이었다.

"도노반 커티스는 지금 바로 교무실로 와주시기 바랍니다. 도노반 커티스는 교무실로……."

교무실까지의 거리가 그토록 멀게 느껴지긴 처음이었다. 각 반의 문을 지나칠 때마다 잡아먹을 듯한 눈빛들이 나를 노려봤다.

그 아이들이 보기에 난 사랑하는 학교 농구팀을 디스한 파렴치한 놈이겠지. 내가 아틀라스 동상의 지구본으로 체육관 창문 유리를 부쉈다는 사실까지 알게 된다면, 그 순간부터 난 공공의 적이 될 게 분명했다.

모퉁이를 돌아 마침내 상담실에 도착했다. 유리벽이어서 내부가 훤히 들여다보였는데, 놀랍게도 그곳에서 나를 기다리고 있는 보복의 천사는 슐츠 교육감이 아닌 펜더 선생님이었다.

"나머지 공부를 할 때는 반드시 마지막 1분까지 마치고 나가야 한다, 커티스 군. 내가 떠나도 된다고 할 때까지 자리를 뜨면 안 되고……."

한동안 펜더 선생님의 설교가 계속되었다. 그런데 듣자 하니 선생님이 나를 부른 건 내가 생각했던 그것 때문이 아닌 듯했다. 아니, 선생님은 그에 관해 전혀 모르고 있는 듯했다. 결국 선생님은 "체육관 사고 때문에 너희들도 충격이 컸지?" 하고 동정하며 나를 풀어줬다.

물론 슐츠 교육감은 절대 그렇게 생각하지 않을 거다.

펜더 선생님이 우려한 것처럼 학생들이 얼마나 큰 '충격'을 받았는지는 모르겠지만, 아무튼 농구 경기 도중 일어난 사고에 관한 이야기는 온 학교를 뜨겁게 달궜다.

"유리 깨질 때, 무슨 폭탄이라도 터진 줄 알았다니까!"

"테러인가 했어!"

"너, 그 아틀라스 상 봤냐? 꼭 우리 할아버지 허리 나갔을 때

같더라구!"

"체육관 바닥, 아주 못쓰게 됐대!"

"지구본 굴린 놈을 찾기만 하면 정육점 갈고리에 매달아놓겠다던데?"

"그래!" 너스바움이 끼어들었다. "불쌍한 놈, 이제 완전 죽은 목숨이네?" 그러곤 나한테 고개를 돌리고 물었다. "야, 도노반. 언제쯤 틸릴 것 같냐?"

"쉬잇!"

난 급히 두 다니엘을 끌고 화장실에 들어간 후 혹시 사람이 있는지 모든 칸을 확인했다.

"야, 이거 장난 아니야! 누가 들으면 어쩌려고 그래!"

"임마." 기분 상한 너스바움이 말했다. "설마 우리가 이르겠냐?"

"아까 불려간 거, 그것 때문이 아니었어. 펜더 선생님이 나머지 공부 튀었다고 부른 거란 말이야. 왜 그 사람한테서 아직까지 소식이 없는지 모르겠다."

"네가 누군지 모르나 보지." 샌더슨이 말했다.

난 고개를 저었다.

"내 이름을 적어 갔어. 학교까지 알아 갔다구. 교육감이래. 교육감이면 학생 정보쯤 다 조회가 가능할 거 아냐."

"그러게 하필 교육감한테 걸리냐." 너스바움이 동정했다. "이 지역 학교 대빵한테."

"생각보다 상황이 나쁘지 않은 걸 수도 있어." 난 낮은 목소리로 말했다. "유리조각 치우고 바닥 닦다 보면 혹시……."

"체육관 바닥을 모조리 새로 해야 한다던데?" 샌더슨이 말을 가로챘다. "보수비가 엄청나게 들 것 같대."

"창문도 깼잖아." 너스바움이 덧붙였다. "너, 진짜 죽은 목숨이라니까."

맞는 말이었다. 그런데 왜 슐츠 교육감은 연락이 없을까? 그날 내내, 또 그 다음 날 내내, 난 머릿니처럼 무성히 퍼지는 소문과 내 우울한 미래를 계속 상기시키는 두 다니엘 사이에서 괴로움에 몸부림쳐야 했다. 아프가니스탄에서 벌어지는 충격전에 대한 CNN 뉴스가 온통 장악하고 있는 집에서도 긴장의 끈을 놓을 새가 없었다. 그러던 수요일에, 누나의 시어머니가 우리 집에 베아트리체를 놓고 갔다. 그런데 마지막으로 봤을 때는 꼭 화약 달린 털뭉치 같더니, 이젠 힘없이 낑낑대는 황토색 차우차우에 지나지 않았다.

"얘, 왜 이래요?" 엄마가 물었다.

"죽어가고 있어요!" 사돈어른이 문간을 걸어 나가며 극적인 대사를 던졌다.

누나가 시어머니의 팔을 잡았다. "왜요? 차에 치였나요? 병에 걸렸어요?"

하지만 사돈어른은 별 관심이 없는 듯했다. "죽어가는 개 돌보기엔 내가 너무 늙었구나." 이 한 마디와 함께 사돈어른은 떠나버렸다.

엄마가 쓰다듬어주려고 손을 뻗자, 베아트리체가 사납게 덤벼들었다. 그러더니 어깨 너머로 보고 있는 누나를 향해 으르렁거리며 경고를 보냈다.

"죽어가는 개치곤 너무 성질이 더러운데?"

내가 그 개를 노려보며 말하자, 케이티 누나가 비극적인 어조로 대꾸했다.

"죽으면 안 돼. 브래드가 사랑하는 개란 말이야."

"브래드는 누나도 사랑해. 그럼 어떻게 되는 거지?"

"베아트리체가 죽으면 절대로 날 가만두지 않을 거야!"

"그건 좀 말이 안 되지 않니?" 엄마가 끼어들었다. "죽으면 그건 사돈어른 잘못이지, 네 잘못이 아니잖니."

"근데 어머님 사고방식이 그렇단 말예요. 이상한 일이 조금이라도 생기면 다 내 잘못이라고 생각한다니까요! 가까이 가지도 못하는데 얘를 어떻게 돌보지?"

마치 대답이라도 하듯 베아트리체가 바닥에서 일어나더니 내 발치에 와서 엎드렸다.

"도노반!" 엄마가 탄성을 질렀다.

난 즉각 방어태세를 취했다.

"왜? 난 아무것도 안 했어요!"

"베아트리체가 널 좋아하나 봐!" 누나가 존경스럽다는 어조로 속삭였다.

"그래서?"

"네가 돌보면 되겠다." 엄마가 마치 엄청난 직위라도 내려주는 듯 말했다.

물론 난 거부했다.

"됐어요. 설마 베아트리체가 어떻게 된다고 매형이 쪼잔하게 굴겠어요? 200만 달러짜리 탱크 모는 사람인데."

말은 이렇게 했지만, 도통 먹이를 먹지 않아 결국 난 베아트리체를 쓰다듬어주며 손으로 직접 사료를 먹여줘야 했다. 산책할 시간이 되면 목줄도 매줬다. 설상가상으로 누나가 지하실에 개집을 만들어놨지만 정작 집주인은 계단에 발끝도 대지 않으려 해서, 자연히 베아트리체는 내 방에 들어와 살게 됐다.

여섯 시에 아빠가 편지 한 통을 갖고 집에 돌아왔다.

"학교에서 온 편지다, 도니. 열어보기 전에 먼저 뭐 하고 싶은 말 있니?"

마치 본드로 혀를 입천장에 붙여놓은 기분이 들었다. 난 처참한 기분으로 곧 내려질 사형 선고를 기다리며 고개를 저었다.

얼마나 큰 벌이 내려질까? 정학? 그럴 수도. 설마 퇴학? 아예 말이 안 되는 건 아니었다. 슐츠 교육감은 내가 일부러 지구본을 굴렸기 때문에 죄질이 나쁘다고 생각할 테니까. 사실, 나무막대기로 동상을 친 건 고의이긴 했다.

아빠가 편지를 읽는 동안, 난 아빠의 이마 왼쪽 윗부분에 보이는 핏줄을 조용히 살폈다. 의외로 삼촌의 가발을 벗겼을 때보다 훨씬 온화하고 안정돼 보였다. 좋은 신호였다.

마침내 아빠가 나한테 편지를 건네줬다.

"무슨 상황인지 설명 좀 해줄래?"

난 편지 위로 눈길을 옮겼다.

> 도노반 커티스 학생의 학부모님께.
> 아드님의 노력과 훌륭한 성과물이 마침내 하드캐슬 교육청에서 빛을 받하게 되었습니다. 도노반 학생이 영재아카데미에 합격했음을 학부모님께 알려드립니다. 하드캐슬 교육청의 영재아카데미는 특별한 재능과 뛰어난 능력을 가진 영재 학생들을 겨냥하여 제작된 특수 프로그램으로……

그 밑에는 전학 절차, 입학 신청서와 아카데미 통학버스 노선에 대한 안내가 나와 있었는데, 그 무엇도 제대로 눈에 들어오지 않았다. 무엇보다 '도노반 커티스'라는 이름과 '영재', '능력', '재능' 같은 단어가 함께 있다는 것부터 기분이 이상했다.

영재라고? 내가? 난 수영장 미끄럼틀에서 스케이트보드를 타거나 전기 담장에 물 묻은 스펀지를 던지는 말썽꾸러기다. '절대 집에서는 따라 하지 마세요!' 유형의 사람이지, 영재는 절대 되려야 될 수가 없는 사람이다.

그런데 이건 퇴학이 아니라 진급이지 않은가!

아빠의 입꼬리가 귀까지 걸렸다. "그래, 언젠가는 사람들이 도니 진가를 알아볼 줄 알았어."

엄마가 걱정스럽게 물었다. "무슨 문제 있어요?"

"도니가 영재래!" 아빠가 기뻐하며 소리쳤다.

"설마." 누나가 코웃음을 쳤다. "쟤 지능은 거의 애벌레 수준인 걸요. B만 받아와도 잘했다고 난리가 나잖아요."

인정하기 싫지만 누나의 말도 일리가 있었다. 성적이 아주 형편없는 수준은 아니지만 대단하지도 않았다. 되돌아보니, 이 영재아카데미에 들어가겠다고 학교의 각종 천재와 범생이 들이 입학시험 신청서를 작성하던 게 떠올랐다. 아무도 나한테는 신청서를 작성하라고 하지 않았기 때문에 더 기억에 남았다. 뭐 내가 '영재'가 아니란 걸 잘 알고 있기에 나도 별로 기분이 상하진 않았다.

난 편지의 끝으로 시선을 옮겼다.

다시 한 번 진심을 담아 축하드립니다. 귀하의 자녀는 하드캐슬 교육청의 귀중한 자산입니다.

하드캐슬 교육청 교육감,

알론조 슌츠 박사

슐츠.

슐츠 교육감이 나한테 추천할 프로그램은 소년원 따위밖에 없을 거다. 내가 누군지 정말 모르는 걸까? 단단히 혼내려고 이름까지 적어 가지 않았던가!

'그 사건'이 일어났던 날의 상황이 머릿속을 스치고 지나갔다. 내가 풀려나고 나서, 교육감실 비서가 슐츠 교육감에게 영재아카데미의 새로운 후보 목록을 달라고 했던 게 기억났다. 그때 교육감의 대답이 그 자리에 대한 마지막 기억으로 남아 있었다.

"책상 위에 있어요, 신시아. 바로 보일 거예요."

설마 비서가 내 이름을 실수로 영재아카데미 애들 목록에 써버린 건가? 다른 사람들은 그게 정말 영재 목록인 줄 알고 나를 발탁한 거고? 괴상하긴 하지만 어쨌든 지금 일어난 두 가지 말도 안 되는 일에 대한 설명은 됐다.

1) 왜 아직 슐츠 교육감이 날 죽이러 오지 않았는가.
2) 왜 내가 영재아카데미에 들어가게 됐는가.

웃음이 절로 나왔다. 아무리 생각 없이 행동한다 해도 어떻게 이렇게 될 수가 있지? 나무막대기로 동상을 치면 이런 백만 배 끔찍한 결과가 나올 줄 누가 알았겠나.

"뭐가 그렇게 웃겨?" 아빠가 물었다.

대답하고 싶어 입이 근질근질했다. 이 넓은 교육청의 총 담당자가 이렇게 멍청할 줄 누가 알았겠나? 이건 아빠 엄마가 언젠가 사실을 알게 될 것이 문제가 아니었다. 슐츠 교육감이 자신의 실수를 깨닫는 순간…….

아니, 깨달을 수 있을까? 그날 나를 봤던 교육청 사람은 슐츠 교육감과 그 비서뿐이다. 게다가 그 둘은 하드캐슬 중학교가 아닌 교육청 건물에서 근무한다. 내 이름이 적혀 있던 종이는 지금쯤 구겨져 쓰레기통이나 분쇄기에 들어갔을 테고, 아마 내가 다니는 학교의 이름이 교육감이 나를 잡을 수 있는 유일한 실마리일 거다.

손에 쥔 편지가 가늘게 떨렸다. 영재아카데미로 전학을 간다면 나를 찾을 수 없을지도 모른다. 각종 범생이들이 바글대는 학교에 황동색 지구본을 굴린 문제아가 있을 거란 생각은 못 하겠지.

머릿속에서 작은 목소리가 울렸다. '말이 되는 소리를 해. 네가 영재아카데미에서 10분이라도 버틸 수 있겠냐? 너랑 가장 안 어울리는 단어가 영재야.'

그때 엄마가 기쁨에 얼굴을 붉히며 말했다. "그래, 이런 날이 올 줄 알았어. 좀 시간이 걸렸을 뿐이지." 그러곤 벅차오르는 감정에 눈물을 훌쩍였다. "베아트리체가 길운의 표시였나 봐. 이제 우리 집도 잘 풀리기 시작하는구나. 느낌이 와."

"나도 그래, 여보." 아빠가 엄마의 어깨에 손을 두르며 말했다. "아 근데, 베아트리체라고?" 아빠는 복도에서 신문을 질겅질겅 씹고 있는 게으른 차우차우에게로 눈길을 돌렸다. 베아트리체의 입을 거친 신문지는 끈적끈적한 펄프로 재탄생되고 있었다.

　사실 내 '범죄'를 숨기기 위해 전학을 갈 생각은 없었다. 하지만 매형은 아프가니스탄의 전쟁터에 가 있고 누나는 곧 출산 예정인 터라 가뜩이나 집 안 분위기가 어수선한데, 게다가 저 죽어가는 똥개까지 왔으니, 어떻게 이런 상황에서 가족들한테 내 문제까지 짐을 더할 수 있겠는가? 더구나 아빠 엄마가 나 때문에 이리도 기뻐하는데?

　가라앉는 타이태닉호를 타고 있었던 조상 제임스 도노반 씨가 떠올랐다. 도노반 씨라면 어떻게 했을까? 수영, 아니면 침몰?

　"전학 가려면," 난 조금 큰 목소리로 말했다. "학교 가서 사물함부터 비워놔야겠네요."

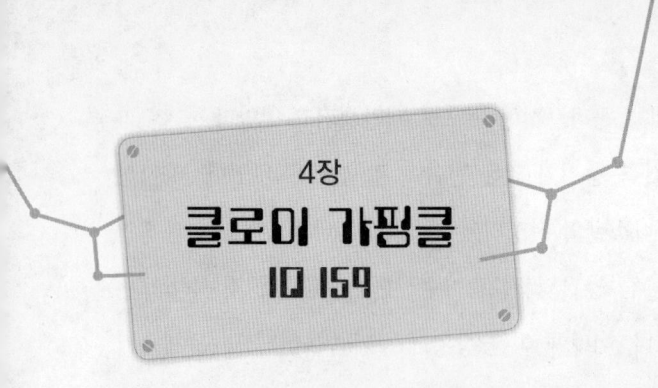

가설: 축복받은 두뇌는 사실 축복이 아니다. 축복에는 대가가 없다. 하지만 축복받은 두뇌에는 대가가 있다.

정확히 '가설'이라고 할 수는 없다. 가설이라면 옳고 그름을 실증적으로 판단할 수 있는 문장이어야 하니까. 하지만 어찌 됐든 위 명제는 사실이다. 축복받은 두뇌에는 대가가 있다.

그 대가는 바로 인생이다. 그렇다고 죽는다거나 그런 건 아니지만, 사는 게 사는 게 아니다. 여가시간? 그런 건 엄두도 못 낸다. 영재들만 다니는 특수 아카데미에 들어가서 각종 숙제와 공부를 하다 보면 하루가 금방 지나간다. 심지어 학교와 집 사이의 거리도 멀어서, 통학하는 시간만 해도 장난이 아니다. 친구들? 옆에서 함께 죽어라 공부만 하는 아이들이다. 성격 좋은 아이들이라 해도, 그런 것에 신경 쓸 시간이 없다. 운동? 언제 하지? 무엇보다 그 땀나고 냄새나는 걸 뭐 하러 해?

가설: 운동신경은 지능과 반비례한다. 물론 똑똑한 운동선수들도 있다. 하지만 똑똑한 굼벵이들이 훨씬 많다.

텔레비전이나 비디오게임? 그런 걸 하기엔 머리가 아깝잖아. 체육대회? 누구랑? 로봇공학반 애들끼리? 생각만 해도 우습다. 댄스파티, 연극 동아리, 축제 모두 마찬가지다.
"댄스파티?" 파티에 대한 이야기를 꺼내자 애비게일 리가 말라비틀어진 바늘코 남자애, 노아 유킬리스를 가리키며 대꾸했다. "누구랑 춤을 추려고? 쟤랑?"
맞는 소리다. 이곳 영재아카데미에선 잘생긴 아이를 찾아볼 수가 없다. 엄청난 근육질을 바라는 건 아니지만, 어깨라도 조금 만들면 어디 덧나나? 저 병 걸린 것처럼 희끄무레한 얼굴들, 밖에 나가서 광합성이라도 좀 하면 안 되냔 말이다.

가설: 컴퓨터 모니터에 태양등을 달아놓으면⋯⋯ 실내에서도 광합성이 될지도?

똑똑한 사람은 자고로 양쪽의 입장에서 골고루 생각해볼 수 있어야 한다. 왜 남자애들만 나무라는가? 우리 여자애들도 딱히 할 말은 없다. 생화학에 천재적인 애비게일은, 가장 잘 입었다고 할 수 있는 코디가 실험실 가운이다. 머리카락은 꼭 까치집 같은 게, 초딩 1학년 때부터 한 번도 안 빗은 모양이다. 내 꼴도 뭐, 볼 만하다. 중1 때부터 모든 SAT(미국의 대입 수능시험:옮긴이) 모의시험에서 만점을 받아왔지만, 이 나이가 되도록 남자랑 춤 한 번 못 춰본 찌질이다. 알록달록한 풍선 달아놓은 애기들 파티 말곤 가본 적이 없다. 하이틴 잡지에 나오는 멋진 애들과는 천지 차이지 뭐.

"꼭 댄스파티 말고도," 난 말했다. "뭐 다른 거 아무거나 말이야. 이 나라 학생들이면 다 하는 그런 재미있는 이벤트들. 왜 우린 못 하지?"

"곧 있으면 주(州) 로봇 경시대회야." 애비게일이 말했다.

한숨.

난 로봇공학 수업을 듣는다. 그쪽으로 소질이 있다. 아니, 정말 완벽하게 내 체질이다. 이 학교는 나한테 딱 맞는다. 하지만 나도, 평범하게 놀아보고 싶다.

로봇공학반의 지도교사이자 우리 담임선생님인 오즈본 선생님이 실험실로 들어왔다.

"어서 출석 부르자. 오늘 할 일이 많구나."

출석을 부를 필요도 없었다. 설마 안 온 아이가 있겠어? 우리는 모든 교사들이 가르치고 싶어 할 만한 모범생들이다. 그 생각을 하니 문득 슬픈 기분이 들었다. 난 수업 빼먹고 땡땡이를 쳐본 적이 한 번도 없다. 마지막 일탈은 대체 언제였을까?

오늘 아침, 실험용으로 수경재배하고 있는 아마가 잘 자라고 있나 확인하던 중, 묘목 쪽으로 빛을 쪼이려고 책상 전등에 붙여 놓은 종이 한 장이 눈에 들어왔다. 1년 개근한 대가로 받은 상장이었다. 영재아카데미에 입학한 뒤로 그런 상장을 일곱 장이나 받았지만, 내게 무슨 의미가 있지? 그저 임시 램프 갓일 뿐이다.

가설: 로봇공학반 아이들은 로봇이다?

지각하는 아이들이 있기나 할까?
"늦어서 죄송합니다." 모래빛 머리카락의 키 큰 남자애가 교실에 들어왔다. "오즈본 선생님 교실 맞나요?"
"로봇공학반 교실이란다." 선생님이 대답했다. "학생은 어떻게 왔지?"
"도노반 커티스입니다." 남자애가 종이 한 장을 흔들며 대답했다. "여기로 배정됐는데요."
"맞아. 하드캐슬 중학교에서 온 우리 신입생이지." 오즈본 선생님이 건네받은 인쇄물을 읽어보며 말했다.
애비게일이 내 쪽으로 몸을 기울였다. "미쳤어! 쟤가 이 학교에 온다고?"
호기심이 생겼다. "아는 애야?"
"초등학교 동창이야. 짐보리 낙하산 메고 지붕에서 뛰어내리는 멍청한 애라구."
난 새로 온 아이를 찬찬히 훑어봤다. 장난기 많고 무심하게 생긴 것이, 꽤 귀여운 얼굴이었다. 가장자리가 검은 푸른 눈동자는 정말 멋졌다. "시험 보고 들어왔으니까 똑똑하겠지."

"글쎄다. 마지막으로 봤을 땐 정말 꼴통이었는데." 애비게일이 말했다.

난 목구멍까지 차오르는 욕을 꾹 참았다. 애비게일 옆에선 너나없이 모두가 꼴통이다. 나조차도 무식한 편이다. 애비게일의 기준에 차지 않는다고 해서 그것만으로 정말 꼴통인지 가려내긴 힘들다. 전구에 비유해보자면, 우리 학교 학생들은 모두 밝은 전구에 속한다. 하지만 엄청 밝은 전구 옆에 가면, 그냥 밝은 전구들도 어두워 보이기 마련이다. 그 '엄청 밝은 전구'에 속하는 아이가 바로 애비게일. 노아 유킬리스는 초신성 수준이고.

도노반이 겨울에 철제 담장을 핥다가 혀가 얼어버린 일화에 대해 애비게일이 말하기 시작했지만, 난 귀를 닫아버렸다. 이미 어떤 아이인지 감이 잡혔다.

도노반 커티스는 '정상'이다.

정상! 여러모로 뛰어난 우리 반 아이들 중, 여태껏 정상은 없었다. 노아의 아이큐는 측정 불가 수준이지만 다른 사람과의 멀쩡한 대화가 불가능하다. 웬만해서는 눈도 마주치지 않으려 한다. 늘 어깨 너머의 허공에 대고 중얼거리는 느낌이다. 은하 하나를 최초로 발견한 제이시 할로란이란 아이는 자물쇠를 여는 법을 모른다. 기계 쪽으로 천재적인 라트렐 마이클슨은 눈 감고도 자동차를 분해했다 재조립할 정도로 재주가 좋지만, 급식을 받을 때

어째서 줄을 서야 하는지 이해하지 못한다. 그래서 매일 점심시간의 구내식당은 늘 전쟁터가 되고 만다.

논문을 쓴 아이도 있고, 책을 출판한 아이도 있고, 각종 올림피아드에서 상을 쓸어오는 아이도 있다. 영화 〈매트릭스〉나 〈스타워즈: 제다이의 귀환〉 편을 107분 30초 동안 처음부터 끝까지 완벽히 외우는 아이도 있다.

그런데 정상적인 아이는 없다.

"난 위대한 마법사 오즈란다."

오즈본 선생님은 전학생들에게 항상 저런 식으로 자기소개를 한다.

"여긴 107번 교실이고. 하지만 교실보다는 미친 과학자들의 둥지와 쓰레기통의 혼합처럼 보일 거야. 우린 로봇공학을 한단다. 이번 학기에 로봇공학 수업을 안 듣더라도, 네가 가진 재능으로 딴 학생들을 도와줄 수 있었으면 좋겠다. 여기 아카데미에선 아주 중요한 일이거든."

그러곤 우리를 보며 말했다.

"얘들아, 도노반이야. 도노반, 우리 반 아이들이야."

아이들의 미적지근한 반응이 뒤를 따랐다. 아, 알아두면 좋은 사실이 또 하나 있다. 지능은 사회성과 반비례한다. 나의 유난히 큰 "안녕!" 소리가 민망하게 교실에 울렸다.

도노반은 우리의 인사를 무시했다. 대신 올해 대회를 위해 준비 중인 우리 반 로봇을 보며 물었다.

"얘는 이름이 뭐예요?"

모두의 얼굴이 순식간에 굳었다.

노아가 입을 열었다. "얘가 아니라 '이것'이야. 이건 기계야, 따라서 이름이 없어."

도노반이 눈을 깜박였다. "로봇이 왜 이름이 없어? 스타워즈 안 봤냐?"

장난하나? 우리 반 절반은 〈스타워즈〉를 달달 외우고 있다. 나머지 절반은 클링곤어(영화 〈스타트렉〉에 등장하는 외계인이 쓰는 말:옮긴이)에 능숙하다.

"오랫동안 작업한 로봇이야." 애비게일이 하등한 종족을 대하는 어조로 말했다. "3년 연속 결승까지 올랐어. 과학기술로 성공한 거지, 해리나 프레드라고 이름 붙여 할 수 있었던 게 아니라구."

몇몇 애들이 목소리를 높이며 동의했다. 솔직히 말하자면, 나도 우리 반 아이들 편이었다. 로봇은 장난감이나 애완동물이 아니라 기계라구. 하지만 불쌍한 도노반을 위해 그냥 입 다물고 있었다. 전학 온 지 몇 분도 안 돼 처음 보는 아이들이 잔뜩 덤벼들고 있지 않은가.

하지만 도노반은 별로 개의치 않는 듯 보였다. "그래, 그럼." 그러곤 다시 로봇 쪽으로 몸을 돌렸다. "미안해, 깡통맨."

도노반은 로봇의 한쪽 집게손을 잡고 정감 어린 악수를 했다. '탁' 소리와 함께, 로봇 팔이 떨어져 나갔다.

이번에는 반응이 미적지근하지 않았다. 성난 아이들의 아우성이 교실을 가득 메웠다. 로봇공학반의 반장인 애비게일은 아예 일어서서 소리를 질렀다.

"네가 부러뜨렸어!"

당황한 도노반은 로봇 팔을 몸체에 꾹 눌렀다. 그 힘을 견디지 못한 로봇이 바닥에 떨어졌다.

"조용! 모두 진정해라!" 오즈 선생님이 두 손을 들어 올리며 말했다. "도노반이 부러뜨린 게 아니야. 아직 팔 부분이 제대로 조립되지 않아 그런 것뿐이야."

선생님은 이번에는 전학생 쪽을 보고 말했다. "첫날이니까, 그냥 교훈 얻은 셈 치려무나."

"앞으론 아무것도 안 만질게요." 혼쭐이 난 도노반이 약속했다.

선생님은 고개를 저었다. "아니야, 만져도 돼. 여긴 만지고, 시도해보는 실험실이니까. 하지만, 만지기 전에 먼저 다른 아이들한테 물어보려무나."

"특히 깡통맨을 만질 땐 말이야." 라트렐이 감정을 담아 말했다.

"걔는 아주 섬세한 기계란 말이야." 애비게일이 강조했다. "그리고 깡통맨이라고 부르지 마."

놀라운 일이었다. 이제 모두가 이 너트와 볼트 덩어리를 '걔'라고 칭하고 있었다.

가설: 이름은 '이것'을 '얘'로 바꾼다.

케빈 아마리가 손을 들었다. "정말 깡통맨인 건 아니지만, 줄여서 그렇게 부르면 안 될까? 그냥 '로봇'은 너무 비인간적이잖아."

"인간이 아니니까 그렇지!" 애비게일이 소리쳤다.

"따지고 보면 깡통도 아니야." 노아가 신중하게 고민하며 말했다. "그렇다고 알루미늄맨이라 부를 수도 없어. 티타늄, 고철, 플라스틱, 폴리머, 반도체도 사용됐거든."

"메탈리카는 어때?" 라트렐이 제안했다.

"그것도 괜찮다." 도노반이 말했다. "사실 '로봇'만 아니면 다 괜찮아. 불쌍하잖아."

"스폰지밥." 케빈이 제안했다. "네모나잖아."

"잘들 한다." 애비게일이 으르렁거렸다. "열심히 만든 작품에 고작 만화영화 캐릭터 이름을 갖다 붙이다니!"

"조금 더 생각해보자." 선생님이 서둘러 마무리했다. "지금 정해야 할 필요는 없어."

대단했다. 도노반 커티스가 우리 학교로 전학 온 덕분에, 몇 분 사이에 우리 로봇에게 이름이 세 가지나 생겼다.

난 계속 전학생을 살펴봤다. 깡통맨, 아니 그 로봇 팔을 부러뜨린 것만 빼면 애비게일이 말한 것처럼 그렇게 꼴통 같진 않았다. 오히려 도노반은 아이들과 친하게 지내려고 노력하는 것처럼 보였다. 노아를 대화에 참여시키는 건 정말 힘든 일이다. 그런데도 도노반은 노아한테 학교 수업이 어떤지에 대해 묻고 있었다.

"음." 노아가 진지하게 대답했다. "수학은 쉽고, 화학은 진짜 쉽고, 생물이랑 물리는 그보다 훨씬 쉬워. 사회도 마찬가지고. 국어는, 뭐, 말 안 해도 알겠지?"

불쌍한 전학생은 노아를 멍하니 바라봤다. 아마 전학 오기 전 영재아카데미 수업의 미친 듯한 난이도와 말도 안 되는 과제 양에 대해 귀가 닳도록 들었을 텐데, 첫날 8초 만에 노아 유킬리스가 그 선입견을 산산조각 내버린 거다.

가설: 현실적인 대답을 듣고 싶다면, IQ 200 이상인 사람에겐 질문하지 마라.

유전암호 해독에 대해 물어도 쉽다고 대답할 사람이 바로 노아다.

"그래, 고마워." 도노반이 말했다. "어, 뭐 어려운 건 없어?"

"어려운 거?" 노아의 얼굴이 갑자기 붉어졌다. "나 자신의 목표를 조절하는 게 제일 어렵지. 그냥 어려운 게 아니라 불가능해."

도노반은 대화 상대를 바꾸어 라트렐한테 로봇에 관한 이것저것을 물었다. 하지만 라트렐은 새로 온 전학생이 반의 1등 기계공인 자기 자리를 빼앗을까 두려운 것인지 이상하게 방어태세를 취했다. 제이시는 전학생이 왔다는 사실에 너무 신이 나 지구의 대륙판 중 어느 것이 가장 맘에 드냐고 질문했다.

애비게일이 도노반한테 와서 말을 걸었다. "야, 너 짐보리 낙하산이랑 진짜 낙하산이랑 구분이나 할 줄 알아?"

이런 상황에서 내가 어떻게 조용히 있을 수 있겠나? 계속 가만히 있다간 우리 반 아이들의 첫인상이 완전히 망가져버릴 게 분명했다.

다행히 1교시 수업을 들으러 가는 길에 복도에서 마주친 덕에, 이야기할 기회를 잡을 수 있었다.

"안녕, 난 클로이 가핑클이야. 같은 반이지?"

내가 손을 내밀자 도노반이 가볍게 잡고 악수했다. 로봇 팔처럼 떨어져 나갈까 걱정스러운 듯했다.

"아, 로봇 걱정은 마. 체인 진동 때문에 용접이 끊어졌거나, 빔바 실린더에서 압력이 너무 세게 들어가는 바람에 부러진 걸 거야."

도노반이 멍한 표정으로 물었다. "그게 뭔데?"

"아, 빔바 실린더는 압축공기로 압력을……."

"아니, 깡통맨 말이야." 도노반이 정정했다. "뭐 하려고 만든 로봇이야?"

"여러 가지가 가능해." 난 신나서 말했다. "전자 눈으로 바닥의 색깔 트랙을 감지할 수 있어. 집게손으론 고무 고리를 들어 다양한 말뚝에 여러 가지 높이로 쌓을 수 있고. 그리고 그건, 어, 걔 안에는 나무막대를 올라가서 꼭대기에 있는 종을 칠 수 있는 미니 로봇도 장착돼 있어."

도노반이 의아하다는 표정을 지었다. "너희 천재들은 그렇게 시간을 보내? 장난감 집어올리고 종 치는 로봇 만들면서?"

"우리 중에 진짜 천재는 노아밖에 없어. 수업이 어려운 거 말고, 여기 아카데미하고 네가 다녔던 하드캐슬하고 다른 점 있니?"

도노반이 살짝 웃었다. "진심으로 묻는 거야?"

"우리 학교 애들은 항상 진심이라 문제지."

"너, 하드캐슬 중학교 가본 적 있어?" 도노반이 물었다.

"우리 학교가 조금 더 좋긴 하지만……."

"아니, 네가 생각하는 그 정도가 아니야. 컴퓨터 플러그를 꽂고 싶어도 꽂을 콘센트를 찾기가 힘들어. 그나마도 전기가 안 들어와. 천장 타일은 무너져서 머리 바로 위에 달랑거리고, 구내식당 냉장고가 고장 나면, 하루는 물론이고 며칠 동안 급식도 없지."

"우리 학교도 그런 적 있었어. 작년에 냉동고가 고장 나서 얼음이 없는 바람에……."

그제야 내가 그 다음으로 하려는 말이 얼마나 우습게 들릴지 깨달았다.

"스시를 못 먹었어."

도노반이 이해한다는 듯 고개를 끄덕였다. "너네, 티셔츠라도 만들어 입어라. '우린 스시 공황을 이겨냈습니다' 하고 써서."

"뭐?"

"어쨌든 너희 천재들이 다니는 학교는 일반 학교에 비해 훨씬 좋다는 거야."

"그럼 넌 천재가 아니라는 거야? 너도 이제 우리 학교 학생이잖아."

"어," 도노반이 당황하며 말했다. "근데, 뭐, 난 방금 온 거고, 넌 예전부터 다녔잖아."

"그래도 일반 학교도 좋은 점이 있지?" 너무 찌질해 보일까 봐 얼른 물었다. 사실 정말 궁금했다. "댄스파티라든가……" 으쓱. "체육대회라든가…… 농구팀도 있지? 저번 경기 때 큰 사고 나지 않았어?"

전학생의 눈이 가늘어졌다. "사고? 뭐 아는 거 있어?"

"다들 그 얘기뿐이야. 동상에서 지구본이 떨어져서……."

난 말꼬리를 흐렸다. 왜 저런 식으로 묻는 거지? 난 그저 친해지려고 꺼낸 얘기인데, 이 아이는 마치 CIA 심문이라도 받는 듯 반응하고 있었다.

"난 그 학교 다시 안 갈 거야." 도노반이 화라도 난 것처럼 단호하게 말했다. "난 똑똑하니까." 그러곤 멍하니 서 있는 나를 복도에 남겨두고 어딘가로 휑 가버렸다.

무례한 것쯤이야 아무래도 좋았다. 아카데미를 다니기 시작한 뒤로, 난 늘 정상적인 아이와 친구가 될 수 있길 바랐다. 그리고 마침내, 그런 아이를 만난 거다.

가설: 정상적인 아이가 우리보다 더 이상할 수 있을까?

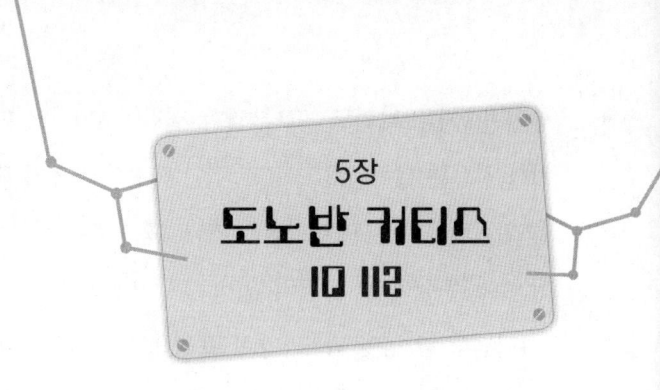

5장
도노반 커티스
IQ 112

뒷좌석에서 날린 종이비행기 하나가 운전 중이던 기사 아저씨의 머리에 맞고 튕겨져 나갔다. 버스를 세운 기사 아저씨는 떨어진 비행기를 집어 들고 우리를 향해 흔들었다.

내가 날린 건 아니었다. 정말로. 전학 온 뒤로는 사람들의 주목을 받지 않기 위해 최대한 얌전히 사는 중이었다. 하지만 하드캐슬 중학교에서 하도 시달려서 그런지 마음속으론 나도 모르게 혼날 준비를 하고 있었다.

"흥미로운 실험이구나." 기사 아저씨가 너그럽게 말했다. "버스 내부의 공기는 버스와 함께 움직이기 때문에, 종이비행기도 정상적으로 날 수 있지. 만약 창문이 열려 있었다면 얘기가 달라질 거야. 창문이 많이 열릴수록, 공기의 저항이 강해지지. 이 버스가 지붕 없는 버스였다면 종이비행기는 한참 뒤쪽에 떨어졌을 거다."

와, 이 학교는 스쿨버스 기사마저 영재였다. 게다가 뒤통수에 종이비행기를 날려도, 그냥 과학 실험이겠거니 한다. 예전 학교 기사 같으면 날린 사람(보통은 나)이 자수할 때까지 모든 탑승객들을 인질로 잡아놓고 위협했을 거다. '흥미로운 실험'이 아닌 '하극상'이나 '무장 폭동' 정도의 단어로 표현했을 거다.

1학년생 한 명이 의기양양한 표정으로 자기 종이비행기라고 밝히자, 학생들 사이에서 자잘한 박수갈채가 터져 나왔다. 버스는 다시 출발했다.

곧 우리는 영재아카데미에 도착했다. 외관만 보면 아무도 학교인지 모를 거다. 이 지역에서 가장 현대식으로 지어진 건물이었다. 온통 태양광 패널로 뒤덮여 있어서 화창한 날에는 마치 보석으로 뒤덮인 궁전을 보는 것 같았다. 학생들이 건축가들과 협력해서 직접 디자인한 거라는 뒷얘기도 있었다. 아카데미 건물은 '100퍼센트 친환경'인데, 특히 화장실은 변의 종류에 따라 물을 내리는 버튼이 달랐다.

건물로 들어가는 자동문 앞에서 브라이언 델 리오 교장선생님이 등교하는 학생들과 일일이 악수를 나누고 있었다. 하드캐슬에서는 무슨 잘못을 저질러야(내겐 꽤 자주 있는 경우였다) 교장선생님 얼굴을 볼 수 있는데 말이다. 그럴 때마다 엄마는 "우리 도니는 학교 최고층 인사한테 참 많은 관심을 받아" 하며 비꼬곤 했다. 지금은 내가 영재아카데미에 들어왔다는 사실에 얼마나 뿌듯해하는지 모른다. 그래서 난 항상 죄책감이 든다.

난 마음을 다잡았다. 여기서 살아남아보리라. 막상 들어와 보니, 실제 '영재'를 구성하는 것의 반은 사람들이 가지는 기대감이었다. 예를 들어 아까 1학년생만 해도 그렇다. 설마 그 종이비행기가 정말 과학 실험용이었겠나? 어쩌다 접은 걸 그냥 충동적으로 날린 게 분명하다. '충동' 하면, 내 별명이나 마찬가지다. 그러니까 나도 영재학교 아이들과 비슷한 점이 꽤 있는 셈이다. 여기서 1등을 하기란 불가능하겠지만, 열심히 노력하고, 조금의 운과 훌륭한 연기가 뒷받침된다면 가까스로 버틸 수 있을 거다.

x가 변수 벡터, c와 b가 계수 벡터, 그리고 A가 행렬일 때, 함수 $c^T x$의 최댓값을 구하고…….

난 멍하니 문제지의 글자들을 바라봤다. 눈알이 녹아서 뺨을 타고 흘러내리는 기분이었다.

반 아이들은 열심히 계산하며 문제를 풀어나가고 있었다. 하지만 젠장, 난 끝까지 읽는 것도 버거웠다.

옆줄에서는 노아 유킬리스가 세상에서 가장 쉬운 문제라도 푸는 양 가볍게 글씨를 휘갈기고 있었다. 저 녀석은 정말 영재다. 하긴 저렇게 생겼는데 영재가 아니면 좀 억울하긴 하겠다. 기다란 코에 1950년대에나 꼈을 것 같은 안경을 걸치고 영양실조에 헉헉대는 사마귀 한 마리를 떠올려보라.

자꾸만 노아의 문제지 쪽으로 눈길이 갔다. 흰 종이 위의 검은 숫자들이 유난히 도드라져 보였다. 내가 뛰어난 게 한 가지 더 있다면, 바로 시야가 엄청 넓다는 거다. 자, 그럼 내가 이렇게 시간 낭비하며 멍청히 앉아 있어야 할까? 족보닷컴에 따르자면, 나의 고고고조 삼촌은 1차 세계대전에서 관측병이었다고 한다. 열기구를 타고 전장을 떠다니며 독일군 기지를 감시하는 병사였다. 나라면 열기구에서 번지점프를 했을 테니 큰 공통점이 있다고 할 수 없지만, 어쩌면 내가 남의 답안을 베끼는 게 이토록 쉬운 건 관측병의 피를 물려받았기 때문인지도 모른다.

몇몇 답은 일부러 틀리게 적었는데, 그것마저도 힘들었다. 이해할 수 있는 문제가 없어서, 어떤 식으로 적어야 그럴싸한 실수처럼 보일지 알 수 없었기 때문이다. 단순한 커닝조차 어려운 학교였다.

말라비틀어진 다리로 자리에서 일어선 노아가 베벨라쿠아 선생님에게 문제지를 내밀었다.

"끝났어요."

선생님은 문제지를 흘끗 보더니 별 말 없이 노아한테 돌려주었다.

"그래, 노아. 다음엔 맞는 답으로 적어서 내렴."

늘 사마귀 자세를 하고 있던 노아의 등이 좀 더 굽어졌다.

"최선을 다한 거예요! 수학이 너무 어려운걸요! 그래서 틀린 거라고요!"

노아의 아랫입술이 바르르 떨렸다.

선생님이 다 이해한다는 듯 고개를 끄덕였다.

"그래, 중학교에서 미적분을 끝까지 떼는 게 쉽지는 않지."

"미적분 아녜요. 이건 선형계획법이에요. 그걸 모르는 사람이 어딨어요?"

"맞아." 노아에게서 정답을 끌어낸 선생님이 의기양양하게 말했다. "너도 잘 알고 있는 것 같구나." 그러곤 다시 자리에 앉으라고 손짓했다.

일부러 써낸 오답이 이토록 쉽게 들켰다는 사실에 노아는 당황한 듯 보였다. 하지만 나만큼 당황스러울까. 영재들만 모인 교실에서, 하필이면 고의로 오답을 적는 녀석의 답안을 베끼고 말았다.

다행히도 이곳은 커닝 대상이 넘쳐나는 로봇공학반이었다. 난 노아에 가까운 빠르기로 답을 적어 내려가는 애비게일 쪽으로 몸을 기울였다. 초등학교 때 '두뇌'가 쓰이는 곳이라면 어디든 열렬히 참여하던 아이였다. 노아만큼 글씨가 깔끔하진 않았지만, 내가 지금 그런 걸 가릴 상황인가. 적어도 일부러 답안을 틀리게 써낼 아이는 아니었다. 아까 노아 녀석은, 대체 머릿속에 무슨 생각이 들어 있는지 모르겠다.

"야!" 애비게일이 문제지를 가리며 말했다. "뭘 보는 거야?"

난 아무것도 모르는 체했다. "뭐라고?" 그러곤 마치 애비게일이 내 것을 훔쳐보기라도 한 양 내 문제지를 가렸다.

"베벨라쿠아 선생님!" 애비게일이 소리쳤다. "도노반이 커닝해요!"

"조용히 좀 해." 난 속삭였다.

"조용히 안 할 거거든! 답이 똑같으면 우리 둘 다 0점 받는단 말이야! 태어나서 0점 받은 적이 없는데! 0점을 받을 순 없어! 0점 받기엔 너무 열심히 공부했어! 0점 받으면 과외 선생님한테 뭐라고 해!"

시뻘겋게 달아오른 애비게일의 얼굴이 점차 보라색으로 변해 갔다.

노아가 어리둥절한 표정으로 물었다. "맞는 답을 찾고 싶으면, 그냥 계산하면 되잖아?"

"일부러 오답 계산해서 내는 또라이가 말이 많아."

내가 그렇게 쏘아붙이자, 클로이가 받아쳤다.

"누구보고 또라이라는 거야, 이 네안데르탈인아!"

"아, 그래? 네안데…… 뭔지 모르겠지만 너도 마찬가지야!"

그때 긴장하면 아무 말이나 내뱉는 제이시라는 여자애가 중얼거렸다. "브라질에서는 대부분의 차량이 에탄올을 연료로 삼는다."

심판의 호루라기 소리라도 들은 것처럼 몸에서 힘이 빠졌다.

이 학교 아이들에 대해 새로이 배운 몇 가지 사실이 있다. 첫째, 커닝하는 아이를 너그럽게 봐주는 자비심 따윈 이곳에 존재하지 않는다. 둘째, 커닝에 대처하는 방법을 아무도 모른다. 그런 일이 여태 없었기 때문에. 셋째, '0점'은 욕이다.

누가 누구 것을 베끼고 있었는지 불 보듯 뻔한데도, 난 벌을 받지 않았다. 교무실로 불려가지도 않았고 나머지 공부도 없었다. 소리 지르며 혼내는 사람조차 없었다. 대신, 담임인 오즈본 선생님한테서 함께 산책이나 하자는 제안을 받았다. 만약 하드캐슬 중학교에서 수업시간에 교외를 돌아다닌다면, 교문을 지키고 서 있는 선생님들한테 저격을 당할 거다. 우리 교육청에는 우등생들을 위한 규칙과 일반 학생들을 위한 규칙이 따로 정해져 있는 모양이다. 물론 지금 난 우등생 학교에 들어와 편한 삶을 살고 있지만, 잘못된 것이라는 사실을 알기에 크게 와 닿지는 않았다.

"자, 도노반." 오즈본 선생님이 쾌활하게 말을 꺼냈다. "우리 학교엔 다양한 분야에 재능을 가진 아이들이 많다. 하지만 모든 분야에 뛰어난 학생은 극히 드물지. 수학이 힘들면, 그냥 어렵다고 인정하면 돼. 그럴 수도 있거든. 그런 학생들을 위한 기초수학반도 개설돼 있단다."

난 멍청히 고개를 끄덕였다.

"지금은 알아가는 단계야." 선생님이 말을 이었다. "우리도 너를 알아가고, 너도 우리를 알아가는 단계지. 이때는, 네가 가진 진짜 재능이 뭔지 알아내야 해. 어디 특별히 관심 가는 분야가 있니?"

난 주저했다. 어차피 언젠가는 내 정체가 탄로 날 거다. 하지만 여기서 포기하기엔 너무 이르다. 나의 조상 제임스 도노반 씨도 구조대가 올 때까지 버텨서 살아남지 않았는가!

최대한 시간을 끌어야 했다.

"음," 난 큰 목소리로 말했다. "아직은 더 생각해보고 싶어요."

선생님은 너그럽게 고개를 끄덕였다.

"아주 현명한 선택이야. 서두를 필요 없단다. 하지만 로봇공학 반에 참여해서 깡통맨 제작을 도와주겠다고 약속해줄래?"
"저번에 만졌을 때 깡통맨 팔이 떨어져 나갔는데요."
선생님은 어깨를 으쓱했다.
"앞으로 배워나가면 되지. 학교가 그러라고 있는 곳이잖니."
"감사합니다, 오즈본 선생님."
"편하게 오즈라고 불러라."
어른들이 친한 척하는 거, 정말 싫다.

○

하드캐슬 광장은 친구들과의 약속이 있을 때 가장 즐겨 찾는 장소 중 하나다. 하지만 오늘 저녁만큼은 왠지 칙칙하고 촌스러워 보이는 게, 재건축이 필요해 보였다. 광장이 바뀐 게 아니었다. 영재아카데미가 너무도 깨끗하고 신식이어서, 상대적으로 광장이 싸구려로 보이는 것뿐이었다.

영재아카데미는 구내식당의 메뉴도 훨씬 다양하고, 값도 저렴했다. 성가시고 이상한 규칙들도 없었다. 예를 들어 하드캐슬 중학교에서는 설탕 함유량 때문에 탄산음료 판매가 금지돼 있지만, 영재아카데미의 구내식당에는 언제나 사용할 수 있는 소다수 메이커가 비치돼 있다. 심지어 설탕이나 카페인이 더 들어간 음료수도 판다. 범생이들의 밤샘 공부를 위해서라면 이런 연료쯤은 괜찮다, 아니 필요하다고 보는 모양이다.

예전에 이곳 광장 분수대에서 수영을 했다가 6개월간 접근이 제한되는 벌을 받았었다. 아직 채워야 할 기간이 남아 있었지만, 그때 나를 잡았던 경비원이 보이지 않으니 상관없을 것 같았다. 사실 좀 억울했다. 사각팬티를 입고 뛰어들었으니 풍기문란죄는 아니지 않나. 에어컨이 고장 나 실내 온도가 30도를 넘은 상황에서, 내가 분수대에 뛰어들기 전에 미리 다른 해결책을 제시해주지 않은 관리인에게 더 큰 잘못이 있다는 생각이 들었다.

영재아카데미의 식당을 본 적이 없는 두 다니엘은 이곳 광장의 푸드코트도 꽤나 훌륭하다고 생각하고 있을 게 분명했다. 뭐, 저녁을 먹으러 나온 건 아니니 상관없었다. 난 벤치에 앉아, 여자애들의 관심을 끌어보려고 이리 뛰고 저리 뛰는 두 다니엘을 모른 척하려 애썼다.

"웃긴 짓 해봐, 도노반." 너스바움이 재촉했다. "여자애들이 보고 온단 말이야."

난 너스바움을 째려봤다. "헤더 마호니랑 말하고 싶어? 그럼 직접 가서 말 걸어."

"찌질해 보이잖아." 너스바움이 해명했다. "쟤가 나한테 와야 된다구."

"빨리 분수대에 뛰어들어, 도노반." 샌더슨이 말했다. "그럼 정말 한 방에 시선 끌 수 있는데."

"네가 뛰어들지 그래."

그러자 샌더슨이 내 팔을 붙잡고 분수대로 끌어당겼다. 난 너스바움까지 합류하기 전에 얼른 샌더슨의 배 한복판으로 주먹을 날렸다.

그런데 이런 몸싸움이 여자애들의 시선을 끈 모양이었다. 헤더와 그 친구 디어드리 어쩌구가 우리 쪽으로 천천히 걸어왔다.

"안녕, 도노반." 헤더가 말을 걸었다. "며칠 동안 못 봤는데. 어디 아팠어?"

"도노반, 천재 됐어." 샌더슨이 대답했다. "영재학교 다녀."

"정말?" 디어드리가 감명 받은 목소리로 말했다. "무슨 시험 같은 거 완전 많이 통과해야 하지 않나?"

"별거 아냐." 난 시선을 피하며 재빨리 말을 받았다.

"웃기시네!" 너스바움이 소리쳤다. "어떻게 뽑힌 건지 알아? 어떻게 뽑혔냐면……."

난 너스바움이 말을 더 잇기 전에 녀석의 신발을 세게 밟았다.

"도노반!" 어디선가 또 다른 목소리가 들려왔다.

난 잠시 동안 목소리의 주인이 누구인지 고민했다.

영재아카데미의 클로이였다. 같이 서 있던 아줌마한테 뭐라고 말하더니 우리 쪽으로 걸어오기 시작했다.

"누구냐?" 샌더슨이 물었다.

"우리 반 애야."

"와, 월남치마 끝내준다." 너스바움이 비웃었다.

영재아카데미 여자애들 사이에선 클로이도 꽤 괜찮게 생긴 축에 속한다. 노아 유킬리스만 봐도 알 수 있겠지만, 영재들은 사실 좀 못생긴 편이다. 하지만 그런 클로이도 헤더와 디어드리 앞에선 명함도 못 내민다. 일반 학교에 다니는 그 둘은 스키니진에, 빈티지 티셔츠에…… 그래, 클로이가 못생겼다는 말은 절대 아니다. 사실 얼굴은 꽤 예쁘장하다. 하지만 한참 동안 들여다봐야지 알 수 있다. 클로이는 화장도 안 하고 다니고, 헐렁한 플란넬 셔츠는 왠지 뚱뚱한 인상을 준다. 옷깃에 달린 커다란 단추는 마치 '난 공부밖에 모르는 범생이다' 하고 소리치는 듯했다. 심지어 걸어 다닐 때 서로 부딪히면서 소리까지 났다.

그런 클로이를 학교 밖에서 보게 된 것만도 놀라웠다. 1교시 종에 하루 일과를 시작했다가 3시 30분 하교 종이 울리면 쌩 하고 집으로 사라져버리는 그런 유의 아이인 줄 알았는데 말이다.

"안녕, 도노반." 클로이가 반갑게 인사했다. "이 주위에 사니?"

"어, 클로이." 클로이가 뭔가 기대하는 눈빛으로 주위의 다른 아이들을 둘러보기에, 난 대충 서로를 소개시켰다. "내 친구들이야."

"안녕, 클로이." 니스바움이 앞으로 나서며 클로이의 손을 잡고 악수했다. 웃고 있는 녀석의 얼굴엔 장난기가 가득했다. "도노반이랑 같이 학교 다녀보니까 어때? 내 말은, 정말 영재 같아?"

"설마." 샌더슨이 비웃으며 끼어들었다.

두 다니엘이 괜히 한번 떠보고 있다는 걸 클로이도 알아챈 듯했지만, 무슨 의도인지는 모르는 것 같았다.

"도노반은 괜찮은 애야." 조심스럽게 대답한 클로이가 나를 돌아보며 말했다. "오늘 수학시간에 있었던 일은 미안해. 오즈 선생님이 뭐라고 하디?"

왠지 어떤 식으로든 변명을 해야 할 것 같았다.

"난 애비게일을 커닝하려던 게 아니었어. 노아 걸 베끼려 했지. 일부러 오답을 쓸 줄 누가 알았겠어? 그냥 천재인 줄 알았는데."

"그런 거 잘 못해도 다들 천재인 줄 알아주니까 그러는 거야." 클로이가 동정 어린 미소로 대답했다. "애비게일은 그 반대야. B플러스라도 받는 날엔 정말 끝장이거든."

"날 거의 잡아먹을 것처럼 달려들던데."

"스트레스가 심해서 그래." 클로이가 설명했다. "할 수 있는 건 다 해야 성이 풀리고, 아마 이 동네의 과외 선생 중 절반은 고용했을걸. 굉장히 열심히 하는 타입이야."

"영재들이 공부 스트레스를 받을 줄은 몰랐네." 디어드리가 끼어들었다.

"범생이들이라 그래." 너스바움이 대답했다. "머리가 무거워지면 균형을 잃기 마련이거든. 아틀라스 동상처럼 말이야."

"맞아, 그 동상!" 헤더가 탄성을 질렀다. "나, 그 경기 구경하고 있었거든! 내가 서 있던 줄 끝에 여자애는 안경이 깨져서 얼굴에 유리조각이 박혔다더라!"

"아직 범인은 못 찾았대." 디어드리가 덧붙였다.

"내가 듣기론 단순 사고였대." 난 너스바움을 쨰려보며 말했다.

"동상이 낡아서, 바람에 산성비에 부식돼 지구본이 굴러 떨어진 거래. 게다가 지구본하고 아틀라스 이음새 부분에도 볼트 하나밖에 없었고."

"볼트 하나?" 클로이가 미심쩍다는 듯 말했다. "상당히 열악한 설계네. 깡통맨 관절 부분만 해도 훨씬 많은 부품이 들어갔는데."

"깡통맨?" 샌더슨이 물었다.

"우리 반 로봇이야." 그랬다가 난 곧바로 덧붙였다. "내 말은, 내가 배정된 반에 있는 로봇이란 뜻이야."

"네 로봇이기도 해." 클로이가 너그럽게 말했다. "너도 이제 로봇공학 팀원이잖아. 어쩌면 너 덕분에 경시대회에서 1등을 할지도 몰라. 3년 연속 2등만 했거든."

얄미운 두 다니엘은 새로 입수된 흥미로운 정보에 즐거워 몸 둘 바를 몰라 하고 있었다. 찌질이 학교로 전학 갔는데, 그중에서도 더한 찌질이들만 모아놓은 로봇공학반에 들어갔다니. 아마 죽을 때까지 놀려댈 게 분명했다.

클로이가 저만치 서 있던 중년의 여자에게 손을 흔들었다. "나, 이제 가야 돼. 엄마가 장을 다 보셨나 봐." 그러곤 나를 보며 인사했다. "내일 봐."

"어, 그래."

"우리도 가야겠다." 헤더가 말했다. "조금 있으면 차가 오거든."

가지 못하게 붙잡아놓고 싶었다. 나와 두 다니엘만 있으면 무슨 일이 벌어질지 불 보듯 뻔하니까.

역시 너스바움은 나를 실망시키지 않았다.

"야, 여자친구 끝내준다, 도노반. 아니, 쟤는 그냥 여자사람친구고, 네 진짜 애인은 혹시 깡통맨이냐?"

"깡통맨이 깡통우먼을 두고 얘를 만난다고?" 샌더슨이 킬킬대며 웃었다. "깡통우먼도 아주 끝내줄 텐데. 체크무늬 치마 같은 건 안 걸치고 있을 거 아냐."

"둘 다 닥쳐. 클로이는 내 여자친구 아니고, 깡통맨도 내 로봇 아니야. 담임선생님이 로봇공학반 담당이라 어쩔 수 없이 끼어 있는 거라구. 나도 거기 맞춰 사느라 머리 깨지겠어. 똑똑하고 말고를 떠나서, 거기는 일부러 수학시험 낙제하려고 애쓰는 또라이가 있다니까? 알고 보니 이미 다 알고 있는 걸 틀리게 써서 냈더라구. 그러니까 천재인 동시에 또라이인 셈이지."

"그래도 아직은 돌아오지 마." 샌더슨이 충고했다. "오늘 조회가 있었는데, 슐츠 교육감이 체육관 입구에 서서 들어오는 애들 얼굴을 하나하나 확인하더라. 너 찾는 거 같더라구. 조회 구경도 안 하고, 그렇게 얼굴만 체크하더니 바로 가버렸어."

뱃속에 고드름이라도 자라는 것처럼 소름이 돋았다. 우려하던 일이 사실이 되었지만, 적어도 한 가지는 분명해졌다. 요새 영재 아카데미에 다니면서, 난 늘 내가 여기서 뭘 하고 있는 건가 싶어 답답하기만 했다. 그런데 이젠 그 답을 알았다.

난 지금 숨어 있는 거다!

6장
오즈본 선생님
IQ 132

일반적으로 볼 때, 도노반 커티스는 절대로 영재가 아니다. 영재라기보다는 하드캐슬 교육청의 중3 남학생 중 무작위로 선발돼 운 좋게 들어온 학생이라고 보는 게 맞다.

하지만 내 생각은 달랐다. 우선 그 어려운 영재학교 입학 과정을 통과하지 않았는가. 교육부에서 출제하는 몇 세트의 시험을 치러야 하는 건 물론이고, 면접과 정신과 상담까지 거쳐야 한다. 운 좋게 합격한다는 건 있을 수가 없는 일이다.

지난번 열린 교직원 회의는 거의 도노반 커티스에 관한 문제 위주로 진행되었다. 도노반에 대한 각 과목 선생님들의 평은 살짝 의외였다. 모두가 도노반의 재능이 자신의 담당 과목이 아닌 다른 과목에 있을 거라고 생각하고 있었다. 종합해보니, 새로운 전학생의 재능은 아예 '없는' 것으로 결론이 났다. 영어, 사회, 프랑스어와 컴퓨터는 겨우 봐줄 만한 수준이었고, 수학이나 과학은 평균에 훨씬 못 미쳤다. 모든 분야에서 잘하리라고 기대한 건 아니지만 이렇게 '아무것도' 못할 줄은 몰랐다. 어떻게 여기 들어온 걸까?

"로봇공학반엔 잘 어울리나요?" 브라이언 델 리오 교장이 물었다.

나는 고개를 끄덕였다. "구글링 담당입니다."

"뭐 담당요?"

"프로그래밍, 엔지니어링, 수압, 기압에 관한 지식은 물론이고 기본적인 공학 상식도 전혀 모릅니다. 그래서 하루 종일 인터넷에서 깡통맨에 붙일 웃기는 사진을 검색하며 시간을 보냅니다. 아인슈타인이 바나나 먹는 사진 같은."

교장이 얼굴을 찌푸렸다. "깡통맨요?"

"로봇입니다. 깡통 메탈리카 스폰지밥 맨을 줄여서 그렇게 부릅니다. 도노반이 지어줬죠."

"우릴 우습게 보고 그러는 건 아니겠죠?" 사회과 담당 엘리 샤피로 선생이 물었다. "가끔씩 그런 식으로 재미를 찾는 아이들이 있잖아요."

"그건 아닌 것 같습니다." 나는 대답했다. "솔직히 말하자면, 아이들이 도노반의 역할을 좋아해요. 이전까지는 저나 학생들이나 로봇에 이름 붙일 생각을 못 했거든요. 처음엔 전학생 기죽이지 말라고 그래 그래 했던 건데, 지금은 이름 붙여준 게 아주 잘한 일이었다는 생각이 드네요."

"귀엽긴 하네요." 교장이 동의했다.

"단순히 귀엽기만 한 게 아닙니다. 로봇공학 프로그램 전체를 인간적으로 만들었어요. '그것'을 '걔'로 바꿔 부르는 건 정말 변화를 부르는 아이디어였어요."

"그게 답인 것 같네요." 교장이 사려 깊게 말했다. "수많은 똑똑한 아이들이 선생님 반을 거치면서 로봇을 만들고 상을 타왔어요. 그런데도 이름을 붙이고, 꾸며줘야겠다는 생각을 한 건 도노반이 처음이지요."

수학 담당인 마리아 베벨라쿠아 선생이 목소리를 높였다. "아니면 그냥 할 줄 아는 게 없어서 그런 걸 수도 있어요. 수업시간 내내 낙서만 하고, 필기도 전혀 안 해요."

"혹시 포토그래픽 메모리(눈으로 본 것을 마치 사진 찍듯 머릿속에 저장하는 기억 능력:옮긴이) 아닐까요?"

"자기 이름 기억하는 게 신기할 정도인데요 뭐." 베벨라쿠아 선생이 무표정하게 말했다. "어느 학교에서 왔냐고 물었더니 뭐라고 했는지 아세요? '까먹었어요' 하더라고요. 그게 포토그래픽 메모리면, 렌즈 뚜껑을 아직 안 벗긴 모양이네요."

"사회지능이 뛰어난 것일 수도 있지 않습니까?" 교장이 새로운 가능성을 제시했다.

"설마요." 베벨라쿠아 선생이 코웃음 쳤다. "원래 있던 아이들보다는 사회성이 조금 좋을 수 있어도, 사실상 평범한 거나 다름없어요."

"안타깝지만 제 생각도 같습니다." 나는 피곤한 목소리로 말했다. "하루는 애비게일을 따돌리더군요. 도노반이 온 뒤로 반에 마찰이 많아졌어요. 라트렐은 도노반을 무서워하고, 제이시는 어떻게 대해야 할지 몰라 전전긍긍하고 있어요."

"제이시는 누구한테나 그러잖아요." 교장이 끼어들었다.

"그나마 가장 잘 이해해주는 게 클로이 같은데, 그 둘 사이에도 가끔 충돌이 있습니다." 난 말을 이었다. "그리고 노아는……."

"노아는 진짜 천재예요. 그 아이는 아무도 이해할 수 없어요." 베벨라쿠아 선생이 끼어들었다.

나는 한숨을 쉬었다. "그렇긴 합니다. 그런데 말입니다. 노아는 우리가 이해 못 하는 걸 이해 못 해요. 하지만 도노반은 아무것도 이해 못 하죠. 그래서 노아는 영재 프로그램에 불시착한 무슨 외계 생명체라도 되는 것처럼 도노반을 대합니다."

"노아가 보는 게 맞을지도 몰라요." 베벨라쿠아 선생이 말했다.

브라이언 교장의 눈썹이 휘어졌다. "무슨 뜻인가요?"

"혹시나," 베벨라쿠아 선생이 말을 이었다. "우리 입학 절차에 문제가 생겨서 평범한 아이가 들어온 걸 수도 있잖아요."

"불가능해요." 교장은 완고했다. "우리 아이들은 뛰어나기도 하지만, 부족한 부분도 있어요. 지금까지는 도노반의 부족한 부분만 봐왔지요. 이제 시작인 겁니다. 뛰어난 점을 찾아내야 합니다. 재능이 있으니 들어올 수 있었던 게 아닙니까."

회의가 끝나자, 브라이언 교장이 나를 한쪽으로 불렀다.

"알릴 사항이 한 가지 더 있습니다. 별로 반가운 소식은 아닙니다만."

나는 한숨을 쉬었다. "또 도노반 문제인가요?"

"도노반이 아닙니다. 선생님도 아시다시피, 중학교 졸업을 하려면 한 학기 동안 '성장과 발육' 수업을 이수해야 해요."

"'성장과 발육'요? 성교육 말씀하시는 건가요?"

교장이 얼굴을 찌푸렸다.

"요즘은 '성장과 발육'이라고 부르지요."

"그런데 그게 무슨 문제인가요? 작년에 이미 배우지 않았나요?"

"보통은 그래야 하는데……" 교장이 깊은 한숨을 쉬었다. "선생님 반 아이들은 아닙니다."

충격적인 소식이었다.

"아무도요?"

"유명한 아이들 있잖아요. 유킬리스, 할로란, 가핑클, 리 모두 안 들었어요. 전학 온 아이들 몇 명은 전 학교에서 이수한 것 같고, 도노반도 괜찮아요. 하드캐슬에서 이수했더군요."

"그 아이들은 왜 안 들은 거죠?"

교장은 어깨를 으쓱했다.

"로봇공학반은 가장 뛰어난 아이들만 모인 곳 아닙니까. 새롭거나 기발한 프로젝트가 생기면 모두 그쪽 반으로 가고, 그래서 항상 바쁘지요. 그런 학생들이 남녀 신체 구조도나 아기가 어떻게 생기는지에 대한 교육 영상을 보면서 시간을 낭비할 리 없지 않습니까."

"그럼 어떻게 되는 건가요? 지금 하고 있는 수업을 멈추고 남은 학기 동안 성교육을 해야 한다는 말씀인가요?"

교장은 고개를 저었다.

"'성장과 발육' 과목을 가르치려면 나라에서 발급한 자격증이 있어야 합니다. 선생님은 없잖아요."

"자격증이 있는 선생님은 누군가요?"

"없습니다. 2학년 가르치러 살렘 중학교에서 베스 보겔 선생님이 오시는데, 이미 이번 학기는 스케줄이 가득 차 있어요. 지금 예산안에 긴축 정책이 들어가서, 교직원도 최소 인원으로 줄어든 상태입니다. 오즈본 선생님, 매년 이 일로 슐츠 교육감과 고민해왔습니다. 빠져나갈 방법이 있다면 이미 찾았겠지요. 하지만 나라에서 피해 갈 구멍을 조금도 열어두지 않았어요. 자격증 있는 교사에게 무조건 40시간 수업을 받아야 하고, 실습 시에는 그 3분의 1만 해도 이수한 걸로 쳐줍니다."

"아직 어린 아이들입니다, 교장선생님! 어떻게 성교육을 실습합니까? 누가 그걸 시켜요!"

"그래서 저도 고민 중입니다. 방과 후에 추가 수업을 들어도 되고, 방학 동안 이수하는 것도 한 가지 방법이지요."

"그 아이들이 어떤 아이들인데요, 교장선생님. 그 시간에 악기도 배우고, 외국어 공부도 하고, 연구실에서 인턴으로 일하고, 개인 과외까지 받는 아이들입니다. 매 분 매 초까지 완벽하게 스케줄이 짜여 있는 학생들이라고요. 고작 성교육 때문에 시간을 낭비할 순 없지 않습니까?"

"'성장과 발육'입니다."

"세상에, 이런 것 하나 미리 생각을 못 했다니!"

교장은 침울하게 고개를 끄덕였다.

"그러게 말입니다." 비참한 기분이 들었다. "아이들한테는 뭐라고 말하죠?"

"아직은 말하지 마세요. 다른 방법을 더 찾아봐야지요."

◇

나는 다른 선생님들이 내게 도노반의 숨겨진 재능에 대해 말해주길 내심 바라고 있었다. 누군가 다가올 때마다, "알아냈어요! 도노반의 재능은……." 이런 말이 나오길 기대했다. 작가, 물리학자, 피아니스트, 언어학자, 체스마스터, 천문학자…… 아무튼 뭐라도 좋았다. 기억력이 대단해요, 절대음감이 있어요, 언어감각이 뛰어나요, 동굴 탐험에 소질이 있어요. 뭐라도 괜찮았다. 뭐라도!

일종의 현실 도피였다. 해답이 그렇게 쉽게 나올 리 없었다. 내 학생은 내가 제일 잘 안다. 반에서 저 모양인데, 다른 교실에 간다고 뭐가 얼마나 달라지겠는가.

그런데 사실, 도노반은 다른 수업에 비해 내 수업 때 훨씬 덜 적

극적이었다. 적어도 주요 과목 시간에는 실패를 하더라도 시도는 했다. 하지만 로봇공학 시간에는 내내 인터넷에서 깡통맨에 붙일 사진만 찾아 돌아다녔다. 구글 검색에 투자한 시간만 따지자면, 우리 로봇 사이즈가 적어도 20층 건물 높이는 되어야 할 것이다.

갑자기 높은 톤의 웃음소리가 교실에 울려 퍼질 때가 종종 있었다. 소리가 나는 곳을 찾아보면 늘 도노반이 컴퓨터 앞에 앉아 있었다. 그리고 노아는 도노반의 어깨 너머로(정확히 표현하자면 어깨를 부여잡고) 모니터를 들여다보며 발작하듯 웃고 있었다.

노아는 원래 절대로 웃지 않는 아이다. 아이큐가 비정상적으로 높은 대신, 인간관계에서는 아주 기본적인 상식이나 유머감각이 완벽히 결여되어 있기 때문이다. 생각하는 속도는 번개만큼 빠르고 정확하지만, 동시에 100퍼센트 논리적이다. 그런데 얼굴까지 빨개질 정도로 헉헉대며 웃는 노아라니, 처음에는 못 알아볼 뻔했다.

"왜 그러니?"

"보세요."

노아가 컴퓨터 화면을 가리키며 겨우 말했다.

모니터에는 맨발의 남자가 수영장 가장자리를 따라 걷는 동영상이 재생되고 있었다. 걸어가던 남자는 고무 개껌에 발끝이 걸리면서, 팔을 휘저으며 물에 풍덩 빠지고 말았다. 노아는 기침을 해가며 책상을 치고 웃어댔다.

클로이가 내 옆으로 다가왔다. "유튜브라는 거야, 노아."

"최신 사이트야, 나름." 도노반이 말했다. "10년쯤 됐어."

"저게 유튜브야?" 노아가 의심스러운 듯이 말했다. "들어보긴 했는데 한 번도…… 저 배우가 누구야? 대단하다! 정말 실수로 수영장에 빠진 것같이 연기를 하잖아!"

나는 한숨을 쉬었다. 노아 같은 아이가 유튜브에 들어가봤을 리 없지. 노아는 컴퓨터로 일반인들이 할 수 없는 작업을 해낸다. 대신 일반인들이 하는 평범한 것들을 하지 못한다.

"배우가 아니란다." 나는 인내심을 갖고 설명했다. "그냥 평범한 사람이야. 유튜브에는 아무나 동영상을 올릴 수 있어."

노아의 눈이 커졌다. "아무나요?"

"그리고 아무나 볼 수 있고." 도노반이 덧붙였다.

아침에는 유튜브 초보자였더라도, 하교 시간에는 유튜브 관련 박사급 논문을 쓸 수 있는 학생이 바로 노아다. 그게 바로 노아의 지능이 가진 힘이다. 도노반을 일으키고 컴퓨터 앞에 앉은 노아는 사이트 속으로 푹 빠져들더니, 동영상의 총 개수(8억 개)와 동영상을 모두 보는 데 걸리는 시간(600년) 같은 것을 계산할 때 이따금씩 입을 열었다.

"하지만 그건 각 동영상이 평균적으로 20에서 25초라고 가정했을 때의 결과야." 노아가 결론지었다. "좀 더 정확히 파악하려면 몇 주 걸릴 것 같다."

"잘하는 짓이다." 애비게일이 도노반에게 사납게 말했다. "노아는 불치병을 치료하고 세계를 바꿀 아이야. 수영장에 빠지는 이런 멍청이 동영상에 빠져 있을 시간이 없다구."

"재도 좀 쉬게 놔둬." 도노반이 말했다. "저렇게 신난 거 봤어?"

그 말은 도노반이 맞았다. 노아는 선생님들이 허락만 해준다면 곧바로 학교를 그만둘지도 모르는 아이였다. 그런 노아를 뭔가에 빠지게 만든 건 도노반밖에 없었다. 이런 것도 재능이라고 볼 수 있을까?

어쨌든, 아직까지 도노반에게서는 학업 재능에 관한 일말의 가능성도 볼 수 없었다.

반 아이들 중에서는 클로이가 가장 도노반을 좋아했다. 일종의 짝사랑이었는데, 도노반 자체를 좋아하기보다는 일반 학교 출신의 평범한 남자애라는 사실을 동경하는 듯했다. 계속해서 파티나 체육대회 같은 것에 대해 물어보는 게 눈에 띄었다.

"난 그런 거 별로 안 좋아했어." 도노반이 대답했다.

이상하게도 도노반은 하드캐슬 중학교에 있었을 때의 이야기를 피하려는 듯 보였다. 뭔가 찜찜한 일이 있었던 게 분명하다. 자기가 영재학교에 어울리지 않는다는 사실조차 알아채지 못할 만큼 찜찜한 일. 왕따였나? 실제로 학생들 중 꽤 많은 수가 이전 학교에서 따돌림을 당했다. 하지만 내가 보기에 도노반은 그런 타입이 아니었다.

한 번의 거절에 금방 지칠 클로이가 아니었다.

"파티는 있었을 거 아니야. 알잖아. 댄스파티, 이런 거."

"시간 낭비야." 애비게일이 끼어들었다. "싸구려 색테이프에 디스코볼 갖다가 강당에 달아놓고, 저질 음악에 맞춰 뛰어다니는 거밖에 더 돼? 그것보다 더 보람차고 생산적인 일들이 얼마나 많은데."

"내 말이." 도노반이 말했다.

하지만 애비게일이 도노반의 동감에 좋아할 리 없었다.

"얘들아, 웃긴 짓 해봐." 뒤쪽에 서 있던 노아가 캠코더를 들고 우리를 향해 손을 흔들었다. "유튜브에 올릴 거야."

아이들은 모두 무시했지만, 나는 노아의 새로운 취미를 응원해 줘야겠다고 생각했다. 여태껏 노아는 비상한 지능을 갖고 태어난 대신 자기만의 동굴에 갇혀 많은 사회적 상호작용을 하지 못하고 지내왔다. 하지만 이런 식으로 카메라로 다른 사람들을 촬영한다면, 사교성에 한 걸음 다가가는 기회가 될 것으로 보였다.

"깡통맨을 촬영해보는 건 어때?" 나는 제안했다. "선생님이 보기엔 유튜브 스타도 될 수 있을 것 같은데?"

애비게일은 충격을 받은 듯했다.

"말도 안 돼요! 다른 팀한테 우리 작업 상황을 그대로 공개하라구요?"

나는 웃었다.

"친선대회야, 애비게일. 죽고 사는 게임이 아니라구."

하지만 이런 말이 통할 애비게일이 아니지.

"대회의 결과가 영원히 꼬리표로 붙잖아요." 애비게일이 주장했다. "대학 입학이나, 장학금에 아주 중요한 영향을 미칠지도 몰라요. 그게 죽고 사는 게임이지, 아니면 뭔가요? 올해엔 콜드스프링 하버를 이기고 1등을 할지도 몰라요! 그런데도 우리 로봇을 공개 해야 하나요?"

나와 아이들은 입을 모아 애비게일을 설득했다. 콜드스프링하 버 팀이 그 방대한 유튜브 속에서 깡통맨 동영상을 찾아낼 수 있 을까. 만약 찾아낸다면 그 노력만으로도 이길 자격이 있다. 그 사 이에 몇몇 학생들은 벌써 깡통 메탈리카 스폰지밥 맨을 교실 한 가운데로 데려가고 있었다.

로봇은 나날이 완성되어가고 있었다. 나의 도움 없이, 아이들이 직접 만들어낸 작품이었다. 설계는 애비게일과 클로이가, 프로그 래밍은 노아가 했다. 오늘에야 유튜브를 처음 본 아이지만, 노아 는 이진법 코드로 생각을 할 수 있을 정도로 컴퓨터 실력이 뛰어 났다. 납땜의 달인 케빈이 용접을 맡았고, 제이시와 라트렐은 몸 체를 제작했다. 깡통맨의 가슴팍에 붙어 있는, 아인슈타인이 바 나나를 먹고 있는 그림은 도노반이 프린트한 것이었다. 그 외에도 모호크족의 고양이, 영화 〈반지의 제왕〉에 나오는 사우론의 불타 는 눈, 모잠비크의 국기, '뉴욕 쥐잡이 사무실'이라고 쓰여 있는 범퍼 스티커 모두 도노반이 생각해낸 디자인이었다.

애비게일이 조이스틱을 잡고 깡통맨의 첫 시범 운행을 시작하 자, 노아가 카메라를 이리저리 움직이며 촬영했다. 깡통맨은 바닥 의 색선들을 따라 스스로 움직일 수도 있지만, 대회의 가장 중요 한 라운드에서는 인간 조종사가 직접 로봇을 조종해야 한다.

나는 올해 처음 사용해보는 메카넘 휠이란 바퀴를 예의 주시해서 관찰했다. 작년에는 콜드스프링하버 팀이 이 타입의 바퀴를 사용해서 높은 기동성을 자랑했다. 하지만 깡통맨의 기동성은 딱히 나아진 듯 보이지 않았다.

"잠깐만."

나는 바닥에 엎드려 메카넘 휠이 제대로 돌아가고 있는지 베어링 상태를 확인했다.

"바퀴 문제가 아니에요." 도노반이 끼어들었다. "조종사가 문제지."

애비게일이 도노반을 노려봤다. "네가 로봇공학에 대해 뭘 알아?"

"몰라." 도노반이 정직하게 대답했다. "그래도 조이스틱 다룰 줄은 알지. 너희 비디오게임 해본 적 없어?"

"어디, 넌 얼마나 잘하는지 보자!"

도노반은 어깨를 으쓱하더니 조이스틱을 달라는 듯 손을 내밀었다. 애비게일은 마지못해 조종 장치를 건네줬고, 도노반은 곧바로 깡통맨을 움직이기 시작했다. 그다음 벌어진 광경은 그저 놀라울 따름이었다. 마치 로봇이 춤추며 교실을 누비는 듯 보였다. 메카넘 휠은 도노반의 손동작에 맞춰 자유자재로 방향을 바꾸었.

구경하던 아이들이 환호성을 지르며 도노반에게 조종사를 맡아달라고 부탁했다. 애비게일만이 끓어오르는 화를 주체하지 못하며 가만히 서 있었다.

"됐다!"

녹화를 마친 노아가 첫 유튜브 동영상을 사이트에 올리기 위해 컴퓨터로 달려갔다.

나? 나는 올해엔 콜드스프링하버 팀을 이기고 상금을 받아 올 수 있겠다는 기대에 신이 나 있었다. 하지만 그와 동시에 가장 중요한 문제, 도노반이 가진 재능의 정체가 점점 더 미궁 속으로 빠져들고 있다는 생각이 들었다. 하루 종일 비디오게임만 해서 조이스틱을 잘 다루는 학생은 영재아카데미와 어울리지 않는다.

도노반 커티스는 어째서 영재학교에 들어온 걸까?

7장
도노반 커티스
IQ 112

사회과 수행평가지 위의 커다란 'D⁻'는 마치 나를 노려보는 것 같았다.

"상대평가예요?"

샤피로 선생님은 거의 동정하듯 대답했다.

"아니야, 도노반. 절대평가란다."

"아."

성적에 크게 연연하는 성격은 아니지만, 이건 좀 충격적이었다. 여기서 가르치는 수학이나 과학을 따라잡을 순 없으니, 이 학교에서 조금이라도 오래 버티려면 영어나 사회 같은 과목에서 점수를 따야 했다. 'D⁻'라는 점수가 충격적인 건 그 때문이었다. 정말 열심히 공부했는데 말이지. 영재학교니까, A까지는 기대 안 했다. 하지만 적어도 B는 될 거라고 생각했다. 아무리 못해도 C 정도는!

선생님이 한숨을 쉬었다.

"뭐 하고 싶은 말 있니? 잘못된 거라도 있어?"

잘못됐다. 유치원 이래 가장 엄청난 노력을 쏟아 부은 학교 수행평가에서 D⁻를 받다니, 잘못돼도 한참 잘못됐다.

잠자코 있자 선생님이 캐물었다.

"집에서 뭐라고 하실까 봐?"

"아뇨, 제가 주의력결핍장애(ADHD)가 있어서요."

난 진심을 담은 표정으로 말했다. 샌더슨에게 주의력결핍장애가 있었는데, 그 녀석은 가끔씩 그걸 구실로 조금 후한 점수를 받곤 했다.

샤피로 선생님의 표정이 곧바로 누그러졌다.

"왜 미리 말하지 않았니?"

"다른 것 때문에 정신이 없었나 봐요."

선생님 얼굴에 의심스러운 표정이 감돌기에, 난 얼른 덧붙였다.

"그리고 이번엔 혼자서 한번 해보고 싶었거든요. ADHD가 자랑은 아니잖아요."

"그런 말 마라. 높은 지능을 가졌어도, 동시에 학습장애가 있는 경우가 그리 드문 건 아니란다."

선생님은 수행평가지를 건넸다.

"이 수행평가에 일주일 더 시간을 주마. 어때?"

별로 마음에 드는 제안은 아니었다.

"음......"

"그럼 그후에 채점해보고 성적을 다시 줄게."

흠, '학습장애'라는 꼬리표에는 생각보다 많은 혜택이 따라오는 듯했다. 그렇다면 ADHD로만 끝낼 순 없지. 극심한 강박장애에 시달리는 척할 수도 있고, 난독증으로 고생하는 것처럼 연기할 수도 있다. 특히 난독증이라고 둘러대면, 영어 시험을 아무리 망쳐도 D⁻를 받을 일은 없을 거란 생각이 들었다.

난 추가로 주어진 일주일 동안 온 정성을 쏟아 사회 수행평가를 마무리 지었고, 샤피로 선생님은 마지못해 내 성적을 C로 올려주었다. 영어 과목 성적도 별반 다르지 않았다. 난독증에 시달리는 척해봤자, 내 실력으로 받을 수 있는 가장 높은 점수는 C⁻였다. 『베오울프』라는 고전을 혹시 읽어봤나? 요약본만 봐도 머리가 지끈지끈 아프다.

난 온갖 장애를 갖다 붙이기 시작했다. 하지불안증후군. 지루해서 꼼지락대는 행동의 그럴싸한 변명거리였다. 방광에 문제가 있다는 핑계로 화장실도 자주 다녔다. 이런 거짓 변명들에 죄책감이 들었던 건지, 난 밤마다 학교 선생님들이 모여서 내 온갖 잡병들을 비교 분석하는 끔찍한 악몽에 시달려야 했다. 꿈이 끝날 때쯤에는 늘 앰뷸런스가 나타나 나를 중환자실로 끌고 갔는데, 나를 호송한 응급구조사가 마스크를 벗으면 그제야 그가 슐츠 교육감임을 깨달았다. 깜짝 놀라 캑캑대며 잠에서 깨어나면, 베아트리체가 내 얼굴 위에서 자고 있었다.

그래, 그 늙은 차우차우는 여전히 우리가 키우고 있다. 아니, 정확히 말하자면 내가 키우고 있다. 베아트리체는 나를 너무나 좋아한다. 케이티 누나가 여러 차례 그 똥개를 돌보려 시도해봤지만, 내 방에 들어오는 즉시 베아트리체가 으르렁거리며 쫓아내버렸다. 몹쓸 똥개는 늘 나만 찾았다. 밤엔 내 침대에서 잤고, 낮엔 내 옷장 서랍 안에서 지냈다. 내 냄새가 침대 시트와 서랍 안의 옷에 배어 있기 때문인데, 덕분에 난 밤낮 가릴 것 없이 개털 때문에 온몸을 긁으며 살아야 했다. 녀석은 특히 잘 때면 늘 내 몸 위로 올라와 잤다. 애견 호텔 사업 같은 걸 해봐도 될 것 같다. 애견 간식 사업을 해도 성공할 것 같다.

결국 짜증이 나서 못 돌보겠다고 선언하고 싶었지만, 사돈어른의 말마따나 베아트리체가 '정말' 아픈 것 같아 도저히 그만둘 수가 없었다. 녀석은 힘도 전혀 없었고, 밥에도 일체 입을 대지 않았다. 그럼에도 점점 살이 쪄간다는 게 놀라울 정도였다. 너스바움의 애완 뱀이 오히려 더 활기차 보였는데, 온혈동물보다 냉혈동물이 더 활발한 걸 보면, 확실히 문제가 있는 게 분명했다.

케이티 누나는 혼란에 빠졌다.

"베아트리체가 어떻게 되면, 브래드가 아프간에서 탱크를 끌고 와 날 밟고 지나갈지도 몰라."

"그리 좋은 생각 같진 않은데? 누나가 얼마나 엄청난 과속방지 턱인데. 탱크가 망가져 물어내야 할지도 몰라."

불쌍한 누나. 배는 점점 부풀고, 엉덩이는 펑퍼짐해지고, 발목은 두꺼워지고, 종아리의 핏줄은 눈에 띄게 불거져가고 있었다. 바닥에 실례를 하지 않는다는 것만 빼면 베아트리체만큼이나 큰 골칫거리였다.

어느 날 아침을 먹으러 아래층으로 내려가는데 발바닥에 뜨뜻미지근하고 기분 나쁜 감촉이 느껴졌다.

"저 똥개 좀 쫓아내요!"

난 축축한 양말을 벗으며 계단을 뛰어 내려갔다.

아빠가 현관에서 나를 바라보며 미소 지었다.

"군대에서 열심히 일하고 있는 사람도 있는데, 그 애완동물을 쫓아내라고?"

"차우차우 화장실에서 살 순 없잖아요!"

아빠는 다 이해한다는 식으로 그저 허허 웃었다.

요즘은 아빠마저 모든 면에서 너그러워졌다. 이런 걸 보니, 영재들이 평범한 아이들과 다를 수밖에 없겠다는 생각이 들었다. 꿈같은 세상에서 살아가지 않는가.

"출근길에 카펫 청소기 하나 사야겠다. 양말 갈아 신어. 태워다 줄게."

집 밖으로 간 나는 아빠 차에 붙어 있는 새로운 범퍼 스티커를 발견했다.

영재아카데미 명예 학생의 자랑스러운 학부모

"제가 무슨 명예 학생이에요? 그냥 다니는 것뿐이라구요."

아빠는 어리둥절한 표정이었다.

"거기 있는 모든 학생이 다 명예 학생이지. 그 학교를 걸어 들어가는 것만으로도 명예로운 거잖아. 그리고 우리 가족은 모두 널 자랑스럽게 여기고 있단다, 도니. 너희 엄마랑 나랑, 네 누나도."

"누나가요?" 난 콧방귀를 뀌었다. "베아트리체보다도 멍청하다고 욕했는걸요."

아빠가 차에 시동을 걸며 말했다.

"누나가 말은 그렇게 해도, 진심으로 너한테 고마워하고 있다는 사실을 잊지 마라. 브래드는 아프간에 있고, 출산 예정일은 점점 다가오고, 요즘 우리 가족한테 참 힘든 일이 많아. 게다가 베아트리체까지 기르게 됐잖니. 그런데 네가 영재학교에 들어가면서 오랜만의 희소식에 모두가 얼마나 기뻐했는지 아니? 마치 신의 뜻인 것 같았다."

정신이 혼미해지는 기분이었다. 슐츠 교육감을 피해 영재학교에 숨어 다니는데, 온 가족의 기대까지 떠안게 되다니. 압박이 없을 수가 없었다.

가는 길에 가전제품 가게에 들른 아빠가 가게 주인과 얘기하는 동안, 계산대에 펼쳐져 있는 지역 신문이 눈에 들어왔다. 헤드라인을 읽는 순간, 아침에 먹었던 것들을 모조리 게워낼 뻔했다.

'동상 사태', 체육관 수리에 제동 걸려

하드캐슬 중학교의 체육 수업은 영하의 추운 날씨에도 야외에서 진행될 예정이다. 체육관의 이중유리문은 여전히 나무판자로 막혀 있고, 바닥의 25% 가량이 심각한 손상을 입었다. 교육부에서는 체육관 수리를 위해 이미 건축회사를 고용한 상태다.

그런데도 공사가 지연되는 이유는 무엇일까?

판테온 보험회사에서는 체육관의 손상이 아틀라스 상 '관리 태만'으로 인한 것이라 주장하며 보험금 지급을 거부하고 있다. 체육관으로 굴러 들어온 아틀라스 상의 지구본(약 180킬로그램)는 오랜 세월 부식되어온 볼트 하나만으로 본체에 고정되어 있었다. 판테온 측은 동상 제작업체 측에 잘못을 돌리고 있다. 하지만 제작업체인 (주)클래시컬 동상 주조장은 1998년 이미 부도가 난 회사다.

하드캐슬 교육청은 판테온 측에 소송을 제기했으나, 몇 년간 소송이 끝나지 않을 수 있다고 교육감 알론조 슐츠는 전했다. 한편, 중학생들의 체육 수업은 현재 추위 속에서 진행되고 있다. 학교 대표팀 간의 농구 경기를 위한 장소도 새로 물색되어야 하며, 매년 주최하던 밸런타인 댄스파티마저 다른 곳에서 열릴 전망이다. 슐츠 교육감은 '용의자'를 찾을 시 좀 더 빠르게 사태를 해결할 수 있을 것으로 보이며……

맙소사. 보험회사가 끝까지 보험금을 안 주겠다고 버티면, 결국 이 '용의자'가 모든 걸 뒤집어쓰게 되는 건가? 슐츠 교육감이 망해가는 회사에서 쓰레기 동상을 사들인 게 어떻게 내 잘못이 될 수 있지? 몇 푼 아끼겠다고 볼트를 겨우 하나밖에 쓰지 않은 클래시컬 동상 주조장에 수리비를 청구하는 게 맞지 않나?

아니, 결국 그런 허술한 동상을 유리로 된 체육관이 내려다보이는 언덕 위에 배치한 교육감 잘못이다!

난 동전 한 푼이라도 아끼려고 가게 주인과 실랑이를 벌이는 아빠를 봤다. 가난한 건 아니지만, 케이티 누나에 곧 태어날 아기까지 입이 더 많아진 상태에서 여유롭게 지출할 수 있는 형편은 절대 아니었다. 다행히 베아트리체가 밥에 입을 대지 않아 사료 값을 아낄 수 있었지만, 어쨌든 체육관을 수리할 비용은 없었다. 노아 유킬리스나 애비게일 리도 그런 천문학적인 금액을 계산해낼 수는 없을 거다.

학교에 평소보다 일찍 도착한 덕분에 내 형편없는 과학 보고서에 투자할 시간을 조금 벌 수 있었다. 애비게일의 보고서 제목은 '유기 화합물의 무기 합성'이었고, 클로이의 보고서는 빛 분자들의 파동에 관한 것이었다. 노아의 것은 빅뱅 이후 몇 초 동안 우주가 팽창할 때 생긴 현상을 설명하는 공식에 관한 내용이었다. 반면 내 보고서의 제목은 '특별한 품종 차우차우'였다. 제목만 봐도 다른 아이들 것과 비교도 안 되는 수준임을 알 수 있겠지만, 난 나름대로 온 노력을 쏟아 부었다. 내 계획은 이랬다. 영재아카데미 아이들보다 과학이나 수학 면에서 너무 부족하니까, 개인적인 감성으로 공략하자는 것이었다. 집에서 죽어가는 개를 내내 돌보고 앉아 있으면, 얻어낼 게 뭐라도 있어야 하지 않겠는가. 난 사진도 찍고, 짖는 소리도 녹음하고, 털과 침 샘플도 채취했다. 노력을 가상하게 여겨서라도, 홀먼 선생님이 높은 점수를 줄 거라고 확신

했다. 만약 선생님이 애견인이라면, 땡 잡은 거고.

 난 거의 텅 빈 내 사물함에 코트를 쑤셔 넣었다. 영재아카데미의 사물함은 정말 커다랬다. 본 적은 없지만, 아마 누군가는 사물함 내부의 콘센트와 연결하여 거대한 열대어 수족관을 차려놨을지도 모를 일이다. 휴대폰 이용 금지인 하드캐슬 중학교와 달리, 영재아카데미 아이들은 언제든지 노트북과 스마트폰을 가지고 다니며 충전할 수 있었다. "언제 영감이 떠오를지는 아무도 알 수 없거든." 오즈본 선생님이 즐겨 하는 말이었다. 하지만 정작 아이큐 피라미드의 꼭대기에 위치한 노아 유킬리스는 요즘 스마트폰으로 유튜브만 시청한다는 사실을 생각하니 웃음이 나왔다.

 너무 일찍 도착한 것인지, 로봇공학반 교실은 텅 비어 있었다.
 "안녕, 깡통맨."
 난 아침 인사를 건네며 로봇 손에 조심스럽게 하이파이브를 했다. 이상하게 들릴지 모르겠지만, 이 로봇이 내 덕에 이름을 갖게 됐다는 생각을 하면 괜히 뿌듯해진다. 깡통맨의 첫 공식 조종사가 나라는 생각을 해도 마찬가지로 기분이 좋아진다. 엄청 심각한 사건의 한가운데 있는 녀석이 하는 생각치곤 참 어처구니없다.

 깡통맨 옆에 서 있다가 오즈본 선생님의 지저분한 책상 쪽으로 눈길을 돌렸다. 각종 서류들 꼭대기에 눈에 띄는 메모지 한 장이 보였다. '여름방학 보충'이라고 쓰여 있었다.

 나를 대상으로 하는 보충수업이 분명했다. 영재학교 아이들한테 무슨 보충이 따로 필요하겠어?

> 오즈본 선생님. 안타깝게도 교육청 내에서는 선생님 반 아이들이 이수하지 못한 '성장과 발육' 수업에 적합한 선생님을 찾을 수 없었습니다. 여름방학 보충이 불가피한 것으로 보입니다. 보충의 대상은 클로이 가핑큰, 애비게일 리, 노아 유킬리스……

몰래 훔쳐보고 있는데, 오즈본 선생님이 나타났다.
"도노반, 책상에서 떨어져!"
메모지의 내용이 너무 예상 밖이라 선생님이 화가 났는지 어쩐지는 신경 쓸 겨를이 없었다.
"보충수업 해요?" 난 탄성을 질렀다. "로봇공학반 애들이요?"
"네가 상관할 일이 아니다." 선생님이 날카롭게 말을 잘랐다. "넌 이미 이수했으니까."
"이 지역에서 제일 똑똑한 애들한테 무슨 보충을 시켜요? '성장과 발육'이 뭔데요?"
"나라에서 지정한 보건 수업이야." 선생님은 힘없이 설명했다. "넌 작년에 들었잖아."
무슨 상황인지 대충 알 것 같았다.
"다른 것들 가르치느라 놓치신 거예요? 그건 애들 잘못이 아니라 선생님 잘못이잖아요."
오즈본 선생님이 뺨이라도 맞은 듯한 표정을 지었다.

"그렇지."

나와 이 학교 학생들 사이엔 공통점이 영영 없을 줄 알았다. 그런데 이 아이들도 나와 비슷하게 교육당국의 실수 때문에 고통받는 처지가 되고 말았다. 난 싸구려 불량 동상을 구입한 슐츠 교육감 때문에, 우리 반 아이들은 필수 이수 과목을 빼먹고 가르쳐주지 않은 선생님 때문에.

"그럼 가르치면 되잖아요. 10분만 가르쳐도 다 외울걸요."

오즈본 선생님은 무겁게 고개를 저었다.

"자격증이 있어야 해. 아니면 실습을 하거나."

"실습요?" 난 깜짝 놀라 물었다. "그걸 실습을 해요? 성장과 발육이면 그…… 그게……."

"생리학이지." 선생님이 말했다. "사춘기, 성징……."

갑자기 괜찮은 생각이 언뜻 머리를 스쳤다.

"그리고요?"

"생식."

○

누나가 두 팔로 커다란 배를 감싸 안았다.

"너, 미쳤구나. 원래 미친 줄은 알았는데, 이 정도일 줄은 몰랐다."

"그러지 마, 누나." 난 누나를 달랬다. "학교 몇 번만 왔다 갔다

하면 돼. 뭐가 어때서 그래? 어차피 임신한 거잖아."

"뭐가 어때서 그러냐고? 내 사생활은? 내 명예는? 내 자존감은? 내 아기를 과학실험 대상으로 만들고 싶진 않거든?"

"우리 반 애들은 진짜 급하다구."

하지만 누나의 입장은 완고했다.

"영재들이라며? 알아서 해결하라고 그래."

"누나, 진짜 한 번만 도와줘."

"웃기지 마, 도니. 죽어도 못 해."

난 한숨을 쉬었다.

"그래, 그럼. 매형만 불쌍해지는 거지 뭐."

그러자 누나의 태도가 갑자기 조심스러워졌다.

"브래드는 왜?"

"지금 머나먼 타향에서 나라를 위해 일하고 있잖아. 돌아왔는데 베아트리체가 죽어 있으면 좀 슬퍼할 것 같아서."

난 카펫 위에 실례를 하고 있는 똥개 녀석을 가리켰.

누나가 비명을 지르는 바람에 아래층에서 엄마가 달려 올라왔다.

"왜 그러니?"

"아무것도 아녜요." 난 심드렁하게 말했다. "근데 카펫 청소기 좀 꺼내주세요. 또 써야 할 일이 생겼어요."

누나는 어찌할 바를 모르며 말했다.

"도니, 너 그게 무슨 소리야?"

"굳이 이렇게 말해줘야 해? 베아트리체를 돌보는 사람은 나 하나잖아."

"그게 내 잘못이야?" 누나가 소리 질렀다. "저 똥개가 날 싫어하는데 어떡해."

"그것 참 안됐네. 착한 사람들한테도 가끔 나쁜 일이 생긴다니까. 불쌍한 영재학교 애들만 해도 그래. 수업을 이수 못 한 건 걔들 잘못이 아닌데, 결국 불이익을 받는 건 걔들이잖아. 사돈어른이 죽어가는 개를 누나한테 떠넘긴 것도 누나 잘못은 아니지만……."

"죽는단 소리 마! 안 죽어! 죽으면……" 순간 내 속셈을 알아챈 누나가 말을 바꿨다. "이 빌어 처먹을 자식아! 네가 어떻게 나한테 이래!"

난 고개를 끄덕였다.

"매형이 불쌍하다니까."

누나는 한 발 더 세게 나왔다.

"그 머저리들이 보충수업을 듣든 말든 네가 무슨 상관이야? 넌 벌써 이수했다면서. 왜 네가 나서서 난리야!"

반은 맞는 말이었다. 누나한테 설명할 수 있는 선 안에서는, 영재아카데미 아이들을 돕는다고 나한테 돌아오는 건 없었다. 하지만 만약 이게 먹힌다면, 그러니까 임신한 누나가 아이들을 가르치는 게 실습으로 인정된다면, 나와 영재아카데미와의 유대관계는 더욱 끈끈해질 거다. 성적이 오르진 않겠지만, 내 형편없는 실력에 대한 사람들의 관심을 몰아내는 데 한몫할 거다. 그리고 영재아카데미에 오래 남아 있을수록, 슐츠 교육감의 심판을 뒤로 미룰 수 있다.
 이기적이라고? 꾀가 좋은 거지. 그리고 제임스 도노반 씨라도 이렇게 했을걸. 족보닷컴에서 굳이 환불받을 필요는 없을 것 같다. 하드캐슬 중학교를 가라앉는 타이태닉호라고 비유한다면, 제임스 도노반 씨처럼 나 도노반도 생존자에 속하게 될 거다.
 난 큰 목소리로 말했다.
 "원래 착한 사람이 친구들을 돕는 거야."
 누나는 눈을 굴렸지만, 내 설득이 통했음을 알 수 있었다.

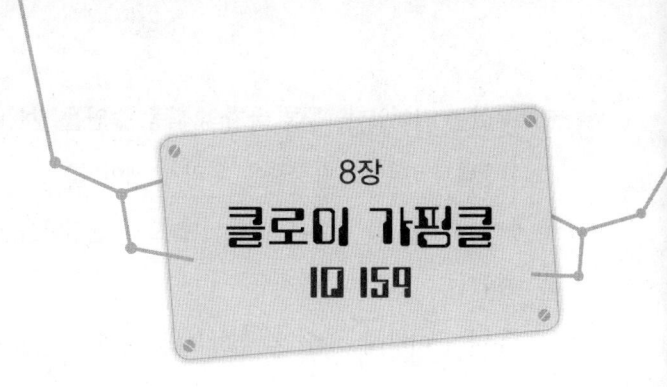

8장
클로이 가핑클
IQ 159

가설: 도노반 커티스는 우리 반 전부를 합친 것보다 똑똑하다.

그래, 나도 억지라는 걸 안다. 하지만 반 1등, IQ 천재도 생각해 낼 수 없었던 여름방학 보충수업 대응책을 들고 나온 사람이 바로 도노반이다. 오즈 선생님, 교장선생님, 슐츠 교육감까지도 쩔쩔매던 문제를, 도노반이 한 방에 해결한 거다.

교실 안으로 먼저 나타난 건 특대 수박을 식탁보로 감싼 듯 거대한 배였다. 우리는 임신한 '성장과 발육' 선생님의 나머지도 얼른 들어오기를 기다렸다. 빨리 움직이지 못해 생각보다 오래 걸렸다. 배를 제외한 체구가 얼마나 작은지, 그 상태로 움직일 수 있는 것만으로도 놀라워 보였다.

선생님의 이름은 케이티 패터슨, 즉 도노반의 누나였다. 우리 '성장과 발육' 수업의 연구 과제이기도 하고, 여름 보충수업을 피할 수 있는 길이었다. 물론 국가의 최종 승인을 받아야겠지만, 오즈 선생님과 다른 교직원들은 우리가 케이티의 남은 임신기간 6주 동안 수업을 들을 수 있다면 실습으로 인정받을 수 있다고 입을 모았다.

도노반이 이곳에 전학 온 순간부터, 뭔가 대단한 아이가 왔구나 싶은 느낌이 들었다. 이제 그 느낌이 증명된 셈이었다. 도노반은 우리를 구하기 위해 들어온 기병대였다. 우리 주에서, 혹은 전국에서 가장 똑똑할지도 모르는 학생들이 수업 한 과목을 이수 못 해 고등학교에 진학 못 하는 게 말이 되나? 영재아카데미와 교육청에 큰 불명예가 되었을 거다. 우리가 이렇게 되더라도 도노반에겐 아무런 영향이 없었다. 그 아이는 이미 '성장과 발육'을 이수했기 때문이다. 게다가 누나인 케이티는 이곳에 나와 뱃속 아기를 수업 대상으로 삼는 게 그리 반갑지 않은 듯 보였다. 아마 집에 가면 도노반이 그 대가를 치러야 할 거다.

애비게일은 도노반이 자기중심적인 멍청이에다, 영재도 아니고, 돌아서면 우리를 비웃을 거라고 주장했다. 내 생각은 다르다. 우리와 같은 식의 영재는 아닐지 몰라도, 새로운 변화를 일으키는 특기가 있었다. 로봇공학반을 예로 들어보자. 과학적인 면에서 보면, 깡통맨은 처음 만들어졌을 때와 크게 달라진 점이 없었다. 하지만 거기에 도노반이 이름을 붙여주고, 인터넷에서 찾아낸 웃기는 사진을 붙여주고, 조이스틱 조종 기술까지 곁들이면서, 놀랍게도 반 전체의 분위기를 변화시켰다. 우리는 연구 대상에 집중하며, 열정적으로 서로 협력하는 진짜 팀이 되었다. 콜드스프링하버 팀도 올해는 조심 좀 해야 할 거다.

가설: 집단은 구성원 개개인의 합보다 크다. 특히 그 구성원 중 하나가 도노반이라면.

"로봇공학반에 온 걸 환영해요, 케이티." 오즈 선생님이 따뜻하게 환영했다. "모두 정말 감사하게 생각하고 있답니다."

케이티는 도노반을 잠시 노려본 후 다시 오즈 선생님에게 시선을 돌렸다.

"이해해주셔야 할 게 딱 하나 있어요. 7개월 임신부는 화장실에 자주 가게 되거든요. 만약 갑자기 교실을 나가더라도 붙잡지 마세요."

오즈 선생님이 그 순간을 놓치지 않고 아이들에게 말했다.

"아이가 자라면서 자궁이 늘어나면, 방광에 압력이 가게 된단다."

"이유가 뭐든, 뭘 하던 중이든," 케이티가 말을 이었다. "화장실에 가야 할 때는 바로 가야 한다는 거예요. 알겠죠?"

가설: 임신부 법칙—임신한 사람이 법을 정한다.

"먼저," 케이티가 말했다. "임신이란 건 인생에서 겪게 될 경험

중 가장 이상한 경험이에요. 몸 하나를 더 붙이고 다니는 기분이에요. 쓸데없이 가구에 부딪히거나 하고, 시간이 갈수록 더 많이 부딪히죠."

내가 제일 먼저 손을 들어 질문했다. "하지만 기대도 되지 않나요?"

"그랬었죠." 케이티가 말했다. "그런데 6개월이 지나니까 별로 감도 안 오더라고요. 1년 내내 기대감에 부풀어 사는 것도 힘들어요." 케이티의 표정이 점차 어둡게 변했다. "태어나도 아빠가 옆에 없을 걸 생각하면 슬프기도 하고요."

"아기 아빠는 언제 죽었어요?" 노아가 비음 섞인 목소리로 물었다.

도노반이 노아 코앞에서 크게 웃음을 터뜨렸다. "안 죽었어, 똑똑아! 아프가니스탄에서 탱크 몰고 있어. 그냥 때에 맞춰 돌아오지 못하는 것뿐이야."

오즈 선생님이 끼어들었다. "노아를 이해해주세요. 못된 아이가 아니니까요."

케이티가 고개를 끄덕였다.

"그리고 또 한 가지, 임신을 하면 사생활의 일부였던 내 몸이 낯선 사람들의 실험실이 되는 기분이에요. 하얀 가운 입은 의사들이 각종 방법으로 찌르고 건드리면서 상태를 체크하거든요. 뱃속을 보려고 신기한 기계들도 사용하는데, 혹시 보고 싶은 사람 있으면 보라고 초음파 사진 가져왔어요."

모두가 보고 싶어 했다. 케이티는 조금 놀란 것 같은 눈치였다. 우리가 모두 도노반 같을 거라고 생각한 모양이었다. 우리 중 임신이나 초음파 사진에 익숙한 아이는 없지만 무엇이든 진지하게 열중하는 게 로봇공학반의 특징이다. 모든 것에 대해 알고 싶기 때문에 뭐든 배워나가는 아이들이다.

난 아기의 형상을 찾기 위해 흑백사진을 열심히 들여다봤다. 몸통과 발을 언뜻 본 것 같기도 하고, 동시에 에이브러햄 링컨의 반신상이 보이는 것 같기도 했다. 애비게일이 머리라고 주장한 건 알고 보니 양막에 생긴 거품이었다. 라트렐은 쌍둥이라고 주장했다. 케빈과 제이시는 아무것도 찾지 못했다.

도노반은 사진을 보려 하지 않았다. "어차피 태어나면 실컷 볼 텐데 뭐. 내 조카잖아. 남자인지 여자인지 모르겠지만."

노아가 앞으로 나서서 자세히 들여다봤다. "만약 여자애면, 이건 뭐지?"

노아가 가리키는 '무엇'만큼은 모두가 알아볼 수 있었다.

케이티는 놀람과 동시에 허탈한 표정을 지었다. "태어날 때까지 성별은 모른 채로 있고 싶었는데……."

"틀린 걸 수도 있어요." 오즈 선생님이 확신 없는 목소리로 말했다.

우리도 고개를 끄덕이며 동조했지만, 노아가 틀릴 리 없다는 건 모두가 알고 있었다.

"아기 양말은 파란색으로 짜놔야겠네." 도노반이 말했다.

케이티가 도노반을 노려봤다. "웃지 마, 도니. 너 아니면 여기 오지도 않았어. 다 네 잘못인 줄 알아!"

가설: 남매는 서로를 향한 욕설과 비난으로 가족 간의 우애를 유지한다.

문제될 건 없었다. 케이티가 로봇을 보고 싶다고 해서, 우리는 깡통맨을 간단히 작동시켰다. 도노반이 조종하는 동안, 난 케이티 옆에 가서 섰다.

"도노반, 집에선 어때요?" 난 조용히 물었다.

"한마디로 웃기는 애야." 케이티가 대답했다. "오렌지주스를 병째 마시지 않나, 낡은 양말로 방바닥을 가득 채우지 않나, 살면서 '고마워'란 말은 절대 안 하지. 끝도 없어."

"그래도 여기로 언니를 데려오는 엄청난 일을 해냈잖아요."

도노반 편을 들어주려니 얼굴이 빨개지는 느낌이었다. 케이티가 뚫어져라 보기에 난 바로 방어적인 자세를 취했다.

"왜요?"

"아무것도 아니야." 케이티가 미소 지었다. "그냥, 다른 사람 시선으로 보는 내 동생은 이렇구나, 싶어서."

깡통맨이 조그만 미니 로봇들을 한창 바닥에 내려놓고 있을 때, 갑자기 케이티가 꿈꾸는 듯한 표정으로 가만히 움직임을 멈췄다.

"언니, 괜찮으세요?"

"아기가 발로 차고 있어."

케이티가 내 손을 잡아 자신의 둥근 배 위에 올려놓았다.

마치 딸꾹질처럼 손바닥에 가벼운 두드림이 느껴졌다. 낯설면서도 아름다웠다. '성장과 발육' 수업에 한층 더 가까워진 것 같았다. 60분 만에, 난 새로 태어나는 생명의 느낌이 어떤지 어렴풋이나마 느낄 수 있었다.

가설: 아프가니스탄의 한 탱크 지휘관은 아들을 가지게 될 것이다.

9장
노아 유킬리스
IQ 206

 여태까지 내가 받은 수학시험 점수는 이렇다: 20점 만점에 0점, 15점 만점에 1점, 35점 만점에 4점, 그리고 응시 중단.
 그런데도 성적표에 찍힌 등급은 A^+.
 난 베벨라쿠아 선생님께 내 점수는 정확히 4.52%이며, 어떤 방법으로 계산하더라도 완벽한 F^-라고 말씀드렸다. 그러자 선생님은 그저 웃음을 터뜨리며 내 A^+를 A^{++}로 바꿨다. 비고란에는 '계산기 없이 복잡한 평균을 암산함'이라고 덧붙여 썼다.
 이 얼마나 불공평한 일인가?
 유튜브에서 '망친 수학시험'이란 제목의 영상을 봤다. 하지만 별 도움은 되지 않았다. 수학시험을 망칠 방법을 알려주는 게 아니라, 어떻게 해야 잘 볼 수 있는지를 알려주는 영상이었다. 레슬링 동영상, 말하는 오렌지, 유전에 불을 붙이는 사람들 등 갖가지 신기한 영상이 가득한 유튜브라면, 뭔가 내 고민에 대한 해답을 가지고 있을 줄 알았는데 말이다!

'실패한 학교'라는 제목의 동영상도 있었는데, 요즘의 교육 시스템이 얼마나 잘못된 것인지에 대해 역설하는 내용이었다. 잘못된 교육 시스템에 대해 나만큼 잘 아는 사람도 없을 거다. 하지만 유튜브에서 말하는 것과는 다른 근거를 갖고 있다. 요즘 교육의 문제는, 시답잖은 IQ 테스트에서 206이란 결과를 받은 것만으로 모두가 환호하며 열광하는 데에 있다. 평범한 학교에 못 다니고, '아카데미'라는 허울 좋은 이름이 붙은 '특수학교'에 들어가야 한다. 그리고 그때부터 각종 부담이 가해지기 시작한다. 더 잘해라, 1등이 돼라, 최선을 다해라, 성공해라, 이겨라.

어째서?

"그렇게 완벽한 머리를 갖고 태어났으면서, 시간 낭비를 하면 안 되지!" 오즈 선생님은 늘 이렇게 말한다. "만점 받을 수 있는 머리잖아."

오즈 선생님은 내가 35점 만점에 4점을 받은 게 고의였다고 인정하길 바랐다. 만점쯤이야 쉽게 받을 수 있다고 말해주길 원하는 것 같았다. 하지만 난 그런 것 따윈 애초에 신경 쓰지 않았다. 어차피 너무 쉬워서 4점을 받든 35점을 받든 거기서 거기다. 마치 풀밭에서 민들레 갓털들을 차며 걷는 것과 마찬가지 이치다. 원한다면 모두 발로 차서 날려 보낼 수 있다. 하지만 뭐 하러 귀찮게 그러지? 어차피 나랑 아무 상관 없는데.

애비게일은 내가 미쳤다고 주장한다. 난 그렇게 생각하지 않는다. 내가 더 똑똑하니까. 내 말이 맞는 거겠지?

난 무언가를 맞히려고 노력하는 게 아니다. 그냥 애초에 정답을 알고 있는 것뿐이다. 사람들이 묻기도 전에 해답을 알고 있다면, 영재이든 아니든 문제를 맞히는 건 어려운 일이 아니다. 일반 학교에 다니더라도, 그런 것쯤은 쉽게 할 수 있다.

그래, 그러니까 제발 일반 학교에 다녀보고 싶다. 그 학교에 다니는 아이들은 많이 웃는 모양이다. 웃는 행동을 취하지 않고 있더라도, '압박'이나 '부담'에서 해방된 모습이다. 아카데미로 가는 버스를 기다리고 있자면, 그 단서를 쉽게 찾을 수 있다. 일반 학교 아이들의 입에서 나오는 말은 온통 '상관없어', '무슨 상관이야', '신경 안 써', '신경 쓰지 마'뿐이다.

사람들은 일반 학교 아이들이 우리보다 머리가 좋지 않다고 말하지만, 내가 보기엔 그 아이들이 더 열정적이고 신나게 살아가는 것 같다. 아카데미에서는 모두가 너무 많은 것에 '신경' 써서, 즐겁게 웃을 시간이 많이 없다. '부담 없다'만큼 우리와 안 어울리는 단어도 없을 거다.

그런데 왜 부모님은 내 전학을 허락하지 않는 것일까? 내 지능으로도 해결할 수 없는 문제인가? 207 이상의 IQ가 필요한 건가? 난 매번 낙제에 실패했다. 선생님들이 낙제를 하도록 가만두지 않으니까.

여기서 수수께끼가 하나 생긴다.

—진짜 천재만이 내가 이 아카데미에서 벗어날 수 있는 방법

을 생각해낼 수 있다.

―이 아카데미에는 진짜 천재만 들어온다.

예전에는 이 수수께끼에 대해 고민하며 오랜 시간을 보내곤 했다. 하지만 도노반 커티스라는 아이가 나한테 '유튜브'라는 걸 알려주면서 모든 게 달라졌다. 유튜브는 엄청난 발견이었다. 처음으로 도노반한테서 사용법을 배웠던 순간을 영원히 잊을 수 없을 거다. 비디오를 클릭하자, 11초 동안 코카스패니얼이 변기 물을 핥아먹는 영상이 나왔다. 그 11초가 내 인생을 바꿨다. 그 영상은 내 IQ와 관계없이 전혀 예측할 수 없었던 장면이었다. 놀라울 정도로 간단한 동시에, 완벽하게 무작위적인 경우의 수.

내가 평생토록 찾아온 것이 바로 이런 거였다. 처음으로 유튜브를 알려준 도노반에게 무한한 감사를 보낸다. 하지만 '성장과 발육' 수업시간에 자기 누나를 데려와 내가 낙제할 수 있는 유일한 기회를 망쳐버린 건 여전히 화가 난다.

교육부에서 케이티 패터슨의 수업 참석을 '성장과 발육' 실습으로 인정한다는 공문이 내려왔다. 그 소식을 로봇공학반 아이들에게 전하는 오즈 선생님의 얼굴은 기쁨이 넘쳐났다. 모두가 도노반을 둘러싸고 등을 툭 치고 한 마디씩 건네며 고마움을 전했다. 애비게일만 빼고. 여름 보충수업을 하지 않아도 된다는 소식을 듣자, 애비게일은 심지어 조금 훌쩍이기까지 했다. 이상했다. 어차피 학원이나 과외로 방학 내내 공부할 수 있지 않나? 그런데 뭐가 아쉬워서 훌쩍인 걸까?

이상한 걸로 따지자면 도노반을 빼놓을 수 없다. 아카데미에 어울리지 않는 아이라는 건 연구실에 들어온 그 순간 한눈에 눈치챌 수 있었다. 그런데 왜 아직까지 이곳에 있는 걸까? 정말 이해할 수 없었다. 그리고 이해할 수 없다는 것만으로도 도노반은 아주 멋진 관찰 대상이었다. 내가 이해할 수 없는 건 이 세상에 얼마 되지 않는다. 그 얼마 되지 않는 사람과 한 교실 안에 있다는 건 정말 멋진 경험이었다.

도노반은 마치 걸어 다니는 유튜브처럼, 다음 행동을 도무지 예측할 수가 없었다. 만약 우리가 몇 년 동안 '깡통맨' 제작에 매달린다면, 각종 최신 기술이란 기술은 모두 쏟아 부어 최고의 로봇을 만들 수 있을 거다. 하지만 우리 중 그 누구도 조종사의 기술이 이렇게 가장 뛰어난 혁신을 일으킬 수 있다는 생각은 해내지 못할 거다. 도노반이 조이스틱만 잡았다 하면, 해답이 눈앞에 보였다.

훌륭한 유튜브 동영상 소재가 되기도 했다. 구글에 '깡통 메탈리카 스폰지밥 맨, 아이스케키를 하다'라고 치면 내가 올린 영상이 나온다. 벌써 조회 수가 1천 회를 넘었는데, 그 정도면 여태껏 올린 것 중 가장 높은 숫자다. 영상의 줄거리는 대충 이렇다. 베벨라쿠아 선생님이 오즈 선생님 대신 학생들을 감독하고 있을 동안, 로봇의 한쪽 손이 선생님의 치마 아래로 들어간다. 선생님이 그 사실을 알아차렸을 땐 이미 치맛자락이 들춰진 뒤고, 학생들의 눈길은 데카르트 기하학 무늬가 그려진 선생님의 밝은 노란색

속옷으로 쏠려 있다.

 베벨라쿠아 선생님은 도노반의 사과를 받아들이지 않았다. 하긴, 기하학 무늬가 그려진 속옷을 입는 수학 선생님한테 얼마나 넓은 아량을 바라겠는가. 그런데 농담을 이해하지 못하는 정도가 아니라, 정말 화가 나셨다. 마치 똥이라도 씹는 표정이었다. 적어도 유튜브에 나오는 똥 씹는 사람들은 그런 표정을 지었다.

 소동이 점차 가라앉고 교실 분위기가 다시 차분해져갈 즈음, 한참을 달린 듯 보이는 클로이가 교실 안으로 뛰어 들어오며 소리쳤다.

 "얘들아, 놀라운 소식!"

 클로이가 숨찬 목소리로 말을 이었다.

 "하드캐슬 중학교 체육관이 아직 안 고쳐져서, 밸런타인 댄스파티를 우리 학교에서 하기로 했대!"

 도노반은 심기 불편한 모습이었다. "걔들이 여기서 파티 하는 게 우리랑 무슨 상관이야?"

 "모르겠어?" 클로이가 소리쳤다. "우리 학교에서 하는 거라, 우리도 모두 참석할 수 있대! 난 여덟 살 때부터 영재아카데미에 다녔단 말이야! 댄스파티는 처음이라구!"

 "전자(電子)의 춤 같은 건 배웠잖아." 내가 상기시켰다. "내 1학년 과학 과제였지."

 애비게일은 클로이의 말에 전혀 공감하지 못하는 것 같았다. "댄스파티가 대체 뭐 그리 재미있다는 건지 모르겠어."

클로이가 애비게일을 쳐다봤다. "그래도 갈 거지?"

"절대로 안 가."

애비게일의 말에 클로이는 충격을 받은 모양이었다. "가야 돼! 언제 또 이런 기회가 생길지 모르잖아!"

애비게일은 완고했다. "듣던 중 반가운 소리네."

"넌 과학자야, 애비게일." 베벨라쿠아 선생님이 말했다. "그런 식으로 근거 없는 결론을 들고 나오면 안 되지."

클로이도 맞장구쳤다. "실험이라고 생각해, 애비게일. '사회적' 실험. 그렇지, 도노반?"

도노반은 어깨를 으쓱했다. "나한테는 묻지 마. 난 댄스파티 같은 거 안 가니까."

"이번 파티는 모두 다 가야 한단다, 도노반." 오즈 선생님이 교실로 걸어 들어오며 통보했다. "숙제야."

애비게일은 혼란에 빠졌다. "선생님, 그런 방과 후 활동을 숙제로 주시는 건 옳지 않아요!"

"그렇긴 해." 선생님이 동의했다. "근데 후기를 작성하라는 숙제를 내줄 순 있지. 만약 참석하지 않는다면 0점을 받게 될 거야."

"그럼 난 0점 받을게요." 난 기다렸다는 듯 말했다.

"넌 백지 내도 0점 못 받을걸." 애비게일이 분한 목소리로 말했다.

애비게일은 입술을 앙다물고 있었지만, 어쨌든 파티에 참석하리란 걸 알 수 있었다. 좋은 점수를 받기 위해.

오즈 선생님은 교실을 둘러보며 아이들과 일일이 눈을 마주쳤다.

"얘들아, 이거 정말 괜찮은 생각이구나. 그동안 영재 수업에 치중하느라 평범한 활동을 너무 못 했어. 이렇게 가끔씩 놀아보는 것도 교육의 일종이지."

"춤추러 갈 시간 없어요." 난 불평했다. "왔다 갔다 할 시간에 유튜브 영상을 100개쯤 볼 수 있단 말예요. 물론 길이에 따라 조금 차이가 있긴 하겠지만요."

"이 세상에 유튜브보다 더 재미있는 게 얼마나 많은데, 노아." 클로이가 끼어들었다.

"그래서 네가 틀렸다는 거야." 난 즉시 반박했다. "유튜브는 하나의 세상이야. 솔직히 말하면 현실보다 더 나은 세상이지. 인간의 삶 전체가 그 작은 화면에 모두 담기잖아. 어제 본 영상에선 밧줄이 둘러진 네모난 공간 안에서 목욕 가운을 입고 뛰어 돌아다니며 서로 의자로 공격하는 현대 검투사를 봤다구!"

"프로레슬링이라고 하는 거야, 노아." 도노반이 말했다. "그리고 그거 다 가짜야."

"피도 났는데?" 난 도노반을 존중하지만, 그 애가 모든 걸 알고 있다곤 생각하지 않는다. "엄마가 컴퓨터 콘센트만 안 뽑았으면, 철창 같은 데서 벌어지는 싸움도 볼 수 있었을 텐데!"

오즈 선생님이 대화를 마무리 지었다.

"어쨌든 그렇게 알아라. 우리 모두 참석하는 거야. 점수에 집착하지 않고 정말 즐기다 온 사람한테는 가산점도 줄 거야."

소란이 멈추고 모두들 각자 자기 자리로 돌아갔다.

"너도 가?" 난 도노반한테 물었다.

"하드캐슬 다닐 때도 안 갔던 파티인데. 전학까지 와서 뭐 하러 가냐?"

옆에서 도노반의 말을 얼핏 들은 오즈 선생님이 말했다.

"가산점이 있다니까, 도노반."

마치 미끼로 물고기들을 유혹하는 낚시꾼 같았다.

"갈 거야?" 난 다시 한 번 물었다.

"무슨 상관이야." 도노반의 태도가 갑자기 사나워졌다. "너야말로 왜 가려고 하는데? 어차피 가산점도 필요 없을 거 아냐. 점수도 그렇게 높으면서."

"내 점수 좀 나눠주고 싶어." 난 솔직히 말했다. "그런데 그럴 순 없잖아."

나를 가만히 쳐다보던 도노반이 한숨을 쉬었다.

"댄스파티에서 보자."

10장
도노반 커티스
IQ 112

"도니!"

등교 준비를 하고 있는데, 내 이름을 부르는 오싹한 비명 소리에 난 화장실에서 급히 뛰쳐나왔다.

"도니, 당장 여기로 와봐!"

문간에서 세상모르고 자고 있는 베아트리체를 뛰어넘어, 당장 911에 전화할 생각으로 누나 방으로 달려갔다. 그런데 웬걸, 누나는 멀쩡한 모습으로 컴퓨터 앞에 앉아 지난밤 아프가니스탄에서 온 이메일을 읽고 있었다.

발신: 브래들리 패터슨 중위, 아메리카합중국 해병대 소속

케이티, 자기 배가 유튜브에 나왔다고 헌싱어 대위가 그러던데. 무슨 일이야?

얼굴이 화끈거렸다. "노아가 올린 거야. 유튜브에 미쳐 있거든."

"나도 내 사생활이 있다구!" 누나가 사납게 호통 쳤다. "나, 그 비디오 봤어! '위 아 더 챔피언'을 배경음악으로 깔고 2분 동안 내 배만 클로즈업 돼 나오더라!"

"걘 그게 고마움의 표시야. 200 넘는 아이큐로 하는 행동이 정상적일 리 없잖아."

"웃기지 마, 도니. 그런 정신 나간 것들이랑······."

"정신 나간 게 아니야. 그냥 좀 다른 거야. 너무 똑똑해서. 그래서 어느 방면으론 좀 멍청하기도 한 거야. 아기같이."

'아기'는 잘못된 단어 선택이었다.

"그래, 내 남편은 지금 2만 킬로미터 떨어진 위험한 전쟁터에서 근무하고 있지. 그런데 하필 유튜브에서 아내의 임신 근황을 알아야겠어? 그것도 그 대위를 통해 전해 듣는 게 지금 말이 되는 상황이냐구!"

"노아한테 비디오 내리라고 할게. 악의를 품고 한 건 아니니까, 누나가 이해해줘."

누나가 흥미롭다는 표정을 지었다.

"너, 왜 이래? 단짝들이랑은 그렇게 싸우더니, 이젠 그 이상한 영재 애들 편을 드는 거야?"

"그게 아니라······."

하지만 누나가 틀린 말을 한 건 아니었다. 얼마 전 두 다니엘과 '하드캐슬의 밸런타인 댄스파티를 병신 군단과 함께 즐기는 것'에 관해 말다툼을 했다. 물론 '병신 군단'은 내가 아니라 샌더슨의 입에서 나온 단어였다.

"불쌍한 녀석." 난 말했다. "걔들 똑똑한 것 때문에 그렇게 열등의식 느낄 거면, 그냥 오지 마."

"디어드리가 간단 말이야." 샌더슨이 쏘아붙였다. "그럼 헤더도 가겠지. 헤더가 요즘 너한테 관심 있는 것 같더라."

그때 너스바움이 주먹으로 샌더슨의 배를 쳤다. "나한테 관심 있거든!"

"그 칙칙한 영재 놈들이 판 망치면 관심이고 뭐고 다 날아가는 거야." 샌더슨이 불평했다.

정말 불편한 대화였다. 물론 영재아카데미 아이들의 스타일이 그리 멋지지 않다는 건 나도 아주 잘 안다. 하지만 이건 할리우드 레드카펫이 아니라 그냥 학교 댄스파티 아닌가. 그리고 하드캐슬 중학교에도 영재아카데미 아이들만큼 찌질한 학생들이 많다.

난 누나에게 반격했다. "이상한 애들 아니야. 괜히 걔들 걸고 넘어지지 마. 걔들은 누나를 진짜 좋아한단 말이야."

누나가 똥 씹은 표정으로 베아트리체를 내려다봤다. "걔들은 적어도 저런 걸로 스트레스 받진 않겠지."

"거의 다 죽어가는 애한테 잘 좀 해줘."

"웃기지 마." 누나가 이를 악물고 말했다. "저딴 개 때문에 결혼 생활이 위태로운 상황인데, 네가 그런 내 맘을 알아? 모르지? 그러니까 너도 내 뚱뚱한 배에 열광하는 너희 반 이상인 녀석들이랑 다를 게 없는 거야!"

난 한숨을 쉬었다. "걔네는 은하 반대편에 있는 초신성 위치까지 알아낼 만큼 머리가 비상한 애들이야. 누나한테 고마움을 표하는 방식이 서툴렀을 뿐이라니까."

누나가 눈을 가늘게 떴다. "그 영재 프로그램이라는 거, 뭔가 수상해. 말이 안 되잖아. 네가 멍청하다는 건 아니지만, 그렇다고 공부 더 하려고 과제 뒤지고 돌아다니는 타입은 아니잖아."

"아카데미에서 날 선발한 거라구. 기억 안 나?"

"기억나지." 누나가 수긍했다. "그게 수상하다는 거야. 어쨌든 이제 갈 준비 하자. 병원 예약이 아홉 시 반이야."

난 누나의 산부인과 진료에 따라갈 예정이었다. 남동생이 아닌, '성장과 발육' 수업 이수 중인 학생의 신분으로. 오즈본 선생님이 현장학습 허가를 받아온 덕에, 우리 반 전체가 누나와 동행하게 되었다. 진료실이 부디 넓어야 할 텐데.

요 근래 들어 누나가 운전하는 차를 타는 일은 거의 모험 수준이었다. 누나의 배가 너무 커져서 운전석 등받이를 뒤로 끝까지 당겨야 했기 때문이다. 팔을 쭉 뻗어도 운전대에 손이 겨우 닿는 수준이었고, 앞으로 허리를 수그린 누나의 모습은 마치 거대한 비치볼 위에 엎드린 제프 고든(미국의 전설적인 자동차 경주 선수:옮긴이) 같아 보였다.

차에서 내려 주차장에서 걸어 나가고 있을 때 학교 아이들이 탄 스쿨버스가 도착했다. 병원 주차장에는 버스를 위한 공간이 없었다. 산부인과에 있을 만한 아이라곤 갓 태어난 신생아뿐이니 말이다.

의사가 늦는 바람에 40분을 기다려야 했다. 노아는 2년치 〈예비 엄마〉 잡지를 빠른 속도로 읽어 나가며 이따금씩 누나에게 이런 질문을 던졌다.

"최근에 저온살균을 하지 않은 치즈를 드신 적 있나요?"

"아니." 누나가 대꾸했다. "그럼 넌 먹어봤니?"

"4개월이 안 된 아기에게 딱딱한 음식을 먹이는 것에 대해선 어떻게 생각하세요?"

"너 때문에 입덧이 돌아오는 것 같다." 누나가 경고했다.

"정말요? 2011년 6월호에 따르면, 입덧은 임신 1분기에만 나타나는 현상이래요."

누나가 노아를 노려봤다. "유튜브에 내 배 영상 뜬 거 보니까 바로 입덧부터 나오던데."

오즈 선생님이 재빨리 끼어들었다. "케이티에게 쉴 수 있는 여유를 좀 주렴, 노아. 케이티의 진료 약속이잖아. 우린 여기 오게 된 것만으로도 감사한 거야."

누나 차례가 다가오자, 간호사가 말했다. "죄송합니다. 진료실엔 가족 분들만 들어가실 수 있어요."

"가족 맞아요." 누나가 한숨을 내쉬며 말했다. "친척도 가족이잖아요?"

간호사는 완고했다. "산부인과 진료는 사적인 문제라서요."

"어차피 제 사생활 같은 건 없어요." 누나가 대답했다. "유튜브에 배 영상이 올라갔는데."

마놀로 의사선생님은 자신의 진료에 청중이 생긴 것에 매우 즐거워했다. 의대 부속 병원에서 일했던 터라 학생들에게 무엇을 가르치는 것에 익숙한 모양이었다.

물론 검사 중에는 멀찌감치 떨어져 있어야 했지만, 우리는 누나의 뱃속 초음파 영상을 보고 청진기로 아기의 심장박동을 들어볼 수 있었다.

"좀 무서운데요." 라트렐이 말했다. "거기 갇혀 있는 사람 심장 소리를 듣는다는 게."

누나가 얼굴을 찡그렸다. "뱃속 아기를 그런 식으로 해석하다니 놀랍다."

"이건 기적이에요." 클로이가 말했다.

청진기 소리를 듣자 내내 심각하게 굳어 있던 애비게일의 표정마저도 점차 누그러졌다.

오즈 선생님은 과거를 회상하기 시작했다. "선생님이 아내랑 아기 보려고 같이 병원 왔던 때가 떠오르는구나. 정말 말로 표현할 수 없는 묘한 기분이었지."

그후 누나는 몇 가지 검진을 더 받았다. 진료가 끝나고 대기실로 나오자, '성장과 발육' 학생들이 일제히 일어나 기립박수를 치기 시작했다. 얼마나 열정적으로 환호를 보냈는지, 대기실에서 기다리고 있던 다른 예비 부모들까지도 박수에 동참할 정도였다.

얼굴이 빨개진 누나는 마치 무대 인사를 하듯 대기실 사람들을 향해 살짝 몸을 굽혀 인사했다. "나야 뭐 한 것도 없는데." 말은 이렇게 했지만 누나의 입가엔 한없이 해맑은 미소가 걸려 있었다.

누나가 집에 간 후, 난 반 아이들과 함께 아카데미로 가는 스쿨버스를 탔다.

"견학은 어땠니?" 기사 아저씨가 물었다. "재밌었어?"

클로이가 힘차게 고개를 끄덕였다. "골반 테스트 장면을 봤어요!"

"태아 소리도 듣고요." 노아가 덧붙였다.

아저씨는 아무래도 못 알아듣겠다는 표정이었다.

"우린 영재잖아요." 내가 설명했다.

그래, 물론 난 영재가 아니다. 하지만 나와 우리 누나가 아니었다면, 이 대단한 천재들조차 아마 지금쯤 여름학교 문제로 골머리를 앓고 있어야 했을 거다.

11장
슐츠 교육감
IQ 127

결국 나의 '사고 치는 꼴통 골라내기' 계획은 물거품으로 돌아갔다. 지금은 내 인생 자체가 커다란 사고뭉치나 마찬가지였다.

그 사건이 일어난 지 3주가 지났지만, 체육관 상황은 그대로였다. 솔직히 말하면, 아무도 손을 쓸 수 없다고 하는 게 맞는 표현이었다. 보험 처리를 해주지 못한다는 보험사의 입장은 완고했고, 따라서 학교 측에서도 버티는 수밖에 없었다. 이 모든 난장판의 근원, 아틀라스가 들고 있던 '지구'는 현재 행정실 건물 지하실, 오래된 서류 캐비닛들과 바퀴 하나가 빠진 잔디 깎기 기계 옆에서 먼지만 쌓여가고 있었다. 언덕 위에 남아 있는 아틀라스 상은 어딘지 우스꽝스럽고 이상해 보였다. 하지만 무엇보다 제일 화가 나는 사실은, 사고를 일으킨 그 끔찍한 학생의 이름이 적힌 종이가 감쪽같이 사라져버렸다는 것이다.

처음에는 내 사무실 구석구석을 뒤져봤다. 혹시나 신시아가 실수로 가져갔을 수도 있다는 생각에 비서 책상도 점검해봤다. 나중에는 청소회사를 고용해서 건물 전체를 샅샅이 수색했다. 하지만 결과는 참담했다. 지금쯤 그 사고뭉치 녀석은 어디선가 나를 비웃고 있겠지.

녀석을 찾는 일에 너무 집착하고 있는 게 아니냐고 아내가 말했다. 아마 그럴지도 모른다. 요즘에는 지나가다가 혹시 마주치지 않을까 하는 마음에 하드캐슬 중학교 방문할 일을 일부러 만들 정도니까. 하지만 여태껏 한 번도 마주치지 못했다. 전학이라도 간 것일까. 이름만 알고 있다면…….

나는 무의식적으로 책상 위의 서류들을 뒤지기 시작했다. 분명 여기다 놨었는데!

그때 비서 신시아가 높은 구두를 신고 사무실 안으로 들어왔다.

"슐츠 박사님, 영재아카데미에서 새로 실시한 '성장과 발육' 프로젝트의 첫 상황 보고가 나왔어요. 수업에 참여해주신 분 성함은 케이티 패터슨인데, 그 학급 학생의 누나라고 하네요. 학생 이름이 도노……."

"그냥 책상 위에 올려놔요."

나는 신시아의 말을 끊고 서랍 속을 살폈다. 내가 봐도 나 자신이 참 한심했다. 어차피 없을 걸 아는데, 뭘 기대하고 계속 뒤져보고 있느냐 말이다.

정신을 차려야 한다. 이 녀석을 잡아내는 건 내 수많은 업무 중 일부분일 뿐이다. 당장 오늘 저녁만 하더라도 처음으로 다른 학교 건물에서 열리는 하드캐슬 중학교의 밸런타인데이 댄스파티가 있다. 외부 학생들에게 참석이 개방된 것도 이번이 처음이다. 영재 프로그램 학생들이 학업 면에서는 매우 뛰어난 성과를 내고 있지만, 그만큼 사회성은 조금 결여되어 있다. 이런 부분을 잘 메워 줄 기회가 될 것이다.

 패터슨 부인에게 개인적으로 연락을 드려 영재아카데미를 대신해 감사의 말씀을 전하는 것도 잊지 말아야겠다. 참 바람직한 가정 아닌가. 남편은 군에서 국가를 위해 봉사하고, 부인은 자신의 시간을 내어 기꺼이 학생들을 도와주고. 이런 사람들이 많아져야 할 텐데.

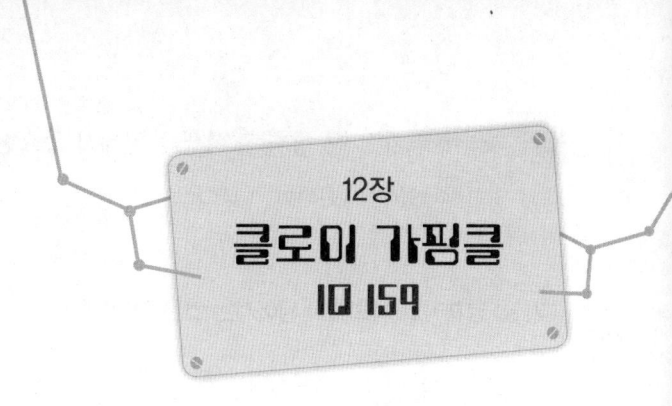

12장
클로이 가핑클
IQ 159

가설: 내가 가지고 있는 옷들은 소젖 짜러 갈 때나 어울린다.

아니, 이건 가설이 아니라 내 옷장의 내용물들이 뒷받침해주는 엄연한 사실이다. 소젖을 짜는 것 말고도 닭한테 모이를 주거나, 잡초를 뽑거나, 경운기 운전, 그 외에도 각종 농사일에 어울릴 옷들만 가득했다. 밸런타인데이 댄스파티에 입고 갈 만한 건 눈을 씻고 찾아봐도 없었다.

딱히 놀랄 일도 아니었다. 태어나서 이런 파티에 참석해본 적이 없으니까. 딱 한 번 가본 파티는 부모님과 함께 참석해서 나이 지긋한 친척과 왈츠를 추어야 하는 곳이었다.

그렇다고 오해는 말라. 난 정말 기대 중이다. 아니, '기대'라는 단어로 표현하기엔 부족하다. 나한테 이 파티는 그저 다른 학교 행사를 우리 학교 건물에서 개최한다는 의미 그 이상이다. 교직원들과 지역에서 가장 큰 중학교 학생들 앞에서 중요한 가설 하나를 증명할 수 있는 기회이기 때문이다.

가설: 영재라고 사회성이 떨어지는 것은 아니다.

그래, 사회성이 지나치게 부족한 아이들이 몇 명 있긴 하다(노아 유킬리스라든가). 하지만 굳이 우리 학교가 아니더라도 그런 아이들은 늘 존재하는 법이다. 그러니까 결론적으로 우리도 보통 학생들과 크게 다를 게 없다. 우리도 잘 놀 수 있고, 파티도 즐길 수 있다는 걸 모두에게 증명해 보일 것이다.

다 도노반 커티스 덕분이다.

물론 도노반이 이 상황과 직접적으로 연관된 게 아니라는 건 나도 안다. 설마 하드캐슬 체육관을 부숴서 댄스파티가 우리 학교에서 열리도록 만든 게 도노반이겠는가. 그런 건 계획하고 예측할 수 있는 일이 아니다.

하지만 도노반이 처음 교실에 들어섰던 그 순간, 뭔가 새로운 일이 일어날 거란 느낌이 들었다. 문 밖에서 밀려들어오는 공기에서 왠지 그런 낌새가 느껴졌다(그래봤자 복도 끝의 화학실험실에서 나는 유황 냄새였겠지만). 마치 '정상인'의 신이 괴짜들의 세계를 개혁할 예언자 하나를 내려준 기분이었다.

도노반은 정말 심각하게 '보통'이었다. 처음에는 전학생의 수준이 입학 자격에 미달된다는 소리도 돌았다. 물론 근거 없는 소문일 가능성이 컸다. 아카데미에는 괜한 질투심에 자기보다 더 나은 사람들을 무조건 깎아내리려는 부류가 있으니까.

하지만 여태껏 내가 겪어온 도노반의 모습을 보면, 그런 소문들이 억지만은 아니라는 생각이 든다. 안타깝지만 사실이다. 그래도 난 도노반이 정말 좋다. 로봇공학에 대해 아는 게 별로 없으면서도 우리 반에 엄청난 기여를 했고, 무엇보다 '성장과 발육' 과목 이수시간을 충족시키는 데도 큰 공헌을 했다. 그렇게 한다고 자기가 얻는 건 아무것도 없을 텐데 말이다. 순수하게 우리 반을 위해 한 행동인 것이다.

도노반은 정말 좋은 아이다. 하지만 과연 영재일까?

영재라고 믿으려 해봤다. 정말 노력해봤다. 하지만 그렇지 않다는 걸 이미 내 머리가 알고 있었다.

다시 본론으로 돌아가자. 뭘 입어야 하지? 학교에서 내려온 공문에는 그저 '부적합'하지만 않게 입고 오라고 쓰여 있었다. 아마 욕설이 프린트된 티셔츠나 찢어진 바지, 엉덩이를 겨우 가리는 미니스커트 정도만 피하면 된다는 뜻일 것이다. 하지만 내 옷장에 있는 옷들도 딱히 밸런타인 댄스파티에 적합해 보이진 않았다. 선생님한테 혼날 만한 복장이 아닐 뿐이지, 죄다 너무 칙칙했다. 셔츠만 해도 모두 체크무늬였다. 이걸 입고 가려면 파티의 테마가 벌목꾼 의상이어야 할 것이다.

결국 입기로 결정한 옷은 줄리 이모의 결혼식에 입고 갔던 원피스였다. 학교 댄스파티에 입기엔 좀 지나치게 정장 같아서, 위에 검은색 카디건을 걸쳤다. 구두 대신 그냥 운동화를 신을까도 고민해봤는데, 이렇게 매치하는 게 개성 있어 보일지, 그냥 바보 같아 보일지 알 수가 없었다. 난 영재아카데미 학생이지 패션디자인 학교에 다니는 게 아니니까.

옷 다음의 장애물은 바로 화장이었다. 난 지난번에 하드캐슬 광장에서 마주친 도노반의 친구 여자애들을 떠올렸다. 얼굴에 잔뜩 떡칠을 하고 있던데, 걔들이 하니까 어울리지 내가 하면 그냥 피에로 같을 게 분명했다. 한참을 고민한 끝에, 마스카라로 눈썹을 살짝 올리고 장기간의 도서관 생활에 창백해진 얼굴에 볼터치를 하는 것으로 메이크업은 마무리 짓기로 했다.

"정말 예쁜데!" 아빠가 감정을 듬뿍 담아 외쳤다.

가설: 칭찬의 신뢰도는 화자와 청자 간의 친밀도와 반비례한다.

준비를 마치고 학교로 향했다. 차, 자전거, 스케이트보드, 스쿠터를 타거나 걸어서 파티에 도착하는 학생들로 순회 차로에서 길이 엄청 막혔다. 비교적 작은 아카데미 건물에서 열리는 파티에 900명이나 되는 하드캐슬 중학생이 참가한다니. 기대로 인한 전율과 왠지 모를 불안감이 동시에 느껴졌다. 파티장 입구에 다다르자마자 내가 의상 선택을 완전히 잘못 했다는 사실을 깨달았다. 날씨가 추운데도 대부분의 여자애들은 청바지나 짧은 치마에 운동화 또는 샌들을 신고 있었다.

하지만 그 정도로 흥분은 쉽게 사그라지지 않았다. 3학년 종업식을 불과 몇 달 앞둔 지금, 난 내 인생 첫 댄스파티에 참석하고 있었다. 나한테 '즐기면서 살라'고 충고하던 사람들에게 드디어 당당히 '나도 재미있게 살고 있다'고 대답할 기회가 생긴 것이다.

강당에 들어섰을 때 나를 이상한 눈길로 보는 사람이 예상처럼 많지는 않아 그렇게 잘못 입은 건 아니구나 하는 생각이 들었다. 파티장은 약 3분의 1 정도 차 있었다. 내 눈길을 가장 먼저 사로잡은 건 바로 실내 장식들이었는데, 사실 하트며 큐피드며, 여기저기 분홍색, 빨간색, 은색 테이프로 꾸며놓은 모습이 굉장히 촌스러웠다. 하드캐슬 중학교 측에서 맡은 부분이었다. 아카데미에서 장식을 맡았다면 좀 더 창의적이고 세련된 파티장이 되었을 것이다. 하지만 어쩌면 이런 촌스러움이 바로 핵심일지도 모른다.

가설: 모든 게 영재의 기준에 맞춰져야 할 필요는 없다.

오늘 밤만큼은 모든 걸 내려놓고 좀 편안히 놀 생각이었다. 옷만 제외하면 모든 것이 마음에 들었다.

음악 소리는 정말 컸다. 정말. 어금니까지 울리는 게 마치 입 안에 스피커를 틀어놓은 기분이었다. 사람들은 노래에 맞춰 벌써부터 춤을 추고 있었다. 자, 옷차림에 이은 두 번째 문제. 난 춤추는 법을 모른다.

가설: 과학적 문제풀이 방법은 모든 경우에 적용된다. 춤을 포함해.

　쉬운 말로 하면, 열심히 연습하면 따라잡을 수 있다는 뜻이다.
　강당에서 아카데미 학생들은 정작 몇 안 보였다. 모두 구석진 곳이나 디제이 부스 그림자 속에 숨어 휘둥그레진 눈으로 하드캐슬 중학교 아이들을 훔쳐보고 있었다. 꼭 훈족이 마을을 약탈하는 모습을 이러지도 저러지도 못하고 지켜보는 주민들 같았다. 영재아카데미 아이들에 비해 하드캐슬 학생들은 좀 더 자유롭고, 장난스럽고, 자신감이 넘쳤다. 서로를 계속 어깨로 툭툭 건들며 다니는 것으로 보아 남자애들은 훨씬 활동적이었고, 절대적인 숫자도 10대 1의 비율로 우리보다 훨씬 많았다.
　주위를 둘러보다가 오즈 선생님을 발견했다. 다른 선생님들과 같이 있을 줄 알았는데, 그게 아니라 파티장을 돌아다니며 다른 친구들과 어울리라고 우리 학교 아이들을 격려하는 중이었다. 애비게일은 이곳에 어울리느니 차라리 자결이라도 할 기세였다. 나와 눈이 마주치자, 마치 물에 빠져 죽어가고 있을 때 구조하러 온 헬리콥터 조종사라도 만난 듯 애절할 정도로 반가운 눈빛을 보냈다. 오즈 선생님의 기대에 조금이라도 부응하기 위해 난 내 옆에 서 있던 남자애를 보고 말했다.
　"정말 많이 왔네. 하드캐슬 중학교 파티는 항상 이렇게 사람들이 많니?"
　듣지 못한 모양이었다. 음악 소리가 너무 커서 목소리가 비트에

삼켜지는 것 같았다. 난 다시 한 번 소리 지르듯 물었다.

남자애가 히죽거리며 뭐라 하기에 난 몸을 앞으로 살짝 기울여 대답을 들었다.

"무슨 결혼식 가냐?"

막 대답을 하려 하는데, 친구로 보이는 아이들이 잔뜩 다가오더니 그 남자애를 끌고 가버렸다.

내가 옷차림 때문에 한참을 걱정했던 반면, 노아는 그런 고민 따윈 전혀 하지 않은 듯했다. 설명이 불가능한 모양새였지만, 영재아카데미에서는 모든 것에 대해 설명하는 연습을 시키기 때문에 최대한 묘사를 해보도록 하겠다. 위에는 세퀸으로 장식된 반짝이는 조끼를 셔츠 없이 맨살에 입고 있었고, 아래에는 안 그래도 얇은 다리를 더욱 부각시키는 검은색 타이즈를 신고 있었다. 하지만 타이즈보다 더 눈에 들어온 건 한 짝에 10킬로그램은 족히 나갈 듯한, 무릎까지 올라오는 빨간 가죽 장화였다. 그런 꼴로 걸을 수 있다는 것 자체가 놀라웠다. 눈은 짙게 코팅된 선글라스로 가려져 있었고, 전혀 세련돼 보이지 않는 5대 5 가르마 머리는 빨간색 스카프로 덮인 채였다.

난 충격에 휩싸여 노아한테 물었다. "뭘 입고 있는 거야?"

"장화랑 조끼는 엄마한테서 빌렸어." 노아가 신나서 대답했다. "WWF 로얄 럼블에서 '죽음의 천사'가 '니트로 키드'와 싸울 때 이렇게 입었거든."

"여긴 댄스파티장이지 레슬링 경기장이 아니잖아."

노아가 어깨를 으쓱였다. "오즈 선생님이 차려입으라고 했잖아."

그 대답에 난 할 말을 잃었다. '차려입다'가 노아한테 어떤 의미를 가지는지 오즈 선생님이 깨달았을 때 어떤 표정을 지을지 궁금했다.

가설: 공간이 사람들로 채워지면, 그 공간의 온도 또한 사람들의 몸 온도와 흡사한 섭씨 37도로 올라간다.

카디건을 입고 온 게 후회가 되었다. 옷도 가뜩이나 잘못 입었는데, 조금 지나면 땀범벅이 될 게 분명했다. 바닥이 보이지 않을 정도로 사람들이 빽빽이 들어서고 있었다.

다른 학생들에게 잔뜩 가로막힌 이런 상황에서 파티장 전체를 둘러보기란 더 이상 불가능해 보였다. 대신 난 무수한 어깨와 정수리 너머로 익숙한 얼굴들을 찾는 것에 만족하기로 했다. 파티장 뒤쪽 벽 가까이에는 라트렐이 있었고(여학생한테 춤을 신청해보라고 오즈 선생님이 설득하고 있는 듯 보였다), 낯선 환경에 적응하지 못한 케빈과 제이시는 그나마 익숙한 서로와 함께 놀고 있었다. 도노반처럼 생긴 아이를 언뜻 본 것도 같았지만, 알고 보니 다른 아이였다. 어쩌면 파티에 오지 않을지도 모르겠다는 생각이 들었다.

주위가 발 디딜 틈도 없이 사람들로 가득 차자, 그 움직임에 따라 내가 휩쓸리는 게 느껴졌다. 처음에는 무서웠지만, 점차 앞뒤로 나를 미는 그 이상한 동작들이 이해가 되기 시작했다.

바로 춤이었다! 둘러보니 모두가 몸을 흔들고, 머리를 돌리고, 손을 공중에 휘젓고 있었다. 어떻게 해서든 벗어나려 해봤지만, 흔들리는 팔들과 엉덩이들에 가로막혀 이러지도 저러지도 못하고 비틀거리고 있었다. 하지만 얼마 지나지 않아 깨달은 건, 내가 노래에 맞춰 비틀거리고 있다는 사실이었다.

난 손을 높이 들어 올리고 쿵쿵거리는 박자에 따라 발을 움직였다.

가설: 의도적이든 아니든, 박자에 따라 움직이는 것=춤.

주위에서 흘끔흘끔 쳐다보는 게 느껴졌다. 하지만 '분위기 깨지 마라'는 뜻이나 야유의 눈빛이 아니었다. 난 잔뜩 신이 나서는 가벼운 몸으로 춤을 췄다.

나, 영재아카데미의 클로이 가핑클이 중학교 파티에서 사람들과 함께 신나게 뛰놀고 있었다.

태어나서 가장 즐거운 밤이야!

13장
도노반 커티스
ID 112

 태어나서 가장 끔찍한 밤이었다.
 나를 아는 아이들이 찾아와서 인사하지 못하도록 차라리 어디 멀리 도망가고 싶은 기분이었다. 이번 댄스파티만큼은 어떻게든 빠져보려고 필사적으로 노력했다. 오즈 선생님께 차라리 대체 과제를 달라고까지 했다. 하지만 돌아오는 건 댄스파티가 재미있다는 걸 어떻게 설명해야 이해할까 하는 안타까운 눈빛이었다. 그래서 난 애비게일이나 노아처럼 얼굴만 비치고 돌아오기로 했다.
 노아 이야기가 나와서 말인데, 맙소사, 대체 녀석은 무슨 생각으로 그런 걸 입었을까? 이해할 수 없는 게 오히려 다행일 정도였다. 그 옷차림을 이해하면, 나도 제정신이 아닌 게 분명하니까.
 노아처럼 이상하거나 애비게일처럼 단어 경시대회에 나갈 것같이 입고 온 아이들을 향해 비웃음과 야유 소리가 여기저기서 들려왔다. 라트렐은 족히 여섯 명은 되는 여자애들한테 춤을 신청했지만, 모두 거절당하고 말았다. 오즈 선생님이 댄스파티를 통해 학생들의 자존감을 높여줄 수 있을 거라고 생각했다면, 완전히 틀린 셈이었다.

"파아아티이이!!!"

제아무리 노랫소리가 커서 목소리를 삼킨다고 해도, 내 귀에 대고 목청껏 지르는 샌더슨의 목소리는 안 들릴 수가 없었다.

바로 옆엔 너스바움이 있었다. 안 좋은 징조였다.

"오늘 죽여주지, 도노반? 예쁜 애들도 엄청 많아! 쟤 어때?"

난 헤더나 디어드리쯤을 예상하며 너스바움이 가리키는 쪽으로 시선을 돌렸다. 하지만 녀석이 가리키는 아이는 뻣뻣하게 굳은 다리로 오즈 선생님과 함께 춤추고 있는 애비게일이었다. 차라리 각목이 더 잘 출 것 같았다. 정말 성적을 위해 어쩔 수 없이 참석한 게 눈에 선히 보였다.

"꺼져."

"진짜 죽이는 파티라니까!" 샌더슨이 소리쳤다. "무슨 라디오 전파처럼 천재들 뇌파가 막 느껴져! 여기 있으니까 똑똑해지는 기분이야."

"멍청아." 너스바움이 비웃었다. "바지를 높이 올려 입을수록 지능도 올라가는 거야. 이마에 벨트를 차면 나도 대단하신 도노반 커티스처럼 아카데미에 입학할 수 있을까?"

난 짜증이 났다. "웃기고 있네. 자, 이제 딴 데 가서……."

그때 오즈 선생님이 애비게일을 두고 다른 학생을 찾아 떠나는 걸 보고 난 말끝을 흐렸다. 옆에 있던 두 다니엘은 어느새 춤추는 군중을 헤치고 애비게일을 향해 가고 있었다.

"가지 마!"

하지만 이 안에서 내 목소리가 들릴 리 없었다. 들렸다고 해도, 두 다니엘이 내 말을 순순히 따라줄 가능성은 희박했다.

미소 가득한 얼굴로 작업을 걸면서, 동시에 조소를 날리며 애비게일 주위를 빙글빙글 도는 두 다니엘은 둘밖에 되지 않는데도 마치 분신술이라도 쓴 것처럼 정신없어 보였다. 이 우스운 상황의 관객들은 하드캐슬 중학교 아이들이었다. 두 다니엘은 애비게일이 그 뻣뻣한 다리로 춤추도록 자꾸만 춤을 신청했다.

사실 평소 같았으면 난 이 광경을 보며 하드캐슬 아이들과 함께 웃고 있었을 거다. 애비게일 리가 놀림을 당하든 말든, 아무렴 무슨 상관이란 말인가. 하지만 오늘은 왠지 매일 공부만 하면서 교실에 박혀 있던 아카데미 아이들이 일반 학생들이 노는 자리에 억지로 어울리려 나왔다는 사실 때문에 마음이 불편했다. 작업을 거는 두 다니엘을 아주 강도 취급하는 애비게일의 태도만 봐도 아카데미 아이들이 얼마나 불쌍한 꼴이 됐는지 알 수 있었다. 하지만 만약 여기서 애비게일이 두 다니엘의 작업에 넘어가버린다면, 즉 두 다니엘이 정말 자기한테 관심을 갖고 있다고 착각하게 된다면, 그것만큼 모욕적인 일도 없을 거다.

난 몰려드는 군중을 헤치고 두 다니엘을 옆으로 밀친 후 애비게일의 팔목을 세게 움켜쥐었다.

"이제부턴 나랑 추자."

애비게일은 마치 볼드모트라도 보듯 혐오감에 가득 찬 눈길을 던졌다. 상관없었다. 이 상황에서 어떻게든 불쌍한 친구를 구해내야 하니까.

너스바움이 얼굴을 들이밀었다. "뭐가 문제야, 도노반?"

"우리 반 애야." 난 이를 악물고 대답했다. "그러니까 우선권은 나한테 있어."

"매너 좀 지켜, 새끼야! 우린 손님이라구!"

두꺼운 안경 너머로 이 모든 모습을 지켜보던 애비게일의 표정이 '기분 나쁨'에서 점차 '당혹스러움'으로 변해가기 시작했다. 아무리 영재라도 그 높은 아이큐로는 이해할 수 없을 상황이었다. 멀쩡한 남자 셋이 자기를 두고 싸우는 것처럼 보였을 거다. 살면서 한 번도 겪어보지 못한 일이겠지. 적어도 이 지구에서는.

애비게일은 나를 버리고 두 다니엘에게 가고 싶은 듯했다. 와, 진짜 자존심이 상했다. 애비게일한테 차이다니! 최악이었다. 하지만 난 끝까지 손목을 놓지 않고 팔 아래로 애비게일을 빙글 돌리는 것으로 탈출 시도를 마무리 지었다.

다행히도 지도교사들이 보고 있는 걸 발견한 두 다니엘은 애비게일이 나한테서 벗어나기 전 인파 속으로 후퇴했다. 아니, 그건 즉 내가 애비게일과 계속 춤을 춰야 한다는 뜻이니까 어쩌면 불행일지도 모른다. 달라붙은 남자애 두 명을 쫓아버리고 바로 다른 곳에 가버릴 수는 없지 않은가. 생각해보면 정말 우스운 상황이었다. 학교 파티 자체를 별로 좋아하지 않는 내가, 밸런타인 댄스파티에서 가장 싫어하는 사람과 가장 싫어하는 짓을 해야 하는 거다. 적어도 두 다니엘이 가버렸으니 그것 하나는 마음에 들었다. 녀석들은 음료수 테이블 뒤에서 훨씬 그럴싸한 여자애한테 작업을 거는 중이었다. 다리도 길고, 얼굴도 귀엽게 생긴 아이였다. 좀 과하게 차려입긴 했는데 그래도 그럭저럭 봐줄 만했고, 화장 떡칠을 한 일반적인 3학년 여자애들보단 나아 보였다.

그 다음 순간 난 내 눈을 의심했다.

클로이였다! 체크무늬 클로이! 하마터면 못 알아볼 뻔했다! 저렇게 달라 보일 수가 있나? 그것도 예전보다 훨씬 좋은 쪽으로!

하긴 그도 그럴 것이, 전부터 댄스파티를 고대해왔으니, 아마 온힘을 다해 꾸미고 왔을 거다. 그런 클로이의 환상에 지금 두 다니엘이 수류탄을 던지려 하고 있었다.

난 노아의 반짝이 조끼를 잡아당겨 애비게일 쪽으로 끌어다 놓으며 말했다.

"애비게일하고 춤추고 싶다고? 물론이야, 노아. 둘이 좋은 시간 보내."

그러곤 빼곡히 서 있는 학생들을 비집고 재빨리 걸음을 옮겼다. 두 다니엘이 있는 곳에 다다랐을 때, 클로이는 두 명이나 되는 '정상적인' 남자애들한테 관심을 받고 있다는 사실에 한창 즐거워하고 있었다. 녀석들의 본심은 그게 아닌데 말이지.

난 양손으로 두 다니엘의 칼라를 잡아 클로이한테서 떼어냈다.

클로이가 충격에 휩싸인 얼굴로 물었다. "뭐 하는 거야?"

애비게일한테 했던 것보다 조금 더 솔직하게 말하기로 했다.

"얘들, 내가 아는 놈들이야."

"나도 알아. 그때 광장에서 봤던 거 기억나?"

"꺼져, 도노반." 너스바움이 말했다. "너 지금, 완전 분위기 깨는 짓만 골라서 하고 있어."

녀석들이 비행기를 태워주는 이유가 최고 상공에 올라가서 땅으로 떠밀기 위함이라는 사실을 차마 클로이한테 말해줄 수 없었다. 그래서 난 두 다니엘을 끌고 파티장에서 나왔다.

클로이가 우리를 따라왔다. "뭐가 문제야, 도노반? 사람을 그렇게 대하면 안 되지!" 버럭버럭 화를 내는데 그 열기가 내 얼굴에 느껴졌다.

난 클로이가 따라올 수 없도록 남자화장실에 들어갔다. 문이 쾅 닫히자 클로이의 목소리가 더 이상 들리지 않았다.

너스바움이 변기를 들여다보며 말했다. "야, 이것 좀 봐! 이렇게 똑똑하게 생긴 변기는 첨 봤다. 들어올 땐 병신으로 왔다가, 나갈 땐 천재가 돼서 가겠어!"

"너도 이 변기 보고서 천재가 된 거지?" 샌더슨이 장단을 맞췄다.

"그래, 얘들아." 난 한숨을 쉬었다. "알겠어. 영재학교 싫어하는 거 이해해. 나도 그렇게 좋아하진 않아. 그런데 너희도 알다시피, 난 여기 어쩔 수 없이 묶여 있는 거야."

"불쌍한 놈." 너스바움이 동정했다. "얘들 수준 좀 봐! 그 조끼랑 부츠 신은 애 봤냐? 지가 무슨 걸어다니는 크리스마스트리냐?"

"걔, 아카데미 애들이랑 하드캐슬 애들 머리를 다 합친 것보다 더 똑똑한 애야. 앉은 자리에서 버튼 하나로 너희 죽일 장치 정도는 유튜브 영상 보면서 뚝딱 개발해낼 수 있는 애라구."

"걔가?" 너스바움이 야유했다. "웃기고 있네!"

"아카데미 애들도 그냥 우리랑 똑같은 사람들이야." 난 간청했다. "다른 애들보다 조금 찌질하면 어때? 애들 갖고 놀려고 온 건 알겠는데, 제발 오늘은 좀 참아줘."

"너, 변했어." 샌더슨이 투덜댔다. "예전 도노반 같았으면 완전 우리 편일 텐데. 조끼 입은 놈은 발 걸어 넘어뜨리고, 그 각목 다리한테 일부러 춤 신청 하고 그러면서 놀았을 녀석이. 아까 그 예쁜 애는……."

"그렇게 예쁘진 않았어." 너스바움이 지적했다. "그 여자애도 그 정도 괴롭힘은 처음 당해보는 게 아닐걸."

난 한숨을 쉬었다. "그냥 집에 가. 너희가 있을 곳이 아니야."

"와, 기분 상한다." 너스바움이 말꼬리를 질질 끌며 말했다. "여기까지 왔는데 친구들을 그냥 보낸단 말이야? 구경은 시켜줘야지. 그 유명한 로봇도 안 보여주고 그냥 보내면 섭섭하잖아."

난 의심스러운 눈길을 던졌다. "로봇이 궁금해?"

"궁금하냐고? 야, 나 로봇 광이야! '터미네이터'만 스무 번은 봤을걸!"

"깡통맨 보여주면, 아카데미 애들 안 건들고 놔둘 거야?"

샌더슨이 두 손가락을 올려 보이며 말했다. "보이스카우트의 이름을 걸고 맹세하지."

"네가 언제 보이스카우트에 있었냐!" 너스바움이 비웃었다. "쫓겨났잖아! 그때 도노반이 텐트 태워먹었을 때 셋이 다 같이."

왠지 미소가 나오는 대화였다.

"상자에 방화 소재라고 쓰여 있었단 말이야."

"텐트가 아니라 그 상자가 방화 소재였나 보지."

우리는 다 같이 웃었다. 당시엔 심각했던 일이, 지금 되돌아보니 웃음이 나오는 추억이 되어 있었다.

"로봇, 보여줄게."

◆

107호 교실은 강당에서 별로 멀지 않은 곳에 있었다. 침침한 복도에서 방향을 두 번 꺾어 수위실과 실험실 두 개를 지나면 바로 보이는 곳이었다. 문은 닫혀 있었지만 잠기지는 않은 상태였다. 난 교실로 들어가 형광등을 켜고 두 다니엘에게 로봇공학반 교실의 '체계적인 난장판'을 구경시켜줬다.

"우와!" 샌더슨이 말했다. "영화 '프랑켄슈타인'의 한 장면 같다!"

나에겐 익숙하지만, 두 다니엘의 눈에는 생소한 광경이겠지. 조립용 장비들이 여기저기 놓여 있고, 온갖 부품들은 마치 사탕 껍질처럼 아무렇게나 흩어져 있었다. 벽에는 아마 두 다니엘이 태어나서 처음 봤을 각종 도구들이 걸려 있었는데, 그중에는 천장에서부터 길게 늘어져 있는 알록달록한 전선 거미줄도 있었다.

"로봇은 어디 있냐?" 너스바움이 물었다.

난 잡동사니들의 중앙 부분을 가리키며 말했다. "이 난장판의 주인공이야."

"뭐? 저게?" 샌더슨이 믿기지 않는다는 목소리로 소리쳤다. "그냥 바나나 먹고 있는 노인 사진 붙은 고철 상자잖아!"

"아인슈타인이야, 아인슈타인!" 너스바움이 정정했다.

"어쨌든 노인은 맞잖아?"

"아니, 이미 죽은 사람이야! 세상에! 어쩜 그렇게 무식하냐!"

샌더슨이 주변의 전선들과 부품들을 가리키며 물었다. "넌 이런 걸 다 이해하는 거야?"

"전혀 못 하지." 난 솔직하게 대답했다. "사실 담임선생님도 잘 이해 못 할걸? 그래서 우리가 팀을 이뤄 활동하는 거야. 기계, 전기, 컴퓨터, 수압, 공기역학까지 각자 담당하는 분야가 다 달라."

"넌 뭘 담당하는데?" 너스바움이 물었다.

"난 사진 프린트해." 난 힘없이 말했다. "비디오게임 실력 덕분에 로봇 조종도 하고."

이렇게 대답했는데도 두 다니엘은 내가 내 진짜 능력을 애써 감추고 있다고 생각하는 모양이었다.

"야, 너네는 내가 어떻게 들어왔는지 알고 있잖아. 설마 내가 원래 천재인데 일부러 아카데미 입학하려고 체육관을 부쉈겠냐? 나 지금, 숨어 사는 거라구! 물론 계속 이러고 있을 순 없겠지만, 그래도 사건이 가라앉을 때까지는 버텨야 할 거 아냐. 수리비 물어낼 돈도 없고, 고발당하면 변호사 선임해야 하는데 그럴 돈도 없어! 그러니까 제발 이 문제는 그냥 조용히 넘어가주라."

이렇게 해서 난 두 다니엘의 동정을 사는 데 성공했다. 교실을 보여준 게 한몫한 것 같았다. 천재적인 괴짜들 사이에서 정상인의 머리로 살아가는 게 얼마나 힘든지 비로소 깨달은 모양이었다.

강당에 돌아왔을 때 파티의 열기는 한창 달아올라 있었다. 수백 명이 발을 구르며 춤추니 지진이라도 난 것 같았다. 정말 움직일 수 없을 정도로 사람들이 가득 들어차 있었고, 온도와 습도가 견디기 힘들 정도로 높이 올라간 상태였다. 지도교사들이 인구 밀도를 조정하려 애쓰고 있었지만, 이미 감당 가능한 수치를 넘어선 듯 보였다. 남은 음료나 먹거리는 모두 바닥에 쏟아져 아이들의 발에 짓이겨지고 있었다. 또 노랫소리는 어찌나 큰지 두개골 속에서 뇌가 쿵쿵 흔들렸다.

피자, 땀, 향수 냄새가 강당 안을 가득 메웠다.

샌더슨이 너스바움을 잡았다. "헤더랑 디어드리 찾으러 가자!"

"조금 있다가 합류할게." 난 약속했다.

물론 거짓말이었다. 지금 나한테 가장 중요한 사람은 오즈 선생님이었다. 가산점 확인서만 받으면 바로 이곳을 뜰 생각이었다.

이런 공간에서 인파를 밀치고 움직이는 건 불가능했다. 난 두 번 정도 이리저리 휩쓸렸다. 한 번은 아직도 화가 풀리지 않아 나를 째려보는 클로이를 지나쳐야 했다. 한참을 떠돌다 마침내 발견한 오즈 선생님의 얼굴에는, 내가 왜 아카데미 학생들을 억지로 댄스파티에 참여하게 했을까, 진심으로 고민하는 표정이 담겨 있었다. 그럴 줄 알았어.

오즈 선생님의 시선을 끌기 위해 손을 흔들다가, 선생님 뒤에 서서 그 어떤 아이들보다 더욱 내 심장을 뛰게 하는 한 어른을 발견했다.

슐츠 교육감.

난 재빨리 몸을 숙여 교육감의 시야에서 벗어났다. 제아무리 교육감이라도 아이들의 엉덩이 높이로 주저앉아 있으면 절대 알아볼 수 없을 거다. 자꾸 여기저기 밟히긴 했지만 들키지 않을 수만 있으면 이 정도쯤이야 얼마든지 견딜 수 있었다. 가산점이고 뭐고, 지금 가장 중요한 건 탈출이었다.

어쩔 수 없이 두 손을 짚고 엎드려 기어가기 시작했다. 파티장을 이런 식으로 떠나다니, 내 꼴이 영 말이 아니었다. 하지만 어쩌겠어. 조금만 더 버티면 문에 다다를 테고, 그럼 난 자유다.

떠나기 전, 난 마지막으로 파티장을 둘러봤다. 순간 심장이 멎는 줄 알았다.

강당의 정중앙, 그러니까 이 거대한 아메바의 핵쯤 되는 부분에 커다란 원이 형성되어 있었다. 그 안에는 몇 명, 정확히 말하면 세

명이 춤추고 있었는데, 바로 다니엘 샌더슨, 다니엘 너스바움, 그리고 깡통맨이었다.

치솟는 분노에 눈앞이 깜깜해졌다. 내 '친구'들이 나 몰래 교실로 돌아가 저 바퀴 달린 로봇을 이 정신없는 댄스파티 한복판에 가져다 놓은 거다.

엄청난 딜레마였지만, 답은 금방 나왔다. 만약 저 중앙으로 가서 깡통맨을 구해낸다면, 슐츠 교육감이 나를 발견할 테고, 그럼 내 인생은 끝난 거나 다름없다. 깡통맨이 망가지든 말든 무슨 상관이지? 내 로봇도 아닌데. 여긴 내 학교도 아니잖아. 내가 저 깡통맨 개발에 기여한 부분은 고작해야 이름하고 바나나 먹는 아인슈타인 사진뿐이다.

아니, 아니. 그렇지 않다. 난 지금 다 된 '깡통맨'에 '두 다니엘'을 붙는 치명적인 실수를 하고 말았다. 나만 아니었다면 저 두 녀석은 깡통맨이 존재한다는 사실조차 모르고 조용히 집에 갔을 거다. 오늘 밤 저 불쌍한 로봇에게 무슨 일이라도 일어난다면 그건 오롯이 내 책임이다.

그 순간 깨달았다. 상관이 있었다. 로봇공학반이나 깡통맨이 어떻게 될까 걱정하는 게 아니었다. 여태껏 내가 저지른 사고들 중 중간에 되돌릴 수 있었던 경우는 극히 드물었다. 예를 들어 지구본이 구르기 시작했을 때, 체육관이 부서지기 전까지 난 아무것도 못 하고 발만 동동 굴러야 했다.

하지만 이번은 다르다. 깡통맨은 아직 망가지지 않은 상태다.

안전하게 로봇을 구해낼 수만 있다면, 지금 이건 '도노반의 법칙'을 무효화시킬 절호의 기회였다.

난 박자에 맞춰 씰룩대는 골반들 틈새를 뚫고 다시 강당 안으로 들어갔다. 이 궤도로 움직이면 강당 중앙의 깡통맨을 발견하고 그쪽으로 뛰어가고 있는 오즈 선생님, 슐츠 교육감(이런!)과 충돌할 게 분명했다. 난 주위의 한 학생에게서 야구 모자를 뺏어 깊숙이 눌러썼다.

로봇공학반 아이들 몇 명도 깡통맨이 파티장에 있다는 사실을 비로소 발견한 모양이었다. 춤추는 군중 사이에 갇힌 케빈, 제이시, 라트렐이 로봇 쪽으로 어떻게든 이동하려 애쓰고 있는 게 보였다. 애비게일은 빨개진 얼굴로 버럭버럭 소리 지르고 있었는데, 파티장 안에서 아무리 크게 소리쳐봤자 들릴 리 없었다. 클로이는 내 바로 뒤에 붙어 나를 따라오고 있었다. 녀석들이 로봇을 건드리기 전에 중앙으로 진출해야 할 텐데.

샌더슨은 깡통맨의 등에 기대어 느릿느릿 로봇을 앞뒤로 굴리고 있었고, 너스바움은 집게손을 양손으로 붙잡고 지르박 박자에 맞춰 춤추고 있었다. 난 너스바움 녀석을 덮쳐 강당 바닥에 쓰러뜨렸다. 그 바람에 녀석이 잡고 있던 깡통맨의 집게손 중 한쪽 팔이 뜯어지고 말았고, 그걸 너스바움은 자랑스럽게 머리 위로 높이 들어 흔들었다. 하드캐슬 아이들의 환호성이 터져 나왔다.

하지만 우리 반 아이들에게 그건 전쟁 선포나 다름없었다. 깡통맨을 부수다니.

케빈과 라트렐이 샌더슨한테 달려들었다.

"깡통맨한테서 떨어져!" 케빈이 울부짖었다.

하지만 태어나서 한 번도 몸싸움을 해보지 않았을 아카데미 아이들이 제대로 샌더슨을 제압할 리 없었다. 라트렐은 심지어 주먹조차 제대로 쥐지 못했다. 싸워야 하는데 엄지손가락을 나머지 네 손가락으로 감싸면 어떡하냔 말이다.

라트렐의 주먹을 흘끗 본 샌더슨이 웃음을 터뜨렸다. 그때 에비게일이 나타나 녀석의 정강이를 세게 발로 찼다.

"우리 학교에서 나가, 이······" 에비게일은 적당한 단어 선택을 위해 잠시 망설였다. "이 평균밖에 못 되는 인간아!"

그 말을 기점으로, 집단 몸싸움이 터지고 말았다. 두 다니엘 대 로봇공학반이 아닌 하드캐슬 대 영재아카데미로 싸움이 커져버렸다.

영재 프로그램을 향한 하드캐슬 학생들의 질투, 열등감, 억울함이 한꺼번에 쏟아져 나와 댄스파티를 난투극으로 만들고 말았다. 그리고 그 중앙에는 깡통맨이 있었다.

그때 인간의 것이라 생각할 수 없는 찢어지는 비명소리가 들려왔다. 사람들의 시선이 일제히 디제이 부스 꼭대기에서 근육을 풀고 있는(근육이 있긴 한지 모르겠지만) 노아 유킬리스에게로 쏠렸다. 이해할 수 없는 매우 괴상한 포즈를 취하고 있었는데, 너무 늦긴 했지만 그제야 난 노아의 옷과 이 상황을 대충 파악할 수 있었다. 지금 노아는 WWE 프로레슬러 흉내를 내고 있었다.

모두의 경악 어린 시선을 받으며, 노아는 프로레슬링 경기에서 나 봤을 행동을 그대로 재연했다. 부스에서 난장판 속으로 몸을 던진 것이다.

그대로 떨어졌다간 자칫 죽을 수도 있었지만, 다행히 추락 지점에 있던 사람들이 노아를 받아내며 바닥에 주저앉았다. 그곳에는 깡통맨도 있었다.

오즈 선생님은 이 총체적인 난국을 어찌 해결해야 할지 몰라 우왕좌왕하고 있었다. 떨어진 학생에게 먼저 달려가야 할지, 넘어진 로봇에게 먼저 달려가야 할지.

그때, 그날 밤 처음으로 가장 적절하다고 할 수 있는 일이 벌어졌다. 화재경보기가 울린 것이다. 처음에는 나보다 먼저 그런 방법을 생각해낸 사람이 있다는 사실에 살짝 놀랐다. 내 스타일의 문제 해결 방법이기 때문이다. 하지만 벽 쪽으로 시선을 돌렸다가, 경보기 레버를 내린 채 그 자리에 서 있는 사람을 발견하고 다시 한 번 놀랐다.

바로 슐츠 교육감이었다. 교육감쯤 되면, 저 정도 장난쯤은 혼날 걱정 없이 마음껏 칠 수 있는 모양이었다.

눈 깜짝할 새에 수백 명의 아이들이 강당을 빠져나갔다. 이렇게 쉬운 탈출 방법이 있었다니. 난 슐츠 교육감이 내 쪽으로 고개를 돌리기 전에 재빨리 현장을 벗어났다.

14장
노아 유킬리스
IQ 206

유튜브에 갖가지 순간을 담은 8억 개의 동영상이 업로드 돼 있다는 사실로부터, 우리는 새로운 가정을 이끌어낼 수 있다. 동영상에 담지 못한 또 다른 순간들이 적어도 8억 가지는 존재할 것이란 사실이다.

인생이 수수께끼들로 가득 차 있듯이, 유튜브 또한 풀리지 않는 궁금증들로 가득하다.

―어떤 사람이 멋진 행위를 하는 모습을 담았을 때 좋은 영상이 나온다.

―그런 멋진 행위가 일어나는 순간은 예측이 불가하고, 따라서 늘 캠코더를 가지고 다니는 것은 효율적이지 못하다.

예를 들어 댄스파티에서 내가 영웅이 되었던 그 순간 말이다.

언젠가는 인간의 시신경을 작은 메모리칩으로 만들어 두개골에 심을 날이 올 것이다. 그러면 인터넷 연결만으로 눈으로 본 모든 이미지를 유튜브에 올릴 수 있겠지.

댄스파티 얘기가 나와서 말인데, 금요일 밤에 깡통맨이 참 많이 망가졌다. 긁힌 건 다시 페인트칠을 하면 되고, 파인 부분은 수리 하면 되고, 떨어진 팔은 다시 조립하면 문제없지만, 리프트 메커 니즘을 돌리는 모터 부분에 영구적인 손상이 가고 말았다.

파티가 끝난 후, 오즈 선생님이 새 부품을 살 예산이 없다고 공 표했다. 그 말을 들은 애비게일은 이미 반쯤 제정신이 아니었다.

"리프트 메커니즘이 없으면 대회에 기권해야 한다구요!"

이 사실에 과도한 스트레스를 받은 제이시는 뜬금없이 남아메 리카의 나비 이주에 대해 횡설수설하기 시작했다. 제이시는 나보 다도 훨씬 다양한 상식을 알고 있는 아이였다.

하지만 오늘은 왠지 제이시의 그런 상식들조차 짜증스럽게 느 껴졌다. "내 비출혈이 훨씬 중요한 사안이었어!"

"네 코피 따위, 아무도 신경 안 써!" 애비게일이 딱 잘라 말했다.

"난 신경 써!" 난 쏘아붙였다. "정말 아팠다구! 너희 중에 나처 럼 단독으로 그 난장판 속에서 깡통맨 구하려 한 애 있어?"

아무도 내 공로를 인정해주지 않고 있었다. 유튜브에 올라가지 않았다고, 이렇게 없는 일 취급 하는 건가?

"그 난장판은 네가 만든 거잖아." 라트렐이 끼어들었다. "네가 디제이 부스에서 애들한테 뛰어들어서."

"뛰어든 게 아니었어." 난 이를 악물고 설명했다. "테이크다운이 었다구. 레슬링 기본 동작 중에 하나란 말이야."

클로이가 도노반 쪽을 보며 물었다. "네 친구들 있지, 다니엘인가 뭔가 하는 애들. 왜 그런 짓을 한 거야? 왜 그랬대?"

도노반은 어깨를 으쓱였다.

"영재 프로그램에 감정 안 좋은 애들이 꽤 있어. 가뜩이나 그런데, 다니엘 녀석들은 내가 여기 들어온 것 때문에 더 기분이 안 좋았을 거야. 건물부터 봐봐. 여기에 비교하면 하드캐슬 중학교는 정말 쓰러져가는 고대 유물 수준이잖아. 우리를 공부만 하는 찌질이들이라고 놀리지만 그래도 로봇 같은 건 질투가 났겠지."

난 그 말에 동의할 수 없었다. 로봇은 질투할 만한 것이 아니다. 그저 복잡한 물건일 뿐. 마치 레고 '스타워즈 임페리얼 스노워커' 시리즈처럼 말이다.(〈컨슈머 리포트〉지에는 제아무리 천재라도 이 시리즈를 조립하는 건 불가능할 거라고 쓰여 있었다. 하지만 틀렸다. 난 벌써 여섯 개나 완성했다.)

내 의견은, 로봇보다 난장판이 훨씬 흥미롭다는 것이다. 난장판은 예측 불가하고 정신없다는 속성을 갖고 있다. 마치 유튜브 같지 않은가.

오즈 선생님은 모터를 살 예산을 구하기 위해 백방으로 노력했다. 처음엔 체육 예산에서 조금 빼내어 보태는 방안도 고려하는 것 같지만, 배드민턴보다 깡통맨이 더 중요하다고 다른 교직원들을 설득시키기란 힘들어 보였다. 혹시나 쓸 수 있지 않을까 싶어서 잔디 깎기 기계를 분해해 엔진을 꺼내보기까지 했다고 한다. 하지만 안타깝게도 크기가 맞지 않았다.

"돈을 모으면 안 되나요?" 클로이가 물었다. "사탕을 팔든지 해서요. 이렇게 그냥 기권할 순 없어요!"

오즈 선생님은 우울하게 어깨를 으쓱였다. "그런 걸 할 시간이 없어. 대회까지 3주밖에 안 남았잖아."

왠지 도노반이 평소보다 조용했다. 깡통맨의 표면이 그림들로 가득 채워졌기 때문에 이제 도노반에게 남은 역할은 조종밖에 없었다. 하지만 리프트 메커니즘이 작동하지 않는 이상, 조종 능력은 아무 쓸모가 없다.

수업이 끝난 후, 도노반이 아이들을 복도로 모았다.

"대신 쓸 만한 모터를 찾은 것 같아."

애비게일이 방방 뛰며 물었다. "뭐? 뭐? 어디?"

"수위실에." 도노반이 설명했다. "바닥 광택기에 쓰이는 모터인데, 물론 너희들이 나보다 잘 알겠지만 내가 보기엔 깡통맨 크기에 잘 맞을 것 같아."

"어떻게 그런 결론에 도달했지?" 내가 물었다. "모터 사이즈를 직접 재본 거야, 아니면 주요 부품과 연결 부위의 위치랑 크기를 생각하고 말하는 거야?"

"그냥 추측했어." 도노반이 멋쩍게 대답했다.

우리는 대단하다는 눈빛으로 도노반을 쳐다봤다. 깡통맨을 만든 건 우리지, 도노반이 아니다. 그리고 그 과정에 디자인, 프로그래밍, 기계공학, 전자공학, 유압, 공기역학 시스템은 있어도 추측 같은 건 들어가지 않았다.

도노반이 설명했다. "어차피 나올 수 있는 결과는 두 개잖아. 맞거나, 맞지 않거나."

"경우의 수 말이지?" 난 골똘히 생각하며 되물었다.

도노반이 어깨를 으쓱였다. "확실하진 않지만, 일단 시도라도 해봐야지. 밑져야 본전 아닌가?"

그때 클로이가 현실적인 의견을 들고 나왔다. "수위 아저씨들이 광택기를 그냥 주신대? 엄청 깐깐한 분들이잖아."

도노반이 씩 웃었다. "엄청 좋은 분들이야." 그러곤 지금 당장 엔진을 가지러 가야 한다고 고집 부렸다.

지난 몇 주 동안 도노반의 말은 일단 듣고 보는 게 좋다는 사실을 깨달은 터라, 아이들은 군말 없이 수위실로 향했다. 하지만 도착해 보니 그곳은 텅 비어 있었다.

"다들 어디 간 거지?" 내가 물었다.

"점심 먹으러 갔지." 도노반이 대답했다.

"모터는 어디 있는데?" 애비게일이 집요하게 따졌다.

"바닥 광택기 안에 있지." 도노반이 스크루드라이버를 내밀며 말했다. "그럼 어디 있겠어?"

그제야 모든 게 이해가 되었다. 수위 아저씨가 우리에게 모터를 주는 게 아니라, 우리가 무단으로 가져가는 것이었다.

애비게일이 성질을 냈다. "훔칠 순 없어!"

"이게 수위 아저씨들 모터는 아니잖아." 도노반이 말했다. "이건 학교 모터라구. 로봇도 우리 개인 소유물이 아니라 학교 거잖아."

유튜브에서는 본 적이 있는 장면이지만, 실제 삶에서 겪게 될 거라곤 상상도 못했다. 라트렐이 광택기를 분해하고 엔진을 꺼내는 동안, 긴장감 넘치는 몇 분이 흘러갔다.

"다시 조립해놔." 도노반이 말했다. "엔진 부분 비어 있는 거 들키면 안 되잖아."

"어차피 바닥 청소할 때 작동이 안 될 텐데, 조립한다고 안 들킬 것 같아?" 애비게일이 히스테리를 부렸다.

난 망을 보고 있었다. 수위 아저씨들이 올 때 암호를 외치는 게 내 역할이었다.

"피타고라스!" 난 목소리를 낮춰 소리쳤다.

그러자 도노반이 잽싸게 발로 바닥 광택기를 작업대 아래로 차 넣고, 손으로는 벽장 안에 아이들을 몰아넣고, 마지막으로 자기까지 들어가서 문을 쾅 닫았다. 그렇게 빠른 움직임은 본 적이 없었다.

"괜찮아." 내가 말했다. "그냥 한번 해본 거야."

벽장에서 나온 도노반이 나를 노려보며 말했다. "한 번만 더 그래봐. 그땐 네 장례식을 찍어서 유튜브에 올려줄 테니까."

도노반은 참 좋은 친구지만, 가끔씩 무서울 때가 있었다.

모터를 갖고 교실로 몰래 돌아오는 길은 댄스파티에서의 테이크다운보다 훨씬 짜릿한 경험이었다. 아드레날린이 인간의 몸에 미치는 영향은 잘 알지만, 갈비뼈 안에서 심장이 세게 뛰는 걸 직접 느껴보니 책에서 읽은 것과는 사뭇 느낌이 달랐다. 흥분과 긴장, 언제 들킬지 모른다는 생각이 섞인 묘한 기분이었다.

모터를 본 오즈 선생님이 기뻐서 어쩔 줄 모르며 말했다.

"어디서 구한 거야?"

물론 아무도 대답하지 않았다.

광택기의 모터는 이전에 썼던 모터보다 조금 더 컸다.

"배터리를 얼마나 잡아먹는지 시험해봐야 할 거다." 선생님이 충고했다. "무게가 더 나가면 로봇이 느려질 수 있어."

"그래도 힘은 더 세질 거 아녜요." 도노반이 끼어들었다.

"이번 대회는 힘자랑하는 대회가 아니야." 애비게일이 지적했다. "풍선 고리 집어 옮기는 건데 힘이 세봤자지 뭐."

선생님이 화제를 돌렸다.

"정말 큰 문제가 있었는데, 이렇게 해결했잖아. 해결해가는 과정이 바로 우리 로봇공학 프로그램이 가장 중점을 둬야 하는 부분이지."

다음 날 학교 복도 바닥은 왠지 전처럼 광택이 나지 않았다. 하지만 깡통맨은 다시 작동하기 시작했다.

◆

소문은 학교 구내식당에서 케빈 아마리로부터 시작되었다.

"오즈 선생님이 교장선생님과 도노반의 입학 재시험에 대해 말하는 걸 들었어."

클로이는 샐러리를 먹다가 사레가 들렸다. "뭐? 왜?"

"몰라서 물어?" 애비게일이 심드렁하게 말했다. "딱 봐도 영재가 아니잖아. 몇 주 동안 지켜봤는데도 이렇다 할 성과가 없으니까 재시험을 보게 하는 거지."

"다른 방법으로 성과를 많이 냈잖아." 클로이가 말했다.

"모터를 훔친 거 말이야?" 애비게일이 쏘아붙였다.

"그렇지." 내가 말했다. "만약 우리보고 모터를 직접 구하라고 한다면 아무도 꼼짝 못했을 거 아냐. 그걸 도노반은 해냈잖아."

"성장과 발육 수업도 그렇고." 클로이가 말했다.

"상관없어." 애비게일이 말했다. "그런 걸로 성적 낙제를 면할 수 있는 건 아니잖아."

"나야말로 재시험을 봤으면 좋겠다." 난 투덜거렸다. "난 대환영이야. '낙제'가 뭔지 제대로 보여줄 수 있는데."

애비게일이 나를 깔아보며 말했다. "웃기지 마. 솔직히 도노반이 공부 못해서 낙제하는 거랑 일부러 낙제하는 거랑 같아? 우리 머리 다 합쳐봤자 네 아이큐는 못 따라갈걸."

"하지만 우린 도노반이 필요해."

"야! 예전처럼 우리 중에 아무나 로봇 조종하면 되잖아!"

"그렇긴 하지만, 우린 잘 못하잖아!"

곰곰이 생각하던 클로이가 입을 열었다. "재시험을 통과할지도 모르지."

말도 안 되는 소리라는 걸 알기에 잠시 어색한 정적이 흘렀다.

"열심히 하잖아." 클로이가 말했다. "음, 걔 기준에선."

"그렇지." 애비게일이 의기양양하게 말했다. "열심히 하고 있는데도 그 모양이잖아. 즉 그게 도노반 능력의 최대치라구."

케빈이 새로운 제안을 들고 나왔다. "선생님한테 시험을 연기해 달라고 하면 어떨까? 적어도 성장과 발육 수업 끝날 때까지만이라도. 그때쯤 되면 대회도 끝났을 거 아냐."

클로이가 화를 냈다. "그거, 정말 이기적인 생각인 거 알아?"

"어떻게 되든 도노반이 위험한 건 사실이지 뭐." 라트렐이 말했다.

"위험한 건 우리야." 케빈이 끙 소리를 냈다. "도노반 없이 대회에 나가면 콜드스프링하버 애들한테 완패할 게 뻔하다구."

"그럴 것 같진 않은데?" 애비게일이 말했다.

하지만 아무도 그 말에 귀 기울이지 않았다.

제이시가 뭘 말하려는 듯 입을 우물거려 모두의 시선이 그쪽으로 쏠렸다. 하지만 제이시는 이렇게 얼버무렸다.

"아무것도 아니야. 그냥 빛보다 빠른 아원자 입자에 대해 생각하고 있었어. 아인슈타인이 틀렸을 수 있다는 내용인데, 도노반 일에 별 도움이 될 것 같진 않네."

"도노반도 공부하면 되지 않을까?" 아이들이 코웃음 치자, 클로이는 이렇게 덧붙였다. "우리가 도와주면 되잖아."

"아니면," 난 오랜 생각 끝에 입을 열었다. "우리 중 한 명이 대리 시험을 봐주면 되잖아. 통과할 수 있게."

"하," 케빈이 비웃었다. "우리 중에 누가 도노반인 척해. 설마 감독관이 못 알아보겠어?"

"컴퓨터로 보는 시험이잖아. 마우스를 무선으로 조종해서 맞는 답을 찍게 도와주면 되지."

애비게일이 경악했다. "그거 부정행위잖아! 부정행위 걸리면 얼마나 심각한 처벌을 받는지 몰라서 그래?"

난 호기심이 생겼다. "얼마나 심각한데?"

내가 부정행위를 저질러봤자 학교에서는 또 다른 천재성의 증거라고 생각해서 오히려 추가 점수를 줄 게 분명하다. 아카데미 시스템 자체가 나를 괴롭히려고 만들어진 게 아닐까.

"부정행위 걸리면," 애비게일이 목소리를 높였다. "학생부에 영원히 기록이 남는다구! 스탠퍼드, MIT는 꿈도 못 꿔!"

"진짜?"

"너 같은 경우엔 장학금이 추가되겠지."

클로이가 슬프게 고개를 저었다. "도노반 일이 잘 해결됐으면 좋겠어. 좋은 애인데. 댄스파티에서는 화가 났었는데, 지금 생각해보니 그냥 날 보호해주려고 그랬던 거였어. 정말 도와주고 싶어. 최대한 교칙에서 벗어나지 않는 선에서."

그때 갑자기 뭔가 머리에 떠올랐다. 우리는 동전의 앞뒷면과 같다. 도노반은 영재 프로그램에 머무르기 위해 노력하고 있고, 난 벗어나기 위해 애쓰고 있으니까.

15장
도노반 커티스
IQ 112

 금요일 밤 파티에서 노아는 다니엘 샌더슨의 눈에 새파란 멍이 들게 하는 데 성공했다. 디제이 부스에서 프로레슬링 선수처럼 뛰어내리다, 그 괴상한 빨간 장화로 샌더슨의 얼굴을 찬 모양이었다. 고의일 리는 없었다. 노아는 파리 하나 죽이지 못할 아이니까.
 엄밀히 따지면, 모든 게 내 잘못이었다. 노아를 유튜브의 세계로 인도해 프로레슬링에 빠지게 한 장본인이 나니까. 하지만 샌더슨이 그렇게 된 건 사실 좀 쌤통이었다. 너스바움 녀석도 똑같이 당해야 했는데.
 난 그후로 두 다니엘을 피해 다녔다. 부모님과 누나한테, 만약 녀석들이 전화하거나 집에 찾아오면 내가 없다고 말해달라고 부탁했다.
 "왜, 도니? 제일 친한 친구들이잖아."
 "로봇 보여줄 때까지는 친구들이라고 생각했지. 그런데 강당으로 로봇을 가져와서 그렇게 뒤통수를 치더라구!"

"걔들 로봇이 어떻게 되든 말든 네가 무슨 상관이야?"

"내가 그걸 조종해야 한다구. 론 레인저(서부영화 주인공:옮긴이)랑 그의 애마 같은 관계랄까."

누나가 눈을 흘겼다.

"조이스틱 못 다루는 병신이 어디 있니? 그거 말고 프로젝트에서 뭘 맡았는데? 조립?"

"부분적으로."

누나는 내 말을 믿지 못하겠다는 눈치였다. "어느 부분?"

"외관." 난 무뚝뚝하게 대답했다.

"3분 요리도 못 하는 애가 무슨." 누나가 말했다. "그런 고차원적인 기계 조립을 어디서 배워?"

"로봇에 신경 쓰고 안 쓰고의 문제가 아냐. 다니엘 녀석들이 문제라구. 걔들은 영재아카데미 애들을 정상적인 애들로 취급 안해. 근데 선생님들 앞에서 대놓고 괴롭힐 수 없으니까 깡통맨을 꺼내 온 거지. 그런 놈들이랑 무슨 얘기를 해."

엄마는 내 부탁을 들어줬다. 하지만 수요일에, 너스바움이 샌더슨의 얼굴을 사진으로 찍어 누나한테 전송하면서 녀석들을 안 보려던 내 계획은 무산되고 말았다. 누나는 이상하게 다니엘 녀석들한테 약하다. 죽어가는 남편 개나, 하나뿐인 남동생한테는 그렇게 못되게 굴면서 말이다. 엄마는 누나가 내유외강형이라며, 마음속 깊은 곳은 여리다고 주장한다. 하지만 누나는 '마음'이라는 게 없는 인간이기 때문에 애초에 말이 안 되는 소리다. 물론 '성장과 발육' 수업에 많은 기여를 해주고 있는 건 정말 고맙다. 늘 늘어놓는 불평불만 때문에 그런 선행이 가려지긴 하지만.

어쨌든 누나는 너스바움이 보내준 사진을 나한테 보여줬고, 난 샌더슨의 얼굴을 보고 기겁을 했다. 열차에 치였다고 해도 믿을 정도의 심한 멍이 샌더슨의 눈가에 자리 잡고 있었기 때문이다. 정말 엽기적이었다. 그냥 새파랗게 변한 게 아니라 보라색, 노란색, 초록색, 그리고 말로 표현할 수 없는 몇 가지 색들이 혼란스럽게 뒤엉켜 있었다.

"노아가 저렇게 만들었다고?" 누나가 깜짝 놀라며 탄성을 질렀다.

"진짜 멍청이같이 뛰어내렸는데, 사람을 죽이기라도 할 기세였지."

양심적으로 그걸 보고도 무시만 하고 있을 순 없어서, 난 결국 샌더슨의 집으로 향했다. 다니엘 녀석들이 누나한테까지 문자 메시지를 보낼 정도면, 만나서 진심으로 사과를 하고 싶은 게 분명했다. 그렇다면야 뭐 나도 사과를 받아줄 생각이었다.

비록 다쳐서 고생하고 있지만, 그렇다고 여자애들의 동정을 살 기회를 놓칠 샌더슨이 아니었다. 녀석의 집에 도착해 보니, 마찬가지로 병문안을 온 디어드리와 헤더가 샌더슨의 멍든 눈가에 올려놓을 아이스팩을 얼리고 있었다.

너스바움도 여자애들이 혹시 자기한테 관심을 줄까 싶어 다리를 살짝 절뚝거리는 게 보였다. 사과는 무슨, 내 착각이었다. 모두가 댄스파티와 '그 깡패 녀석'에 대해 얘기하고 있었다. 처음엔 누구 얘기를 하는 건가 싶었다. 그 강당에 있던 깡패라곤 샌더슨과 너스바움이 유일한데 말이지.

"무슨 깡패?" 한참을 궁금해하다 결국 물었다.

"너도 알잖아." 샌더슨이 말했다. "나 쳤던 애. 그 레슬링 옷 입은 보디빌더 녀석 말이야."

어이가 없었다. "빨간 장화 신은 애?"

샌더슨이 나한테 제발 대충 넘어가달라고 애원하는 눈빛을 보냈다. 노아를 크고 힘센 것처럼 꾸며 말해서 어떻게든 여자애들의 점수를 따고 싶은 모양이었다.

천만에, 그럴 수야 없지.

"노아 유킬리스는 거미줄도 못 끊는 애야. 너보다 15센티나 작고, 몸무게는 너네 집 고양이 정도 나갈걸."

"알고 보니 걔가 태권도 검은띠더라구!"

디어드리가 입을 열었다. "너희 아카데미 애들 말이야. 똑똑하다고 특별한 것처럼 구는데, 그렇다고 주위 사람들을 치고 다니는 건 좀 아니지. 그 노아란 애, 이런 식으로 생사람 붙잡고 싸움질하고 다니다간 학교에서 퇴학당하는 수가 있어!"

절로 웃음이 나왔다. "노아 말이야? 걔는 살인을 해도 퇴학 안 당할걸!"

다니엘 녀석들은 내가 뭐라 말하든 신경 쓰지 않았다. 댄스파티

얘기가 나올 때마다, 노아는 점점 더 덩치 크고 비열한 인물로 묘사되었다. 여자애들이 떠나자, 녀석들은 그제야 로봇을 강당으로 가져온 것에 대해 입을 열었다.

"그래, 그건 좀 찌질한 방법이긴 했어." 너스바움이 중얼거렸다. "그래도 아카데미 녀석들 괴롭히는 데는 아주 제대로 성공했지!"

"괜찮았어." 샌더슨이 동의했다. "그것 때문에 그 해골 같은 놈이 나한테 뛰어들긴 했지만. 아 도노반, 헤더랑 디어드리 있는데 말 안 맞춰줘서 정말 고맙다."

난 음울하게 웃었다. "여자애들이 노아 볼일 없기만을 빈다."

"그 자식이 나 볼일 없기를 빌어야 할걸! 가만두지 않겠어." 샌더슨이 다짐했다.

"이야, 너네 아카데미 친구들 정말 기막히더라." 너스바움이 말했다. "광장에서 봤을 때 그 체크무늬 셔츠 입은 애가 제일 멀쩡한 애라고 진작 좀 말해주지 그랬냐."

갑자기 짜증이 났다.

"거기 애들 중엔 진짜 너무 똑똑해서, 우리 지능으론 얼마나 똑똑한지 가늠도 할 수 없는 애들도 있어. 그러니까 건들지 말고 그냥 내버려둬. 로봇도 마찬가지고."

"그냥 장난친 건데 왜?" 너스바움이 웅얼거렸다. "너도 그런 장난 많이 쳤었잖아."

맞는 소리라서 할 말이 없었다. 내가 하드캐슬 체육관에 입힌 피해와 비교하면 깡통맨 조금 망가진 건 그리 대수도 아니었다.

달라진 건 다니엘 녀석들이 아니라 나였다.

 게다가 얼마 후면 재시험을 보고 하드캐슬로 쫓겨나게 될 텐데, 거기서 다시 학교생활에 적응하고 어울리려면 두 다니엘은 나한테 꼭 필요한 녀석들이었다.

 난 사형 집행 날짜가 가까워지는 사형수의 마음가짐으로 재시험 날을 기다렸다. 무겁고, 착잡한 기분으로.

 한편 공부를 도와주겠다고 나선 반 아이들의 모습에 제법 감동을 받았다. 내가 떨어지기만을 간절히 바라는 것 같은 애비게일을 제외하면, 모두가 나를 어떻게든 끌어주려 노력했다. 우리 누나가 '성장과 발육' 수업을 진행하기 때문이기도 할 것이고, 대회에 나가 깡통맨을 가장 잘 조종할 수 있는 사람이 나이기 때문이기도 할 것이다. 하지만 동시에, 아이들이 나를 로봇공학반의 일원으로 받아들였다는 증거라고 믿고 싶었다. 비록 지능으로는 한참 못 미치지만 말이지.

 클로이는 함께 공부하자고 족히 스무 번은 제안했다. 계속 거절하니까 기분이 좀 상한 모양이었다. 개인적인 감정 때문에 그런 게 아니라고 아무리 말해도 이해하지 못했다. 그냥 대놓고 '난 네가 시험에 대해 뭘 알고 있는지조차 이해 못 하는 멍청이야'라고 말할걸 그랬나. 한참을 버티다 결국 수학을 함께 공부하게 됐지만, 대체 무슨 나라 말을 하는 건지 알아듣지 못해 한 귀로 듣고 한 귀로 흘려보내기 일쑤였다. 클로이가 더 쉽게 설명하려고 내용을 단순화시켜줘도 못 알아듣기는 마찬가지였다.

공부를 마치자, 클로이가 진심으로 걱정스럽게 말했다. "와, 도노반. 너 어떡해?"

다른 말로 하면 이렇게 되겠지. '난 손 놨어. 이제 더 이상 못 가르치겠다.'

난 어깨를 으쓱였다. "오늘 밤에도 공부해야지. 잘 찍으면 될 수도 있어."

클로이는 내 말에 별로 확신이 안 서는 듯 보였다.

"잘 찍는 걸 넘어서 그냥 기적을 바라야 돼. 노아한테 같이 공부하자고 해봐. 가르쳐줄 거야. 우리 반 아무한테나 물어봐도 돼!"

"네 말도 이해 못 하는데, 노아랑 공부하면 아마 머리가 터질 걸."

다시 체크무늬 셔츠와 배기바지 차림으로 돌아왔는데도, 자꾸만 파티장에서의 클로이의 모습이 떠올랐다. 내가 클로이만큼 똑똑하지 않다는 사실이 왠지 슬프게 느껴졌다. 공부 못해 다시 하드캐슬로 돌아가게 된 게 쪽팔려서 방과 후에 몰래 사물함을 비울 생각까지 했었다. 그냥 흔적 없이 깨끗이 사라지는 것이다. 몇 주가 지난 후 누가 "여기 칸 쓰던 애 기억나? 걔 이름이 뭐였지?" 이렇게 묻더라도 아무도 기억하지 못하도록. 아마 노아는 기억하겠지만, 모르는 척 넘어갈 거다. 그렇게 차츰차츰 잊혀, 아카데미에서의 생활을 추억하게 해주는 것이라곤 깡통맨에 붙어 있는 빛바랜 사진들이 전부가 되겠지. 그때쯤 되면, 아이들은 그걸 누가

붙였는지조차 잊은 지 오래일 테고.

　재시험 날, 로봇공학반 교실은 유난히 조용했다. 오즈 선생님조차 나와 눈을 마주치지 않았다. 하긴 내 재시험을 학교에 건의한 사람이 선생님일 테니, 아주 이해가 안 되는 상황은 아니었다. 아마 사형 집행자가 된 기분이겠지. 그날은 깡통맨조차 왠지 우울해 보였다. 바닥 광택기 모터가 예전 것보다 무거워서 그런 것이겠지만.

　마지막 남은 카드를 던져보기로 했다. 교직원 책상 위에 두꺼운 파일을 올려놓자, 오즈 선생님이 나를 의아한 눈빛으로 쳐다봤다. 난 '특별한 품종 차우차우'라고 쓰인 제목을 가리켰다. 그 아래엔 거의 혼수상태로 늘어져 잠자고 있는 베아트리체의 사진이 커다랗게 실려 있었다. 조금이라도 멀쩡했을 때 미리 사진을 찍어둬야 했는데, 얼마 전에 찍으니 저렇게 죽기 일보직전 상태로 나오고 말았다.

"과학 프로젝트예요."

"홀먼 선생님께 드려야 하지 않니?" 선생님이 물었다.

"선생님께서 전해주셨으면 좋겠어요. 오늘 과학시간에 시험을 보고 있어야 해서요."

　이 프로젝트를 보고 '아, 도노반이 정말 열심히 노력하는구나' 싶어 재시험을 취소시킬지도 모른다는 실낱같은 희망에서였다. 하지만 선생님은 파일을 열어보지도 않았다. "그래" 하고 무심히 대답하며 시계를 흘끗거릴 뿐이었다.

그때 옆을 지나가던 노아가 한마디 던졌다. "사진 잘 찍었네. 임신한 개를 주제로 쓰다니 괜찮은 아이디어야."

순간 다리가 휘청했다. "임신? 베아트리체가?"

"당연하지." 노아는 나와 가족들이 그냥 보고 지나쳤던 특징들을 하나하나 짚어 내려가기 시작했다. "팽창된 복부, 돌출된 유두, 그리고 힘없이 늘어진 자세까지. '성장과 발육' 시간에 인간의 임신과 다른 포유류들의 경우를 비교했던 거 기억 안 나?"

너무 놀라운 소식이라 아무 말도 나오지 않았다. 빨리 누나한테 이 사실을 알리고 싶었다. 지구 건너편에 있는 매형은 얼마 지나지 않아 두 건의 출산 소식을 듣게 되겠지! 매형의 어머니가 베아트리체를 집 밖에 풀어놓고 아무렇게나 키운 모양인데, 이런 좋은 일이 생길지 누가 알았겠나!

그런데 프로젝트에는 임신에 대해 단 한 글자도 언급하지 않았다. 이 얼마나 멍청한 일인가.

난 파일을 잽싸게 집어 들었다. "조금만 더 수정해서 가지고 올게요."

그때 스피커에서 지지직거리는 소리가 들리더니 방송이 나왔다.

"오즈본 선생님, 도노반 커티스 학생과 함께 도서관으로 와주세요."

"10분이면 돼요!" 난 애원했다.

방송하는 사람이 내 목소리를 들은 건지, 이렇게 덧붙였다. "지금 바로 와주세요."

도서관이 바로 나의 사형이 집행될 장소인 모양이었다. 나를 컴퓨터 앞에 앉히고 답할 수 없는 문제들을 잔뜩 내주겠지. 시험이 끝나면 내 차우차우 프로젝트가 형편없다 해도 아무 상관 없을 거다. 그때면 난 더 이상 영재 프로그램 소속이 아닐 테니까.

난 반 아이들에게 인사했다. "이따 봐." 하지만 실제로는 '잘 있어'란 뜻이었다.

아이들은 비탄에 빠진 표정이었다. 애비게일도 예상했던 것보다는 덜 기쁜 눈치였다. 내가 공식적으로 쫓겨난 후에 제대로 축하하려고 참고 있는 건지도 모르지.

도서관까지 가는 길이 이렇게 짧은 적은 처음이었다.

"시험은 교육청에서 온라인으로 보내줄 거야." 내가 자리에 앉자 오즈 선생님이 말했다. "긴장하지 마라. 네가 얼마나 많은 걸 알고 있는지 보려는 시험이니까."

하나도 위로가 되지 않았다.

시험 문제를 다운로드 하기까지 시간이 조금 걸렸다. 난 식은땀을 흘리며 뻣뻣하게 굳은 채로 시험이 시작되길 기다렸다. 쉬는 시간 종이 울리고, 복도에서 시끌벅적한 발소리가 들려왔다. 나를 제외한 모두가 생기 넘치게 살아 움직이고 있었다.

선생님이 내 어깨를 꽉 쥐었다.

"모두가 응원하고 있다, 도노반."

"고맙습니다."

1번 문제가 스크린에 떠올랐다. 한 번, 두 번, 세 번을 읽어도 이해가 되지 않았다. 전혀. 0퍼센트. 무(無). 백지상태. 물론 예상한 일이긴 했다. 그래도 여전히 희망은 있었다. 1번 문제 하나 정도야 모를 수도 있지 뭐.

하지만 아니, 다 부질없었다. 전혀 이해 안 되는 각종 부호, 숫자, 공식이 눈에 들어올수록, 하드캐슬 중학교 정문에서 나를 기다리고 있을 슐츠 교육감의 모습이 머릿속에 선히 그려졌다. 그곳에서는 내 정체가 금방 탄로 나고 말겠지.

1912년 타이태닉호 침몰 때 제임스 도노반 씨가 빠진 차가운 얼음물이 지금 내 주위에도 느껴지는 것 같았다. 내 조상은 그때 위기를 버텨내고 살아남았지만, 지금 난 수영을 할 힘이 없었다. 배와 함께 심해로 가라앉는 기분이었다.

마지막 믿을 것이라곤 운밖에 없었다. 시험은 모두 5지선다형. 이제 20퍼센트의 확률에 목숨을 걸어야 한다. 별로 높지는 않지만 그래도 0퍼센트보단 낫지 뭐.

난 마우스를 쥐고 첫 문제를 찍기 위해 포인터를 움직였다. 그때 이상한 일이 벌어졌다. 선택지 B 쪽으로 화살표를 움직이는데, 갑자기 화살표가 멋대로 방향을 바꾸더니 C로 향했다.

황당한 기분으로 가만히 화면을 쳐다봤다. 컴퓨터에 문제가 생긴 것일까? 이렇게 운이 나쁠 수가 있나? 가뜩이나 안 좋은 상황인데, 컴퓨터까지 고장나버리다니. 하지만 다시 생각해보니, 내가 원래 찍은 답이 맞으리라는 보장은 없었다. 다시 B로 바꿀까 고려해봤지만, C도 왠지 그럴싸하게 느껴져 그냥 놔두기로 하고 '다음'을 눌렀다.

2번은 화학 문제인 것 같았다. 하지만 여전히 이해 불가. 이번엔 A를 찍기로 했다. 그런데 또다시 포인터가 알아서 움직이더니, E에 체크 표시를 했다.

그러더니 내가 건드리지도 않았는데 '다음' 버튼을 자동으로 눌렀다.

단순한 전산상의 문제가 아니라는 걸 확실히 알 수 있었다. 누군가가 이 컴퓨터를 해킹해서 대신 답안을 작성해주고 있는 게 분명했다!

감동으로 가슴이 벅차올랐다. 나를 이렇게도 신경 써주는 친구가 있다니! 대부분의 아카데미 학생들은 자기 일 챙기기에만 급급해 다른 아이들이 어떻게 되든 신경도 쓰지 않았다. 그런데 이렇게 큰 위험을 감수하면서까지 나를 위해 애써주는 녀석이 있다니…….

3번 문제에 답을 체크하는 화살표를 보고 눈물이 고여 눈앞이 뿌옇게 흐려졌다. 이 학교에서는 친구를 사귈 수 없을 거라고 생각했었는데, 누군가가 이 건물 안에서, 아니면 밖에서 원격으로 시험을 대신 봐주고 있다니. 만약 다니엘 녀석들이라면 이렇게까지 나를 도와줬을까? 아, 그래, 다니엘 녀석들이 대리 시험을 쳐줬다 통과할 수 있을 리가 없지. 하지만 만약 그게 가능하다 해도, 녀석들이 큰 위험을 감수하면서 그런 일을 해줄까? 진심으로 의심스러웠다.

그럼 대체 누구일까? 아카데미 아이들은 모두 똑똑하지만, 이런 짓을 감당해내려면 머리뿐 아니라 배짱과 용기가 필요하다. 오즈나 베벨라쿠아 선생님이 아닐까 하는 생각까지 들었다.

나를 유심히 지켜보는 사서선생님의 시선이 느껴져, 난 마우스 위에 손을 올리고 열심히 문제 푸는 척했다. 컴퓨터 속의 '나'는 벌써 11번 문제를 유유히 풀어내고 있었다. 당황이 점차 안도로 바뀌어갔다. 슐츠 교육감과의 만남이 조금은 지연된 셈이었다. 개헤엄으로 겨우 얼음물에 떠 있는 기분이었다.

사서선생님이 나를 보며 격려의 미소를 지어 보였다.

만점도 받을 수 있을 것 같았다. 그런데 실제로 난 한 문제를 제외한 모든 문제를 맞혔다.

대체 누가 도와준 걸까?

16장
베벨라쿠아 선생님
IQ 140

    오즈라는 별명을 가진 선생님 반의 로봇 이름이 '깡통맨'이라는 건 참 재미있는 우연의 일치다. 하지만 오즈본 선생님과 〈오즈의 마법사〉 사이의 평행이론은 거기서 끝나지 않는다. 소설 속 허수아비는 뇌가 없는데도 마지막에 박사가 되는 데 성공한다.
    이 허수아비는 현실의 도노반 커티스가 아닐까 싶다.
    도노반은 매우 우수한 점수로 재시험을 통과했다. 어딘가 의심스럽다는 점만 제외하면 정말 대단하고 기쁜 소식이었다. 여전히 수학 실력은 시험 전과 마찬가지로 형편없었다. 과학 과목도 생물은 평균보다 50점, 화학과 물리는 40점 정도 낮았다. 그나마 나은 게 사회 C⁻와 로봇공학 B였는데, 사실 로봇공학은 그냥 조이스틱을 잘 다뤄서 받은 성적이었다. 여태껏 엑스박스와 플레이스테이션만 해왔을 아이에게 조이스틱 다루는 게 어려울 리 없지 않은가.

이런 학생이 영재아카데미에 적합할 리 없다.

"재시험을 통과했잖아요, 마리아." 브라이언 교장이 말했다. "더 이상 의심할 게 뭐가 있단 말입니까?"

"학교 성적이 괜찮게 나오거나, 특정 과목 하나에라도 비상한 실력을 보이면 저도 더 이상 왈가왈부하지 않겠지요."

"우리 아카데미에서는 노아 유킬리스 학생의 특이성을 인정해서 교칙을 굉장히 관대하게 적용하고 있어요. 도노반도 그런 식으로 생각하면 되지 않습니까?"

나는 한숨을 쉬었다.

"그건 사과와 오렌지를 비교하시는 거나 마찬가지예요. 아니지, 호박과 건포도라 해야겠구나." 아니, 초거성 베텔기우스와 탄소 원자의 핵이라고 하는 게 더 적절한 표현이겠다. "노아 학생은 살면서 한 번 만날까 말까 한 특이 케이스라고요."

"하지만 재시험이……." 교장은 계속 주장했다.

"강아지를 샀는데, 집에 와서 박스를 열어보니까 햄스터가 있어요. 영수증에 강아지라고 쓰여 있다고 햄스터가 강아지로 바뀌나요? 재시험 점수가 그렇게 나왔다 해도, 제가 여태껏 봐온 게 있어서 인정을 못 하겠어요. 어떻게 통과했는지 모르겠네요. 절대 불가능한 일인데."

하지만 브라이언 교장의 입장은 완고했다. 교장은 교칙에 따라 엄격히 학교를 운영하는 성격이었다. 시험을 통과했고, 그럼 끝인 것이다. 모든 교직원들이 도노반의 합격 사실을 별다른 의심 없이 받아들였고, 특히 교장이 그랬다. 아래서 무슨 문제가 생기든 자신에겐 영향을 미치지 않으니 그런 것이겠지.

 게다가 브라이언 교장에게 도노반은 자기 누나를 동원해 '성장과 발육' 이수 문제를 해결해준 기특한 학생이었다. 이것 때문에 교장이 도노반에게 특별대우를 해준다는 뒷말이 학부모들 사이에서 오가기도 했다. 고마움을 느끼는 걸 갖고 뭐라고 할 마음은 없다. 학부모들, 특히 영재아카데미의 학부모들은 이런 별것 아닌 일로 쉽게 공격적으로 변하곤 하니까. 하지만 내가 문제 삼는 건 바로 이런 고마운 마음이 도노반의 실력에 대한 교장의 시각을 왜곡시킨다는 점이다. 수준 미달의 학생이라도 한 명쯤은 크게 상관없을 거라고 생각하는 모양인데, 그 아이 때문에 영재 프로그램의 전체 평균이 내려가고 있었다. 도노반이 이곳에서 배워 가는 게 아무것도 없다는 사실도 간과할 수 없다. 자신의 수준에 맞는 교육을 받을 권리가 있는데 말이다.

 다른 교직원들은 대다수가 브라이언 교장의 의견을 따르는 추세였다. 제일 높은 자리에 있는 교장이 문제없다는데, 뭐 하러 사서 걱정을 하느냔 것이었다. 물론 도노반이 공부는 잘 못하지만, 그래도 시험을 통과했으니 만사 오케이였다. 그 시험이 지구에 충돌하는 운석도 거뜬히 막아낼 수 있는 완벽한 보호막이라고 생각하는 모양이었다.

 오즈본은 이 학교에서 그나마 정신이 온전히 박힌 사람이었다. 애초부터 도노반이 영재가 아니라는 사실에 대해 문제의식을 가지고 있었으니까. 재시험을 보자고 요청한 사람도 오즈본이었다. 그깟 점수로 학생의 결함을 덮고 지나가기엔 교사로서 양심이 찔렸을 것이다.

오즈본을 찾아 로봇공학반을 찾아갔지만, 불이 꺼져 있고 아무도 보이지 않았다. 그래서 교실이 비어 있는 줄 알았다.

그러다 바닥으로 시선을 내리니, 글쎄, 오즈본이 그 실험쥐, 케이티 패터슨이란 여자와 같이 바닥에 배를 깔고 엎드려서 이상한 소리를 내며 숨 쉬고 있지 않은가.

"뭐 하시는 거예요?"

괴상한 광경에 놀란 나는 독극물이라도 마신 건가 싶어서 교실 이곳저곳을 둘러보았다.

"숨 쉬고 있어요." 오즈본이 헉헉대며 말했다.

"그런 것 같네요. 일어나서 불부터 켜는 게 어때요?"

"라마즈 무통 분만법의 변형 버전이에요." 클로이가 설명했다. "노아가 개발해냈어요. 원래 방법보다 훨씬 나아요."

저딴 이상한 분만법 때문에 오즈본이 나를 복도로 내몰고 수업 시간이 끝날 때까지 기다리게 했다는 사실이 믿어지는가? 나는 치밀어 오르는 분노로 씩씩대며 한참이나 교실 안에서 들려오는 이상한 숨소리들을 듣고 있어야 했다. 수업이 끝나고 나서도, 자기가 개발한 호흡법 때문에 기절한 노아를 정신 차리게 하는 데 또 한참이 걸렸다. 새빨개진 얼굴로 우르르 교실에서 나오는 학생들의 모습은 왠지 뭔가를 이루어냈다는 묘한 성취감으로 가득

차 있었다. 노아는 일부러 낙제하려고 애쓰지만 않는다면 참 많은 걸 개발해낼 수 있는 학생이다.

아이들은 그 실험쥐 여자에게 매우 고마워하고 있었다. 하지만 그보다 더 많은 고마움을 받고 있는 사람은 바로 도노반이었는데, 그냥 단순한 감사 인사나 칭찬을 넘어서 진심 어린 애정을 느끼고 있는 것 같았다. 노아는 거의 숭배의 눈빛으로 도노반을 바라봤고, 클로이는 좋아하는 남자애한테나 보낼 만한 시선으로 흘끗흘끗 쳐다봤다. 심지어 애비게일조차 한층 부드러워진 태도를 보이고 있었다.

아이들의 담임은 뿌듯한 미소를 지으며 휴지로 얼굴의 땀을 닦아냈다. 아이들을 모두 내보낸 후, 오즈본이 입을 열었다.

"처음 이 수업 시작할 땐 잘 될까 걱정했었어요. 근데 예전에는 생식기 명칭만 들으면 킬킬대며 웃기부터 하던 아이들이, 이젠 정말 이 수업에서 생명의 의미를 찾고, 그 아름다움에 대해 배우고 있다니까요! 〈아메리칸 티처〉에 글을 보내봐야겠어요."

정말 읽을 만한 글이 될 것 같았다. 교실에 임신한 여자를 들이는 방법이 아주 자세히 설명되겠지.

"도노반 얘기를 좀 해야 할 것 같아요."

오즈본이 고개를 끄덕였다. "네, 우리 반의 영웅이죠."

"그런 얘기를 하려는 게 아니에요. 아카데미 학생으로서의 도노반에 대해 얘기하려는 거예요. 재시험 후에 실력이 향상되었나요?"

"아, 네, 음……." 오즈본이 말끝을 흐렸다.

"아마 아닐 것 같은데요." 난 단호하게 말했다. "물론 '성장과 발육' 수업 문제에서 선생님을 크게 도왔고, 로봇 조종도 아주 뛰어나요. 하지만 학습 능력이 너무 부진하잖아요."

"시험을 통과했잖아요?"

"제대로 통과한 게 아닐지도 몰라요."

나는 지난 며칠간 혼자만 생각해온 시나리오를 살짝 내비쳤다.

"부정행위라도 했단 말인가요?" 오즈본의 목소리가 빨라졌다. "말도 안 돼요! 교육청에 직접 연결된 보안 네트워크를 통해 치른 시험이란 말입니다. 게다가 감독관이 보는 앞에서 혼자 시험을 치렀어요."

"도노반 혼자서는 부정행위가 불가능하죠. 그런데 만약 다른 학생들이 도왔다면요?"

믿을 수 없다는 표정이 서서히 그럴 수도 있겠다는 불안한 표정으로 바뀌어갔다. 다른 학생들이라면 충분히 보안 네트워크를 뚫고 해킹을 할 수 있으리란 걸 오즈본도 잘 알 테니까.

"그 아이들이 왜 그러겠어요?" 오즈본이 물었다. "뭐 하러 그렇게까지 돕겠냔 말이죠."

"현실을 받아들여요, 오즈본. 로봇공학반 아이들은 도노반을 정말 좋아해요. 누나를 수업에 데려오고 로봇을 잘 조종하기 때문이 아니에요. 평범하고, 발랄하고, 활기찬 학생이잖아요. 아카데미 아이들 눈에는 자기들이 머리로 할 수 없는 것들을 척척 해결해내는 도사로 보일 거란 말이에요."

오즈본이 우울하게 말했다. "나도 도노반을 좋아해요, 마리아. 학습 능력은 떨어져도, 다른 아이들에게 좋은 영향을 끼치죠. 아이들이 부족한 부분을 채워주는 게 바로 도노반입니다."

"도노반 때문에 그중 한 명이 부정행위를 저질렀는데도요?"

"에이, 심증만 갖고 그렇게 말하면 안 되죠."

바로 그게 문제였다. 오즈본의 천재적인 학생 중 하나가 보안 네트워크를 뚫고 도노반을 대신해 시험을 봐주었다면, 얼마나 더 머리가 좋아야 그 사실을 역으로 증명할 수 있겠느냔 말이다.

17장
도노반 커티스와의 면담
부정행위 조사

베벨라쿠아 선생님 재시험 성적이 아주 뛰어나더구나, 도노반.

도노반 감사합니다.

베벨라쿠아 선생님 여태껏 수업에서 보여줬던 실력보다 훨씬 높은 성적이야. 왜 그런 거니?

도노반 열심히 공부했거든요.

베벨라쿠아 선생님 솔직히 말해보렴. 이건 공부 좀 한다고 쉽게 풀 수 있는 시험이 아니잖아.

도노반 운이 좋았던 것 같아요. 실전에 강한 사람들이 있잖아요.

베벨라쿠아 선생님 아니면 누가 널 도와주진 않았니?

도노반 전 혼자 있었어요. 사서선생님께 물어보세요.

베벨라쿠아 선생님 컴퓨터를 원격으로 조종하는 것도 가능하단다. 그런 식으로 누군가 널 도와줬을 수도 있어.

도노반 그럴 수도 있어요? 몰랐는데요.

베벨라쿠아 선생님 네 말을 믿는다, 도노반. 사실, 방금 네가 내 생각에 확신을 심어줬어. 넌 아마 절대 그러지 못할 거야. 하지만 다른 학생이라면, 원격 조종쯤은 누워서 떡 먹기일 수도 있지.

도노반 무슨 말씀인지 잘 모르겠네요.

베벨라쿠아 선생님 모르는 척하지 마렴. 그 아이의 이름을 말해. 지금 당장.

도노반 로봇공학 수업에 늦었어요.

베벨라쿠아 선생님 지금 부정행위에 대해 얘기하는 거야. 심각한 사안이란다.

도노반 저희 반 애들이 어떤지 아시잖아요. 누가 저 같은 애를 도우려고 그렇게 위험한 일을 시도하겠어요?

베벨라쿠아 선생님 그렇긴 해. 하지만 '성장과 발육' 수업에 도움을 준 사람의 남동생을 돕기 위해서라면 혹시 모르는 일이지······.

18장
케이티 패터슨
IQ 107

동물병원에 가니 모든 게 확실해졌다. 베아트리체는 병에 걸린 게 아니었다. 내 삶을 망칠 목적으로 태어난 못돼먹은 개도 아닌 걸로 판명 났다.

여태까지 나를 못살게 굴던 그 행동들엔 다 이유가 있었다. 나처럼 임신을 한 것이다. 이런 말을 내 입으로 하게 될 줄은 정말 꿈에도 몰랐는데, 왠지 베아트리체한테 동정이 간다.

브래드에게 어떻게 말을 꺼내야 할지가 걱정이다. 물론 내 잘못이라기보다는 시어머니의 불찰이 크긴 하지만. 솔직히 말하자면, 지금 심각한 일로 한창 바쁠 사람을 이런 별것 아닌 문제로 방해하고 싶지 않다. 게다가, 얼마 전 온 메일에서 내가 편안하고 기분 좋아 보여 다행이라고 했는데, 이런 상황에서 갑자기 떡하니 뜨거운 감자를 던져줄 수는 없다.

발신: 브래들리 패터슨 중위, 아메리카합중국 해병대 소속

자기가 최고야! 나 근무 나와 있는데 아기 만날 날은 점점 가까워지고, 요즘 많이 힘들 텐데 기분이 좋아 보여서 다행이야. 비결이 뭐야? …….

비결?

꿀꺽 삼킨 해머 하나가 배꼽께에 얹혀 있는 기분이랄까. 임신 후 15킬로그램이나 찌고 말았다. 조금 센 바람만 불어도 중심을 잃고 휘청댄다. 불어난 배 때문에 식탁에 가까이 앉을 수 없어 그릇 위의 음식을 보려면 망원경이라도 사용해야 할 판이다. 다리는 하지정맥류 때문에 울퉁불퉁하고, 등허리는 늘 뻐근하다. 호르몬 때문에 피부는 뒤집어지고, 언제 화장실에 가고 싶을지 몰라 늘 근처에 머물러야 한다. 와, 정말 행복해 죽겠다.

알고 보니 베아트리체가 병에 걸린 게 아니었다는 소식을 전해야 할까? 하! 여전히 나를 못살게 구는 건 마찬가지다. 지난달만 하더라도 아무것도 먹으려 하지 않던 녀석이, 이젠 집에 있는 모든 음식을 싹싹 긁어먹는다. 배뇨 조절이 불가능하기 때문에, 카펫은 베아트리체의 오줌으로 지뢰밭이나 다름없다. 원래 도노반에게만큼은 살갑게 굴던 녀석이, 이젠 모두에게 신경질을 부린다. 또 종종 눈에 안 띄는 곳에 숨어서 한참 동안 안 나온다.

남편을 전쟁터에 보내고 친정집에 들어와 부모님, 남동생과 함께 살고 있는 나. 정말 불쌍하고 비참한 신세다.

하지만 기분이 좋아 보인다는 브래드의 말은 맞다. 내가 보낸 이메일의 말투를 보고 그렇게 느낀 모양이다. 난 요즘 아주 행복하고 차분한 감정 상태를 유지하며 생활하고 있다.

왜냐고?

'성장과 발육' 수업 덕분이었다. 어떻게 보면 일종의 심리치료와도 같았다. 내 가장 사적인 비밀들을 비싼 정신과의사들 대신 도니의 괴짜 친구들한테 모두 털어놓을 수 있었으니까. 그것도 무료로 말이다!

처음에 도니가 나를 철창 속의 이구아나처럼 학교에 구경거리로 데려가겠다는 소리를 했을 때는, 솔직한 심정으로 정말 죽여버리고 싶었다. 일반 중학교라도 불편할 텐데, 두꺼운 안경 너머로 분석적인 눈빛을 쏘아대는 천재들 앞에서 수업을 하려니, 마치 아이들이 내 몸속을 훤히 꿰뚫어보는 기분이었다. 처음엔 아예 단념하고 '지금 관찰당하는 건 내가 아니다'라며 자기암시를 했다.

그러던 어느 날, 침대에서 일어나자마자 베아트리체의 오줌에 발을 디딘 재수 없는 아침이었다. 걸레로 오줌 웅덩이를 닦고 있는데, 척추의 디스크 부분이 무슨 용암이라도 차오르듯 아파왔다. 엄마한테 말해봤지만, 아픈 딸은 안중에도 없고 벽난로 안의 전구가 나갔다는 얘기만 계속 했다. 너무 우울해서 브래드에게 잔뜩 찡찡거리는 내용의 이메일을 써 보내려 했지만, 전쟁 때문에 하루하루가 위험한 사람한테 사소한 걸로 짜증 부리는 건 아니다 싶어 전송하지 않고 지워버렸다.

대신 맘 편히 푸념을 늘어놓을 수 있는 '성장과 발육' 수업시간을 나도 모르는 사이 은근히 기다리고 있다는 사실을 그때 깨달았다. 클로이, 애비게일, 라트렐, 제이시, 케빈, 심지어 노아까지도 나의 모든 불평불만을 이해해줬다. 이 아이들은 모든 걸 이해할 수 있는 아이들이니까. 내 남편보다 나에 대해 더 잘 알고, 의사보다 내 몸에 대해 더 잘 알고 있는 아이들이었다. 남편이나 의사보다 훨씬 편해서 모든 걸 맘 놓고 털어놓을 수 있었다.

친구와 저녁을 먹으러 나왔을 때, 조개 요리를 먹어도 괜찮은 건지 몰라 클로이한테 문자 메시지를 보냈다. 30초도 안 돼서 '조리된 건 괜찮고, 날것은 절대 안 돼요'라는 답장이 도착했다. 샴푸 성분을 읽다가 낯선 이름의 화학물질이 보여서 애비게일한테 이메일을 보냈더니, 인체에 무해한 방부제라며 나를 안심시켰다. 배에 이상한 두드러기가 나 있기에 예전에 노아가 촬영했던 '챔피언의 배' 동영상을 봤더니, 몇 주 전부터 그랬는데 그땐 발견하지 못했을 뿐임을 깨달았다.

이 아이들 없이 내가 어떻게 살아갈 수 있을까?

'성장과 발육' 수업을 하기 전까지는 내가 얼마나 외롭게 살고 있는지 자각하지 못했다. 늘 혼자 등산길 같은 가파른 거리를 걸어 병원에 가곤 했는데. 하지만 이제 병원 밖에 주차되어 있는 아카데미 스쿨버스를 볼 때면, 누군가 나와 함께해준다는 생각에 왠지 기운이 솟았다. 하루는 병원 가는 길에 스쿨버스가 고장 나 아이들이 조금 늦게 도착했는데, 마놀로 의사선생님은 학생들이 모두 온 다음에야 진료를 시작하겠다고 버텼다. 심지어 산부인과 협회에서 주기적으로 오는 뉴스레터를 오즈본 선생님 앞으로도 가도록 설정해놨다고 한다. 아이들은 단순히 '성장과 발육' 과목을 이수하는 게 아니라, 다른 사람에게 가르칠 수 있을 정도로 완벽히 습득해가는 중이었다. 물론 도니를 제외하고. 로봇공학반에서 가장 답 없는 아이가 바로 내 멍청한 남동생이다.

대체 얘가 왜 영재아카데미에 있는 걸까? 늘 봐온 친동생이라서 사실 천재성이 있는데도 내가 느끼지 못하는 걸까? 아니면 이미 '성장과 발육' 과목을 이수했기 때문에 열심히 참여하지 않는 것뿐일까?

교실에서 아이들과 함께 태아의 심장 초음파 진단도를 다시 확인해본 적이 있었다. 아기의 심장박동이 화면에 그려지는 모습을 다 함께 지켜보며 생명의 아름다움을 또 한 번 느낄 수 있었다. 감동한 클로이는 거의 울음을 터뜨리기 직전이었다. 애비게일은 화면에 시선을 고정한 채 자기가 느낀 점을 몇 장씩이나 써내려갔다. 노아는 캠코더로 스크린을 녹화 중이었다. 집에 가서 브래드에게 오늘 있었던 일을 말해주기도 전에 유튜브에 동영상이 올라가겠구나 싶었다. 반 전체가 생명의 신비에 푹 빠져 헤어 나오지 못하고 있었다.

하지만 도니만큼은 예외였다. 수업이 지겨운지 얼른 의자에서 일어나고 싶어 안절부절못하는 게 훤히 보였다. 그러더니 결국 참지 못하고 벌떡 일어나 "화장실 갔다 올게요" 하며 교실을 나가버렸다.

 잠시 후 방문객 두 명이 로봇공학반 교실을 찾아와 오즈본 선생님이 비디오를 잠시 멈추었다. 한 명은 브라이언 델 리오 교장이었고, 다른 한 명은 정장을 아주 맵시 있게 차려입은 걸 보니 높은 위치에 있는 공무원인 듯했다.
 그 사람은 내게 걸어오더니 따뜻한 미소를 지어 보이며 손을 내밀어 악수를 청했다.
 "슐츠라고 합니다. 하드캐슬 지역의 교육감이지요. 패터슨 부인께 특별히 감사를 드리고 싶어 이렇게 학교를 찾았습니다."
 그제야 난 그 사람의 인상이 왜 그렇게 익숙한지 깨달았다. 내가 노스 고등학교에 다닐 때 교장으로 있었던 사람이었다. 그때 난 학교 치어리더 팀에 들어 있었는데, 우리 유니폼이 너무 짧다며 태클을 걸었었다. 참 고지식하고 딱딱한 사고방식을 가지고 있었는데, 지금이라고 변했을 것 같아 보이진 않았다.
 하지만 다 옛날 일이다. 이제 난 어른이고, 또 아이를 가진 엄마이기도 하다. 난 교육감과 악수를 나눴다.
 "저도 이런 기회를 갖게 돼 영광이에요. 멋진 학생들이기도 하고요."
 슐츠 교육감은 나의 봉사정신을 사람들이 본받아야 한다며 일장 연설을 늘어놨다.
 그때 도니가 돌아왔다. 그런데 문간을 통과하던 중 슐츠 교육감을 발견하고는 갑자기 드라큘라라도 본 듯 공포에 질린 표정이 됐다. 그러더니 들어오려던 자세 그대로 뒤돌아 복도로 사라져버렸다. 아무도 눈치채지 못했다. 슐츠 교육감도 마찬가지였겠지.

내 동생은 내가 안다. 분명 무슨 일이 있는 모양이었다. 그렇지 않고서야 교육감을 저렇게 무서워할 리 없지 않나.

교육감에게 우리가 수업시간에 보아온 자료를 죽 보여줬다. 심전도 그래프와 초음파 사진을 교육감은 인상 깊게 봤다. 하지만 노아가 새로 개발한 호흡법을 계속 듣고 있기엔 다음 일정 때문에 시간이 부족한지 초조히 시계를 힐끔거렸다.

"괜찮아요. 나중에 제 유튜브 채널 '유킬리셔스'에서 보시면 돼요." 노아가 말했다.

"그래도 깡통맨은 보고 가세요." 오즈본 선생님이 제안했다. 그러곤 교실을 둘러봤다. "우리 조종사 도노반 어디 있지? 또 화장실에 가 있나?"

"다음에 보도록 하죠." 교육감은 밝은 목소리로 대답하고 내 쪽을 돌아봤다. "다시 한 번 감사드립니다, 부인. 하드캐슬 교육청의 정말 소중한 자산이십니다."

그 말을 마지막으로 교육감과 교장은 교실을 떠났다.

몇 분 후 난 화장실에 가야겠다며 복도로 나갔다. 그러곤 곧장 도니가 숨어 있을 남자화장실로 향했다.

난 문을 벌컥 열며 큰 소리로 경고했다. "임신부 들어갑니다."

"나 말곤 아무도 없어." 조그만 목소리가 흘러나왔다.

"나와, 도니. 그 남자 갔어."

도니가 닫혀 있던 칸에서 죄책감 가득한 표정으로 쭈뼛쭈뼛 나타났다.

난 불룩한 배를 선반 삼아 팔짱 낀 팔을 그 위에 편히 올렸다.

"자, 무슨 일인지 말해봐."

도니는 여전히 공포에 질린 얼굴이었다.

"별로 좋은 얘기가 아니야."

"그렇겠지. 그런데 알아야겠어."

도니가 그 다음 해준 얘기는, 정말 꿈에도 상상 못한 것이었다. 아틀라스 동상과 하드캐슬 체육관 사건이 도니의 짓이었다니. 꿈이라도 꾸는 건가 싶어 몇 번이고 내 볼을 꼬집어봤다. 아니면 환청인가? 가끔씩 임신으로 인한 신체의 화학적 불균형 때문에 정신적인 환각 상태가 올 수도 있다고 노아가 말했었다.

난 크게 한숨을 쉬었다.

"그래놓고선 내가 학교에서 수업 안 하면 베아트리체 안 돌보겠다고 협박이나 하고 앉아 있었구나. 정말 실망이다."

도니가 초라하게 어깨를 으쓱였다.

"미안해. 근데 이 학교의 일원으로 애들한테 인정받으려면 어쩔 수 없었어. 걔들은 '성장과 발육' 수업 때문에 누나가 필요해. 그래서 내가 영재가 아닌 걸 알면서도 아카데미에 다니는 걸 인정해준 거고."

"하지만 선생님들이 알아챌 텐데."

"이미 알았어. 그래서 재시험을 봤어. 근데 통과했고."

"에이, 설마!"

도니의 얼굴이 빨개졌다.

"사실 내가 문제를 푼 건 아니야. 누가 내 컴퓨터를 해킹해서 대리 시험을 봐줬어. 일부러 부정행위를 한 건 아니야! 누구 짓인지도 모르는걸."

난 끙 하고 신음소리를 냈다.

"그럼 더 골치 아파지잖아. 네가 그 영재들 중 한 명을 부정행위에 끌어들인 셈이니까."

왠지 도니를 좋아하는 것 같아 보이던 클로이가 가장 먼저 떠올랐다.

"하지만 다른 수가 없었어." 도니가 우는 소리로 말했다. "안 그래도 베벨라쿠아 선생님이 날 불러서 의심스럽다고 추궁했단 말이야!"

"교육감님 찾아가서 솔직히 말하는 건 어때?"

갑자기 도니가 버럭 성질을 냈다.

"어떻게 그래! 체육관 수리비 갚으려면 엄마 아빠가 재활용품 주우면서 돌아다녀야 할지도 모르는데."

"수리비를 갚아야 한대?"

"아, 누나. 내가 영재는 아니지만 신문 정도는 읽는다. 보험회사에서 못 물어주겠다고 오리발 내밀고 있다는데, 그럼 누가 물어내야 하겠어? 상황이 이런데 엄마 아빠한테 어떻게 말해. 그냥 돈 문제뿐만이 아니야. 매형은 지금 전쟁터에 나가 있지, 누나는 조금 있으면 출산하지, 개까지 말썽이지. 지금처럼 고민 많고 힘든 시기에, 내 문제까지 짐을 지워드릴 순 없잖아."

갑자기 늘 어리고 멍청하다고 생각해왔던 남동생이 다르게 보였다. 자기가 아닌 다른 사람 처지를 먼저 고려하는 모습에 문득 동생이 사랑스럽게 느껴졌다. 물론, 늘 사랑하긴 하지만 이렇게 직접적으로 느껴지긴 참 오랜만이었다.

"일단 좀 생각할 시간을 줘. 브래드한테 어쩌면 좋을지 물어봐야겠다. 슐츠 교육감한테 어떻게 말해야 할지 좋은 아이디어를 줄지도 모르잖아."

"빨리 돌아오면 돼." 도니가 제안했다. "탱크 가지고."

그곳, 내가 있으면 안 될 화장실이자 도니가 있으면 안 될 학교 안에서, 우리는 남매간의 포옹을 나누었다.

마지막으로 도니를 안아본 건 2002년 디즈니월드에서였다. 아빠의 책상에 당시 찍은 사진이 있었다. 그때 난 열여섯 살, 도니는 세 살이었다.

19장
슐츠 교육감
IQ 127

 사무실로 운전해 돌아가는 길이었다. 왠지 마음이 편치 않았는데, 무엇 때문인지 알 수가 없었다. 패터슨 부인에게 감사 인사를 드린 건 옳은 일이었다. 불만 가득한 학부모들로부터 교육청을 구해준 고마운 인물이었다. '성장과 발육' 이수시간을 채우지 못했다면 항의전화에 시달림은 물론이고, 여름방학 계획도 모두 바꿔야 했을 테고, 심지어 교육청과 정부 홈페이지에까지 불만에 찬 민원 글이 올라갔을지도 모른다. 올해의 가장 끔찍한 사건이 됐겠지. 아니, 체육관 사고 다음으로 끔찍한 사건.
 아카데미 자체 때문에 마음이 불편한 건지도 모른다. 왠지 성이 안 가는 학교였다. 물론 영재아카데미는 교육청에 필수적인 프로그램이다. 문제는 학생들이 '너무' 천재적이라는 것이다.
 나는 빨간불 신호에 브레이크를 밟으며 얼굴을 찡그렸다. 카일 오즈본 선생이 했던 말이 자꾸 머릿속을 맴돌았다. '우리 조종사

도……(이름이 뭐였더라? 도미니크? 도넬리?) 어디 있지? 또 화장실에 가 있나?'

또 화장실에 가 있다…….

나를 괴롭히는 이 불편함의 답은 바로 그 문장이었다. '또' 화장실에 가 있다니. 동기부여가 안 되어 얼른 수업시간이 끝나길 바라는 학생들은 종종 화장실에서 시간을 때우기 마련이다. 그런데 가장 우수한 환경에서 최고의 지원을 받으며 공부하는 학생이, 남들은 얻지 못하는 좋은 기회를 그런 식으로 낭비하는 건 옳지 않다.

사무실에 돌아오자마자 나는 브라이언 델 리오 교장에게 전화를 걸었다. 자리를 비웠던 그 학생이 누구인지 묻기 위해서였다.

전화를 받지 않았다. 잠시 교장실을 비운 모양이었다. 비서에게 "방송으로 호출해주세요" 하고 부탁한 후 의자에 편히 앉아 전화가 오기를 기다렸다.

컴퓨터 모니터의 화면보호기를 들여다보던 중, 문득 꼭 교장을 통해서만 로봇공학반 아이들에 대한 정보를 캐낼 필요는 없다는 생각이 들었다. 노아 유킬리스 학생의 유튜브 채널이 있지 않은가? 유킬리셔스라고 했던가?

철자가 정확하지는 않았지만, 어찌어찌 찾아서 들어가게 되었다. 등록된 동영상 114개? 교육청 내에서 가장 높은 지능을 가진 학생이 하루 종일 캠코더로 영상이나 찍으며 돌아다니는 모양이었다.

나의 시선을 가장 먼저 사로잡은 제목은 '깡통 메탈리카 스폰지밥 맨, 아이스케키를 하다'였다. 맙소사, 조회 수가 무려 6천 회를 넘겼다! 예감이 좋지 않았다. 로봇을 악용했다는 이유로 고소당하는 일이 생기면 어쩌려고 그러지?

나는 링크를 클릭해 동영상을 재생시켰다. 책상에서 유인물을 정리하는 마리아 베벨라쿠아 선생의 모습이 나왔다. 잠시 후 마리아가 정리를 마치고 다른 곳으로 걸어가자, 화면 가장자리에서 나타난 깡통맨이 거의 같은 속도로 뒤를 따랐다. 집게손이 마리아 선생의 치마 끝자락을 잡아 서서히 들어 올렸고, 곧 속옷이 화면에 잡혔다. 아이들의 웃음소리가 들리는 것으로 보아, 학생들이 다 볼 때까지도 마리아 선생은 그 사실을 몰랐던 듯하다. 마침내 알아챘을 때는 얼마나 크게 소리를 지르던지 컴퓨터 스피커가 터질 뻔했다. 영상이 끝나기 직전, 캠코더가 휙 이동하더니 로봇의 조이스틱을 조종하던 학생을 화면에 담았다.

순간 혈관 속의 피가 차갑게 얼어붙는 것 같았다.

그 학생은, 조이스틱을 조종하던 그 녀석은…….

하드캐슬 중학교 체육관이 부서지던 날, 놀란 눈으로 그 광경을 바라보던 범인의 얼굴이 떠올랐다. 매일 아침 일어날 때마다, 또 자기 전마다 생각나는 몽타주였다. 몇 주 동안 꿈속에 나타나 나를 악몽에 시달리게 한 주인공.

도미니크…… 도넬리…… 도노반.

그 녀석이었다.

20장
클로이 가핑클과의 면담
부정행위 조사

베벨라쿠아 선생님 도노반과 꽤 친한 사이인 것 같더구나.

클로이 그럴걸요.

베벨라쿠아 선생님 도노반이 아카데미를 떠난다면 아쉽겠지?

클로이 안 떠나잖아요.

베벨라쿠아 선생님 클로이, 넌 아주 똑똑한 학생이야. 하지만 도노반의 학습 능력은 그만큼 따라오질 못하지 않니.

클로이 도노반은 제가 못하는 다른 것들을 잘해요.

베벨라쿠아 선생님 비디오게임 조이스틱을 잘 다룬다고 아카데미에서 원하는 인재상에 부합하는 건 아니야.

클로이 그럴 수 있죠. 하지만 재시험을 통과했잖아요.

베벨라쿠아 선생님 그래?

클로이 선생님이 더 잘 아시잖아요. 점수가 학교에 통보되지 않았나요?

베벨라쿠아 선생님 누군가 도노반의 시험을 도와준 게 아닐까 의심하고 있단다. 혹시 너였니, 클로이?

클로이 제가 어떻게…… 아, 혹시 해킹 말씀하시는 거예요? 힘들 텐데요. 정부 사이트하고 연결된 보안 네트워크 암호를 풀어야 하잖아요.

베벨라쿠아 선생님 그렇지. 잘 알고 있구나.

클로이 그렇다고 제가 그런 짓을 했을 리 없잖아요! 가족이 부탁해도 안 할걸요.

베벨라쿠아 선생님 가족이 아니라 남자친구가 부탁했다면?

클로이 도노반은 남자친구가 아니에요! 저는 남자친구가 없어요!

베벨라쿠아 선생님 진정하렴. 아직 혐의가 있는 사람은 없어.

클로이 도노반이 시험을 어려워하는 게 보여서, 애들하고 같이 공부하는 거 도와주긴 했어요. 근데 솔직히 실력이 향상되는 것 같진 않았어요.

베벨라쿠아 선생님 애들? 또 누가 있었니?

클로이 그 애들한테도 이렇게 추궁하시게요?

21장
도노반 커티스
IQ 112

 비디오게임을 잘하긴 하지만, 깡통맨을 조종할 때만큼 내 몸처럼 편하게 조이스틱을 다룬 적은 없었다. 마치 내 몸의 일부 같았다. 손가락을 살짝만 움직이면, 깡통맨은 그대로 방향을 바꾸었다. 생각만으로 춤을 추도록 만들 수 있을 것 같았다.
 대회를 일주일 앞둔 시점에서, 우리는 실제 상황에 대비하기 위해 교실이 아닌 강당에서 수업을 진행했다. 아침 내내 강당을 대회 장소인 '더체스 경기장'처럼 꾸며놓은 후, 깡통맨을 조종해서 풍선 고리를 철봉에 박힌 못에 걸어놓는 연습을 했다. 작전본부에 해당하는 '기지'까지 만들어 연장이나 보조 부품들을 갖다 놨다. 애비게일조차 이해하지 못하는 화학 작용으로 게토레이보다 빠르게 신체의 수분을 채워준다는 '유킬에이드'도 기지 한편에 자리 잡았다.
 아이들은 오즈 선생님 주위에 모여 선생님이 들고 있는 스톱워치와 로봇을 번갈아 확인했다. 고리를 너무 높게 들어 올리자 아이들이 짜증 내는 소리가 들려왔다. 난 깡통맨을 멈추고 집게손을 좀 더 낮게 조종했다. 이러는 중에도 스톱워치의 시간은 계속해서 흘러가고 있었다.

"살살 해, 도노반." 선생님이 말했다. "예전 것보다 모터 힘이 훨씬 센 걸 감안해야지."

마침내 깡통맨이 마지막 고리를 거는 데 성공한 뒤 시작점으로 돌아왔다.

선생님이 스톱워치를 멈추고 말했다. "여태껏 한 것 중에 가장 잘했어. 중간에 몇 번 고비가 있긴 했지만 말이야."

"올해는 우리가 이길 거야!" 라트렐이 소리쳤다.

우리는 유킬에이드를 꺼내 들고 깡통맨과 서로에게 건배했다. 클로이가 브라우니까지 가져온 덕에 작은 파티가 벌어졌다. 대화의 주제는 자연스레 콜드스프링하버 팀을 향한 적당한 수준의 비하와, 올해는 깡통맨이 그쪽 로봇을 먼지로 만들어버릴 것이란 결의로 흘러갔다.

물론 아카데미 아이들이 정말 제대로 된 비하를 할 리 없었다. 그래서 내가 본보기를 좀 보여줬다.

"걔들 고철덩어리는 깡통맨 할머니 수준에도 못 미칠걸!"

"깡통맨은 할머니가 없어." 노아가 이의를 제기했다. "기계는 살아 있는 생물이 아니라 가계도가 존재하지 않아."

족보닷컴에 로봇이 없는 건 그런 이유에서겠지.

"기분 좋은 건 알겠지만." 선생님이 웃으며 말했다. "일단은 우리끼리만 좋아하자. 벌써부터 이겼다고 자축하기엔 좀 성급한 것 같구나."

"콜드스프링하버 애들은 절대 우리 로봇 속도를 따라잡을 수 없을 거야." 케빈이 신나서 말했다. "로켓 연료를 쓴다면 몰라도."

이 정도로 로봇공학반의 일원이 된 것 같은 기분은 처음이었다. 로봇이 완성된 후로는 완제품을 조종하는 내가 다른 아이들보다 훨씬 중요한 위치에 있었다. 이런 영재학교에서 조이스틱을 전문가 수준으로 다룰 수 있는 유일한 아이가 나처럼 어쩌다 편입하게 된 멍청이라니. 성공의 열쇠는 내가 쥐고 있었다.

아카데미로 전학 온 후 처음으로, 소속감을 느꼈다.

그때 누군가가 두꺼운 강당 문을 벽에 부딪혀 쾅 소리가 날 정도로 사납게 열었다. 바깥에서 흘러들어오는 빛을 받으며 서 있는 그 사람은, 말 그대로 복수의 사자였다.

슐츠 교육감.

눈에서 불꽃을 튀기며 겅중겅중 강당을 가로질러 오는 교육감을 보고 처음엔 도망가려 했지만, 다시 생각해보니 그래봤자 아무 소용 없었다. 이미 완전히 들켜버렸는데 뭐.

"안녕하세요, 슐츠 교육감님." 선생님이 말했다. "어떻게 깡통맨 시험 운행에 딱 맞춰 오셨네요."

"그건 후에 보도록 하지요." 교육감의 목소리는 그 서슬 퍼런 표정만큼이나 차갑고 딱딱했다. 서늘한 시선이 나한테 꽂혔다.

"도노반 커티스, 부모님이 학교로 오고 계신다."

상황을 가장 먼저 파악한 건 클로이였다. "도노반이 영재가 아닐 수는 있어도, 팀에서 가장 필요한 인재예요! 우리 반에서 가장 필요로 하는 사람이에요!"

슐츠 교육감이 무뚝뚝하게 클로이를 바라봤다. "여태껏 영재놀이 해온 건 도노반이 저지른 잘못의 아주 일부밖에 안 된단다."

교육감을 따라 밖으로 향하자, 뒤에서 아이들이 강당이 쩌렁쩌렁 울리도록 항의를 해댔다.

"도노반이 로봇을 조종해야 한다구요!"

"도노반 없으면 끝이에요!"

"완전 영재라구요!"

"도노반이 케이티 누나를 데려왔어요!"

"도노반이 유튜브를 알려줬어요!"

"도노반은 우리 반 친구예요!"

곧 죽으러 가는 길만 아니었다면 기분이 좋았으리라.

○

마른 수건으로 세게 비비자, 마다가스카르가 조금 더 반짝거렸다. 마다가스카르가 맞겠지. 행정실 건물의 반지하는 이게 아프리카인지, 남아메리카인지 구분이 힘들 정도로 어두웠다.

난 지하 감옥에 있었다. 이 공간을 표현할 가장 그럴싸한 단어였다. 나한테 내려진 벌은 몇 주 전 내가 아틀라스의 어깨에서 언덕 아래로 굴려버린 지구본을 마른 수건으로 닦아 광을 내는 거였다. 광내는 것 자체는 힘들진 않았다. 참기 힘든 건 수년간 쌓여 아마 노아도 설명하기 어려울 화학적 변화를 거친 새똥들이 바스라져 자꾸 가루를 날린다는 거였다.

사실 다 의미 없는 짓이었다. 이 지구본이 다시 아틀라스의 어깨 위에 올라갈 일은 없을 테니까. 하지만 슐츠 교육감은 반짝반짝 빛이 날 정도로 깨끗이 닦아놓으라고 명령했다. 아마 그냥 날 괴롭히려는 거겠지.

그런데 놀랍게도, 나한테 내려진 벌은 이게 전부였다. 사회봉사 20시간으로 지구본을 닦아놓는 것. 하드캐슬 체육관 수리비를 요구할 줄 알았는데 그건 아니었다. 일단 곤경은 면했다. 생존자, 제임스 도노반 조상님처럼 북대서양의 차가운 얼음물에서 구명보트로 올라타는 데 성공한 거다.

동상을 나뭇가지로 친 것도 잘못이긴 했지만, 결국 사고의 주 원인은 녹이 슨 나사에 돌아갔다. 이제 남은 문제는 '과연 보험회사가 이미 망한 주조장의 설계 착오로 인한 사고에 보험금을 지급할 것인가'였다.

"다행이구나, 도노반 커티스." 교육감은 부모님과의 면담 자리에서 이렇게 말했다. "훨씬 심한 처벌을 받을 수도 있었다는 사실을 명심하기 바란다."

교육감은 내 이름을 절대 까먹지 않겠다고 다짐이라도 한 것처럼 꼬박꼬박 성까지 붙여 불렀다. 뭐 충분히 그럴 만했다. 지난 몇 주간 마치 귀신이라도 쫓는 기분이었을 테니 말이다. 그래서 그런지 다음과 같이 덧붙이는 슐츠 교육감의 얼굴은 왠지 환해 보였다.

"더 이상 영재아카데미 소속이 아니라는 사실은 굳이 말하지 않아도 알겠지?"

엄마 아빠 사이에 앉아 있던 난, 순간 뺨이라도 맞은 듯 흠칫했다. 아카데미 소속이 아니라는 사실은 별로 서운하지 않았다. 애초에 나와 맞지 않는 공간이었으니까. 하지만 더 이상 로봇공학반 아이들과 함께할 수 없다고 생각하니 슬펐다.

엄마가 울음을 터뜨렸지만, 대충 예상한 일이라 별로 놀랍지 않았다. 엄마는 TV 리얼리티 서바이벌 프로그램에서 탈락자가 생길 때도 울음을 터뜨리니까. 아들의 탈락에 많이 실망하셨을 거다. 오늘부로 난 이제 영재가 아니다. 뿐만 아니라, 난 하드캐슬 공립도서관을 2층까지 오수로 가득 채웠던 1986년 가스 폭발 이후로 지역사에 길이 남을 사고의 피의자였다.

엄마보다 더 걱정스러운 건 지나치게 침착한 아빠의 태도였다. 체육관 수리비를 물어내지 않아도 된 것에 기분이 좋아서일 수도 있었다. 하지만 그보다, 아빠는 애초부터 내가 영재라는 사실을 진심으로 믿지 않았다고 한다.

이 사건에 대해 하신 말씀은 이게 전부였다. "테레빈유 쓰면 범퍼 스티커가 깨끗이 떼어질까?"

아빠가 나의 영재아카데미 편입에 대해 어떻게 생각하는지 진지하게 고민해본 적은 없었지만, 이렇게 아무렇지 않은 반응을 보이니 왠지 기분이 불편했다.
"그럼 늘 의심은 하고 계셨던 거네요?"
잠시 간격을 두고 아빠가 대답했다.
"네가 좋아하는 그 사이트 있지? 조상들이랑 옛날 친척들 찾아주는 사이트. 나도 어렸을 땐 그런 거 찾아보는 걸 참 좋아했단다."
이해가 되지 않았다.
"족보닷컴이 아빠 때도 있었어요?"
"그땐 도서관에서 찾아볼 수 있었지. 그런데 점점 세세하게 거슬러 올라가면 어떤 사실을 알 수 있냐 하면, 다 어디서 한 번씩 본 이름들이란 거야. 아일랜드 민족인데 미국이나 캐나다, 영국, 호주로 이주해서 여러 군데로 흩어진 거지."
놀라웠다. 우리 가문에서 어쩌다 나 같은 유형의 인간이 나오게 됐는지는 여전히 알 수 없었지만, 적어도 '족보닷컴'을 찾아본 게 아빠를 닮아서라는 건 새롭게 안 사실이었다.
"그 사람들은 다 다른 직업을 갖고 있었어." 아빠가 말을 이었다. "선생님, 공사장 일꾼, 변호사, 장의사, 시장이나 시의원도 있었지. 다들 자기 자리에서 행복하고 만족스럽고 생산적인 삶을 살았어. 그런데 재미있는 사실은, 그중에 천재는 없었다는 거야. 그래서 네가 영재가 아니라 해도 별로 실망하지 않는 거야. 가장 중요한 건 네가 행복하냔 거니까."

보통 이런 말씀을 하지 않는 아빠여서 더욱 인상이 깊었다. 하지만 문제는, 내가 더 이상 행복하지 않다는 거였다. 행복과는 거리가 상당히 멀었다.

이제 더 이상 내가 신경 쓸 문제가 아니었지만, 왠지 로봇공학반 아이들의 기대를 저버린 것 같아 죄책감이 느껴졌다. 애비게일이 조종하는 조이스틱으로는 깡통맨이 대회를 이길 수 있을 리 없었다. 게다가 누나는 '성장과 발육' 수업을 그만두겠다고 선언했다.

"내 동생을 쫓아내는 건 날 쫓아내는 거랑 마찬가지야." 누나가 단호하게 말했다. "네가 영재가 아니라고 누가 그래?"

"누나도 그랬었잖아." 난 솔직하게 대답했다. "그리고 사실이 그래. 생각해봐, 누나. 날 내쫓은 건 애들이 아니야. 그리고 걔들은 아직도 열네 시간이 부족해. 누나 없으면 여름학교에 가야 한다구!"

"잘됐네!" 누나가 딱 잘라 말했다. "여름학교 다니라고 그래! 어떻게 사는지 한번 보자."

여기에 뭐라고 토를 달 수 있겠나? 누나는 내 편을 들어주고 있었다. 갑자기 그러니까 좀 이상하긴 했지만. 어쨌든 이젠 마음을 내려놔야 할 때였다. 교육감의 말대로 이제 난 더 이상 영재 아카데미 소속이 아니다. 그리고 실제로, 난 한 번도 영재인 적이 없었다.

◆

내 사물함이 사라졌다. 아, 물론 내가 사용하던 칸은 그대로였지만, 지난번 아카데미에 갔을 때 보니 행정실에서 내 자물쇠를 펜치로 끊고 안에 있던 물건들을 꺼낸 뒤였다. 교무실로 가니까 종이를 주면서 없어진 소지품이 있으면 적어내라고 했는데, 3센트 이상의 값어치가 있는 건 자물쇠밖에 없었기 때문에 그냥 아무것도 쓰지 않고 나왔다.

예전에 내가 썼던 아카데미 사물함을 한참 동안 바라봤다. 넓고, 깨끗하게 페인트칠 돼 있고, 노트북이나 PMP 등의 전자기기를 언제든지 충전할 수 있는 내장형 콘센트까지 있었다(비록 난 전자기기가 없었지만). 그에 비해, 하드캐슬 중학교의 사물함은 기껏해야 아파트 우편함 정도 크기였다. 그리고 안에서는 신발 썩는 냄새가 났다.

하드캐슬 중학교 건물은 그냥 사물함의 연장이라고 보면 된다. 더럽고, 지저분하고, 우울하고. 반면에 아카데미 건물은 거의 궁전 수준이다. 그 당시엔 딱히 시설 좋은 것에 감사한 걸 못 느꼈었는데, 고장 난 개수대와 부서져서 가루가 날리는 회반죽 벽 사이에서 살아가야 하는 지금은 확실히 느낀다. 쓰레기통에는 며칠째 비우지 않은 도시락 음식물 쓰레기들이 넘쳐나고, 복도는 쓸 데 없는 이유로 괜히 지나가는 학생들을 붙잡아 혼내는 교감의 목소리로 쩌렁쩌렁 울린다. 아무도 머리를 식히자며 산책을 권하거나,

철학적인 문제에 대해 함께 얘기하려 하지 않는다. 이곳에서 종이 비행기는 공기역학의 실험 재료가 아닌 전쟁 선포를 뜻한다.

아틀라스 사건이 그 정도 선에서 마무리된 것만으로도 처음엔 무척 감사했다. 하지만 하드캐슬로 돌아오자 그런 마음이 싹 사라지고 말았다. 제임스 도노반 씨도 알고 보니 구명보트가 해적선이어서 다시 얼음물 속으로 들어가고 싶어 했던 건 아닐까? 아카데미 시절로 돌아가고 싶은 마음이 굴뚝같았다. 웃긴다는 거, 나도 안다. 난 영재가 아니니까.

영재인 척이라도 제대로 할걸 그랬다는 생각이 들었다.

두 다니엘은 나의 귀환을 축하한다며 얼마간은 절대 잊을 수 없을 축하 파티를 열어줬다. 구내식당에서 점심을 먹고 있는 학생들 앞에서, 둘은 나한테 '2012년 올해의 병신 상'을 수여했다. 왠지 위층의 남자화장실에서 없어졌던 변기 부품처럼 생겼는데, 안쪽에는 뚝뚝 흐르는 빨간 물감으로 '돌아온 걸 환영한다, 병신아' 라고 쓰여 있었다.

"여러분, 영재아카데미에 아주 살짝 발을 담갔다가 결국 우리처럼 멍청이임을 깨닫고 돌아온 도노반 '병신' 커티스를 진심 어린 박수로 환영해주시기 바랍니다!"

차라리 아이들이 놀렸으면 좋겠다고 생각했다. 몇 명만이 미적지근한 반응을 보여주었고, 대부분의 학생들은 대체 어떻게 반응해야 할지 감을 못 잡은 눈치였다. 겨우 몇 주가 있었던지라, 아마 절반 이상의 아이들은 내가 긴 여행을 다녀왔거나, 아팠거나,

정학을 받은 것이라 생각하고 있었을 거다. 또 그중 많은 수가 '도노반 커티스'를 아예 모르고 있을 가능성이 컸다.

"애들아, 좀 더 크게 쳐줘!" 샌더슨이 크게 소리쳤다. "박수 소리가 크지 않으면, 우리 멍청한 도노반이 이해를 못 한단 말이야!"

난 녀석들이 상으로 준 변기 부품을 샌더슨한테 휘둘렀다. 클로이가 이 자리에 없어서 다행이란 생각이 들었다. 평화주의자인 클로이가 이런 내 모습을 본다면 실망이 크겠지. '일반 학교'에 대한 환상도 산산조각 날 테고.

"야, 왜 그래." 너스바움이 말했다. "우리가 점심 사줄게."

"내 도시락 싸왔어." 난 무뚝뚝하게 대꾸했다.

"그럼 일단 자리 잡아." 샌더슨이 말했다. "저 상 가져가는 거 잊지 말고."

난 경계를 풀지 않으며 말했다. "이거 훔쳤다고 학교에서 뭐라고 하는 거 아니지? 그 아틀라스 사건 때문에 워낙 악명이 높아져서 여기서 퇴학당하면 나 받아줄 학교도 없어."

"와, 역시 이게 없어서 허전했었어." 너스바움이 말했다. "도노반 특유의 농담. 고향에 돌아온 걸 환영한다, 임마. 너 없으니까 영 예전 같지가 않더라."

우리는 헤더, 디어드리와 함께 점심을 먹었다. 보아하니 내가 없던 몇 주 동안 함께 점심을 먹어온 모양이었다. 덕분에 난 깍두기 꼴이 됐다. 하드캐슬 중학교의 유일한 장점은 내가 낄 자리가 있다는 거였다. 그런데 이젠 그것마저 의심스러워지고 말았다.

어쨌든 난 다시 내 친구들이 있는 곳으로 돌아왔다. 우습게도, 아카데미에 있을 때는 외롭다고 느꼈었다. 그런데 지금 와 보니, 오즈 선생님의 로봇공학반보다 더 나한테 어울리는 곳이 과연 존재할까 싶었다. 노골적으로 '우린 친구야' 하고 외치지만 막상 도움은 안 되는 두 다니엘과, 내가 재시험을 통과할 수 있도록 부정행위를 해가면서까지 몰래 도와준 수호천사 같은 아이들을 어떻게 비교할 수 있겠는가? 이제 아카데미에서 영원히 쫓겨났으니, 그 수호천사가 누구인지 알아낼 길도 없었다. 정말 고맙다는 인사를 전하고 싶었는데. 어떻게 보면, 그 아이는 나보다 더 멍청한 건지도 모른다. 대리 시험으로 내 점수를 높여준다 한들 내가 아카데미에서 계속 버티는 건 불가능했기 때문이다.

하드캐슬 중학교에서의 수업은, 적어도 이해가 가능했다. 아카데미에 하도 오래 있었더니, 수업시간에 푸는 문제의 정답이 눈에 보이는 게 신기할 정도였다. 수학시간에는 심지어 손을 들고 답을 말하기까지 했다. 샌더슨이 구긴 종이를 던지며 "새끼야, 여기가 아카데미인 줄 아냐!" 하기에 그만두긴 했지만.

샌더슨의 말에 이런 생각들이 머릿속을 떠돌았다. '아니, 아카데미인 줄 알 리가 없지. 건물 페인트칠도 형편없고, 학교 식당에서 주는 음식도 너무 맛없어. 선생님이 수업 중에 무슨 질문을 해도 아이들은 대답하지 않고, 사물함에서는 양말 썩은 냄새가 나. 아카데미에서는 새로 칠한 오일 향기가 났는데 말이지.'

하굣길에, 두 다니엘과 함께 아틀라스 상을 지나쳤다. 한동안 들키지 않으려고 이 길을 피해 다녔기 때문에, 참 오랜만에 와보는 범행 현장이었다. 아틀라스는 여전히 아무것도 어깨에 지지 않은 희한한 자세로 허리를 구부리고 서 있었다. 언덕 아래에는, 체육관 출입문이 나무판자로 막혀 있었다. 당시엔 당장 나한테 닥친 문제 해결에만 급급했기 때문에, 정작 이렇게 시설물에 입힌 피해에 대해선 별 생각을 하지 못했다. 갑자기 엄청난 후회와 반성이 몰려왔다. 20시간 동안 지구본을 닦는 건, 내가 저지른 일에 비하면 정말 새 발의 피에 해당하는 벌이었다.

"진짜 미쳤지 그때." 너스바움이 한숨을 쉬었다. "그래도 네 전성기였어."

"나도 죽을 맛이었어." 난 씁쓸하게 말했다.

샌더슨이 고개를 끄덕였다. "맞아. 차라리 지구본이 주차장으로 굴러갔으면 더 좋았을 텐데. 최소한 열다섯 대는 부서졌을걸."

난 두 다니엘을 노려봤다. "그 변기 상은 내가 아니라 너희들이 받았어야 했어."

너스바움이 다 이해한다는 듯 씩 웃었다. "어쨌든 정말 네가 속한 곳으로 돌아온 걸 환영한다."

내가 속한 곳. 음울한 회색빛의 하드캐슬 중학교 건물을 바라보며, 어쩌면 너스바움의 말이 맞을지도 모른다는 생각이 들었다.

22장
애비게일 리와의 면담
부정행위 조사

베벨라쿠아 선생님 도노반 커티스가 아카데미에서 퇴학당했다는 건 알고 있겠지?

애비게일 애초에 여기 있어선 안 될 애였어요. 첫날부터 느낌이 왔죠.

베벨라쿠아 선생님 나도 마찬가지다. 그래서 도노반이 어떻게 재시험을 통과했던 건지 궁금해하지 않을 수가 없더구나. 누군가 컴퓨터를 해킹해서 대리 시험을 봐준 거라고 추측하고 있어. 혹시 너였니, 애비게일?

애비게일 설마요! 다른 애들은 몰라도 저는 절대로 아녜요! 걔의 존재 때문에 아카데미 전체의 평균이 내려가버렸다구요. 제가 뭐 하러 그런 짓을 하겠어요?

베벨라쿠아 선생님 도노반의 누나 덕분에 '성장과 발육'을 이수할 수 있었잖아. 게다가 로봇공학반에서는 로봇 조종도 맡고 있었고.

애비게일 비디오게임에 미친 애가 그쯤이야 뭐가 어렵겠어요.

베벨라쿠아 선생님 하지만 대회에서 이기려면 조종사가 아주 중요하지. 대회에서 지길 바라진 않을 거 아니니?

애비게일 지고 싶어 하는 사람이 어디 있겠어요.

베벨라쿠아 선생님 무슨 생각인지 안다, 애비게일. 너에겐 교육보다 입시가 중요하겠지. 체스게임 같은 것 아니겠니. 로봇 대회는 다음 단계로 나아가는 과정 같은 거야. 그 과정이 잘 이루어지면, 더 좋은 대학에 갈 수 있겠지. 좋은 대학은 더 나은 미래로 이어지고. 그걸 위해서라면 대리 시험 정도야 쳐줄 수 있잖니?

애비게일 도노반이 없어져도 우리로선 원래 상태로 돌아오는 것뿐인데요. 뭐 하러 그런 멍청이를 도와주려고 그렇게 큰 위험을 감수하겠어요?

23장
클로이 가핑클
IQ 159

가설: 현실은 소설보다 이상하다.

훨씬 이상하다.

아카데미에서 우리는 틀에 벗어난 사고를 하라고 배웠다. 하지만 이건 뭐, 틀을 너무 벗어난 나머지 GPS(세계 어느 곳에서든 인공위성을 이용해 자기 위치를 정확히 알 수 있는 위성항법장치:옮긴이)로도 돌아갈 길을 찾을 수 없을 것 같다.

하드캐슬 체육관에서 일어난 사고, 그게 도노반의 짓이었다. 그 사고의 처리 과정에서 행정상의 실수가 생기면서 아카데미에 편입하게 된 거다.

애비게일의 말이 맞았다. 도노반은 이곳에 있을 친구가 아니었다. 그 말을 가장 먼저 꺼낸 건 애비게일이었지만, 나머지 아이들도 한 번쯤은 그런 생각을 해봤을 거다. 도노반이 다시 아카데미에 발을 들여놓을 일은 영영 없을 거다.

가설: 아무래도 상관없다.

"나도 도노반이 그립구나, 클로이." 결국 참지 못하고 오즈 선생님께 속을 털어놓자 돌아온 답변이었다. "우리 모두가 그리워하고 있어. 하지만 다시 돌아오는 건 불가능하잖아."

"왜요?"

"일단, 교육청 내에서 교육감의 말은 법이나 다름없어. 그리고 도노반은 아카데미에 들어올 수 있는 조건 중 아무것도 충족시키질 못하잖아. 게다가 여기서 도노반이 뭘 할 수 있겠니?"

"그럼 원래는 뭘 했던 건데요? 반에 생기를 불어넣어줬잖아요! 이름 없던 고철 덩어리를 팀의 구성원으로 만들어줬어요! 도노반 덕분에 생겼던 활력이 지금은 싹 사라져버렸어요! 다음 주 대회에는 죽어가는 꼴로 나가서, 아무것도 타지 못하고 돌아오겠죠! 이젠 등교도 별로 하고 싶지 않아요!"

선생님이 경악하며 말했다. "클로이! 넌 아카데미 수준의 교육을 받아야⋯⋯."

"아카데미 수준의 교육을 받아서 이젠 여름학교까지 다니게 생겼네요! 아, 여름학교 말이 나와서 말인데요, 그 해결책을 들고 나온 것도 바로 도노반이었어요. 그런 애를 우리가 쫓아내버렸다구요."

"그건 도노반과 관계없이 순전히 케이티의 의사였어." 선생님이 말했다. "도노반이 하드캐슬로 갔더라도, 케이티만 괜찮으면 계속해서 수업을 진행할 수 있었지."

"동생을 그렇게 퇴학시켜버렸는데 뭐가 좋다고 와서 수업을 해주겠어요? 케이티 언니 탓할 마음은 조금도 없어요. 그냥 학교가 원망스러워요."

가설: 절박한 상황은 극단적인 행동으로 이어진다.

너무 속상한 나머지 태어나서 처음으로 땡땡이를 치고 말았다. 한두 시간이 아니라, 오후 수업 전체를 빠졌다. 난 마을버스를 타고 지금 이 상황을 해결해줄 수 있는 유일한 사람, 도노반을 찾아 하드캐슬 중학교로 향했다.

느릿느릿 움직이며 모든 신호등 앞에서 한 번씩 멈춰 서는 버스 때문에 영원히 도착하지 못할 것만 같았다. 계속 초조하게 핸드폰 시계를 확인했지만, 그런다고 버스가 빨리 가는 건 아니었다. 하드캐슬 중학교 시간표가 어떤지는 몰랐지만, 하교시간이 가까워지고 있는 건 확실했다. 내 무결점 출석부에 처음으로 무단조퇴 기록을 남기면서까지 기껏 갔는데 도노반을 보지 못하고 돌아오게 된다면 정말 슬플 것 같았다.

중학교 앞 정류장에 내리자마자 언덕을 뛰어 올라갔다. 꼭대기에는 어깨에 아무것도 없는 아틀라스 상이 나무판자로 막혀 있는 체육관 건물을 내려다보고 있었다. 맞게 찾아온 모양이었다. 하지만 중학교 건물을 보는 순간 심장이 쿵 떨어지는 기분이었다. 벌써 하교 종이 친 것인지, 학생들이 우르르 몰려나와 스쿨버스에 오르고 있었다.

혹시라도 도노반을 찾을 수 있지 않을까 하는 마음에, 난 900명도 넘는 아이들 사이를 헤치며 미친 듯이 돌아다녔다. 모두들 낯선 동시에 왠지 모르게 익숙했다. 아마 대부분 댄스파티에서 마주쳐서 그런 거겠지. 하지만 그런 걸 신경 쓸 때가 아니었다. 내가 찾고 있는 사람은 정해져 있었다.

몇몇 아이들이 이상한 눈길로 흘끗흘끗 쳐다보기 시작했다.

"도노반 커티스 알아?"

난 남자애 하나를 붙잡고 무턱대고 물었다.

갑작스러운 질문에 돌아온 대답은 멍한 표정뿐이었다.

그 옆에 서 있던 아이가 멍하니 서 있는 친구를 팔꿈치로 찌르며 말했다. "그 농구팀 디스했던 애 있잖아."

"혹시 알고 있니?"

"아는 사이는 아닌데."

가설: 도노반은 하드캐슬에서의 몇 년보다 아카데미에서의 몇 주 동안 주위 사람들에게 더 큰 인상을 심어주었다.

한 학년에 300명씩 있는 이런 큰 학교에서는 학생 하나가 갑자기 사라져도 아무도 알아채지 못하겠구나 싶었다. 아카데미에서는 절대 그럴 일이 없다. 한 명 한 명이 어느 분야에 능통한지, 어떤 잠재력을 갖고 있는지로 각자 존재감을 가지고 있다. 도노반의 경우엔, 얼마나 멍청한지로 유명했지만.

이번에는 여자애 하나를 잡고 물어봤다. "도노반 커티스 알아?"

여자애가 어깨를 으쓱했다. "아카데미로 전학 갔다던데."

"돌아왔을걸." 어떤 남자애가 여자애의 어깨 너머로 불쑥 나타나며 말했다. "그 변기 상 받은 애 아냐?"

"이 주위에서 혹시 본 적 있어?"

으쓱.

가설: 일반 학교 학생들은 어깨를 잘 으쓱인다.

평소에는 일반 학교 아이들의 이런 느슨한 태도를 항상 동경해왔다. 아카데미에서는 볼 수 없는 모습이니까. 하지만 지금은, 마치 물속으로 가라앉고 있는데 아무도 구명튜브를 던져주지 않는 기분이었다.

벌써 버스 몇 대가 떠나고 학생들의 수가 꽤 줄어들었다. 암담한 현실이 나를 짓누르기 시작했다. 오늘 난 도노반을 만나지 못할 거다. 이 먼 길을 와서 허탕만 치고 떠나야 하겠지. 심지어 돌아가는 길도 까마득했다. 도노반을 만나 정확히 무슨 말을 하려 했는지는 나조차도 알 수 없었지만, 얼굴만이라도 보면 마음이 좀 진정될 것 같았다.

그때, 뒤에서 누군가가 거의 소리치듯 큰 목소리로 말했다. "야, 저거 그 체크무늬 아냐?"

뒤를 돌아보니, 다니엘이란 이름을 가진 도노반의 두 친구가 나를 보고 있었다. 난 얼른 그쪽으로 달려갔다.

"와, 만나서 너무 반가워."

"어어-" 한 명이 손을 앞으로 내저으며 말했다. "너무 가까이 오지 마! 네 뇌파 때문에 휴대폰 고장 날 것 같으니까."

"얘들아, 도노반 아직 학교에 있니?"

둘 중 키 큰 다니엘이 비웃으며 나를 내려다봤다.

"이젠 갑자기 도노반을 찾네? 그 똑똑한 학교에서 쫓아내기 전에 미리 좀 찾지 그랬어."

"미리 좀 찾지 그러셨어요." 다른 다니엘이 옆에서 장단을 맞췄다.

난 무시하고 계속해서 말을 이었다.

"맞는 말이야. 만약 결정권이 나한테 있었다면 절대 전학 보내지 않았을 거야. 그래서 도노반이랑 다시 얘기하러 돌아온 거고. 혹시 벌써 집에 갔어?"

"오늘 학교에 안 왔어." 키 큰 다니엘이 대답했다. "교육감이 보험회사에 데리고 갔거든. 체육관을 걔가 부순 건 알고 있지?"

"우리가 옆에서 보고 있었지롱." 다른 다니엘이 덧붙였다. 그러곤 도노반이 생각 없이 나뭇가지로 동상을 치는 바람에 아틀라스

위에 있던 지구본이 언덕 아래로 굴러가게 됐다는 어이없는 얘기를 죽 늘어놓았다.

처음에는 "내가 그런 터무니없는 소리를 믿을 것 같아?" 하고 받아치려 했지만, 웬걸, 들으면 들을수록 도노반의 얘기가 확실했다! 아카데미에 도노반이 반드시 필요한 이유를 알 것 같았다. 아카데미 아이들은 행동하기 전에 늘 생각하고 가장 세세한 점까지 계획을 세운다. 하지만 도노반은 행동이 먼저였다. 동상을 나뭇가지로 치는 것부터, 로봇에 이름을 붙이고, 모터를 훔치고, '성장과 발육' 수업에 적합한 선생님을 찾는 것까지 모두 복잡한 고민이 행동을 앞서지 않았기에 가능한 일이었다. 도노반에게 '행동'은 숨 쉬는 것만큼 자연스러운 것이었다.

"음," 난 더듬거리며 말했다. "전화번호라도 알 수 있을까? 정말 얘기하고 싶어서 그래."

키 큰 다니엘이 화를 내며 말했다. "또 도노반 바보 만들려고? 웃기지 마! 이미 너희들한테 충분히 당했다구."

그 소리에 난 마치 상심한 어린애처럼 창피한 줄도 모르고 울기 시작했다. 첫째 이유는 오늘의 이 부질없는 헛걸음에 대한 막막함 때문이었다. 이 못된 녀석들은 분명 쉽게 연락처를 알려줄 수 있는데도 계속해서 버티고 있었다. 둘째 이유는 바로, 여태껏 우리 반이 잃은 것, 즉 로봇 조종사와 '성장과 발육' 이수시간을 되찾을 생각에만 너무 급급한 나머지 도노반의 기분이 어떨지는 고려하지 않은 이기적인 나 자신이 너무도 한심하기 때문이었다.

가설: 도노반은 아카데미에 있기 아까운 인재다.

"어, 잠깐만!" 다른 다니엘이 말했다. "왜 그래?"

"맘대로 해!" 난 계속 훌쩍거렸다. "그냥 좀 놔둬! 울보라고 놀리든 말든 상관없어! 그냥 우리가 얼마나 보고 싶어 하고, 걔가 떠난 후로 애들이 얼마나 좀비처럼 지내는지 알려주고 싶었을 뿐이야! 바로 다음 주가 1년 동안 준비해온 로봇 경시대회인데, 의욕 있는 애가 아무도 없어! 도노반 기분 상하게 하려고 온 게 아냐! 미안하다고 말해주러 온 거란 말이야!"

말을 마친 뒤, 숨을 가다듬으며 두 다니엘이 나를 비웃기만을 기다렸다. 도노반에게 불쌍한 점이 한 가지 더 있다면, 정말 형편없는 친구들을 두었다는 거다.

키 작은 다니엘이 주머니에서 뭔가를 꺼내 세심한 손길로 펼치기 시작했다. 먼지 가득한 주머니 속에 거의 몇 년은 틀어박혀 있었던 것처럼 보이는 TGI 프라이데이 냅킨이었다. 나한테 건네주기에 고맙게 받아 코를 풀었다.

둘은 한참을 말없이 서 있었다.

마침내, 키 큰 다니엘이 정적을 깨고 입을 열었다. "로봇 경시대회가 언제라고?"

24장
노아 유킬리스와의 면담
부정행위 조사

베벨라쿠아 선생님 이 인터뷰는 캠코더로 안 찍었으면 싶구나. 안 그래도 네 유튜브 채널에 벌써 많이 출연했잖니. 그 문제와 관련한 면담은 나중에 하도록 하자꾸나.

노아 다음 주쯤에 조회 수가 1만 회를 찍을 것 같아요. 매일 늘어나는 조회 수의 비율로 따져봤을 때 말이죠. 간단한 미적분으로…….

베벨라쿠아 선생님 나도 알고 있단다. 수학을 가르치잖니. 자, 이제 내 말에 집중하렴. 보안 네트워크의 암호를 해독해서 컴퓨터를 해킹하는 게 가능하다고 생각하니?

노아 당연하죠. 암호를 해독할 응용 프로그램만 만들면 돼요. 누워서 떡 먹기죠.

베벨라쿠아 선생님 그래서 도노반의 재시험 통과를 위해 네가 그렇게 한 거니?

노아 그럴 생각도 해봤어요. 우린 도노반이 정말 필요하거든요. 하지만 어차피 쫓겨난 마당에, 그런 짓 해봤자 아무 소용이 없었을 거예요. 그 동상 사건 아세요? 그게 도노반의 짓이었대요. 그 장면을 찍어서 유튜브에 올렸으면……

베벨라쿠아 선생님 잠시만. 그럴 생각도 해봤다고 했니?

노아 당연하죠. 하려고 했었어요. 그런데 까먹었어요.

베벨라쿠아 선생님 확실하니? 내가 어떻게 그걸 믿을 수 있지?

노아 그때 비디오를 찍고 있었는데, 막 기억이 났을 때는 이미 시험이 끝난 뒤였어요. 도노반이 교실로 돌아왔는데 별로 속상해 보이지 않아서 잘 봤겠다 싶었죠. 꽤 쉬운 시험이잖아요.

베벨라쿠아 선생님 이렇게 중요한 일을 아무렇지 않게 본다니 믿을 수가 없구나. 부정행위는 자신이 하든 남을 도와주든 굉장히 심각한 사안이야. 그런 짓을 하면 학교에서 퇴학을 당할지도 몰라.

노아 정말요?

25장
도노반 커티스
IQ 112

족보닷컴을 보면, 제임스 도노반 씨는 워싱턴에서 열린 상원 청문회에서 타이태닉호 침몰에 대해 증언했다고 나와 있다. 나도 지금 그런 상황에 놓여 있었다. 다른 점이라면 내가 진술해야 하는 증언은 '보이지 않는 빙하에 우연히 선박이 부딪혔다'가 아니라, '내가 빙하를 들어 선체를 반으로 잘랐다'에 가깝다는 거다.

교육감 말로는, 보험회사 직원들이 사건의 전말을 나한테 직접 듣고 싶다고 했단다. 퇴근 후 자녀들에게 온갖 잔소리를 늘어놓을 것같이 생긴 사람들이었다.

괴로운 건 증언이 아니라 슐츠 교육감의 차를 타고 보험회사까지 가는 시간이었다. 교육감은 근본적으로 자신이 저지른 잘못 때문에 나를 미워하는 사람이었다. 게다가 운전은 또 얼마나 천천히 하는지, 같은 거리여도 보통 때보다 두 배는 더 걸리는 듯했다. 대화도 없었다. 그나마 기뻤던 건, 교육감이 나를 집에 내려줬을 때 베아트리체가 차 안으로 기어 올라와 바닥 매트에 오줌을 싼 거였다. 이 멍청한 개가 은근히 좋아지고 있었다.

요즘 베아트리체는 내 소울메이트나 다름없었다. 걔나 나나 늘 맥이 빠진 채로 생활했고, 사람들의 눈을 피해 지하실에 숨었다. 우리는 보일러실 바닥에 나란히 누워서 천장으로 연결된 배관을 멍하니 쳐다보며 시간을 보냈다. 베아트리체의 배는 이제 누나 배보다 더 크게 부풀어 올라 있었다. 안에서 새끼가 발로 찰 때 배의 피부가 떨리는 게 눈에 훤히 보였다.

엄마는 다시 '비영재'로 돌아온 내 상태에 크게 신경 쓰지 않는 듯 보이려 애쓰고 있었다. 하지만 얘기를 하다 보면 그렇지 않다는 사실이 너무나도 확연히 느껴졌다.

"이 엄마는 네가 영재학교에 들어가게 됐다는 편지를 받았을 때만큼이나 네가 자랑스럽단다."

무슨 느낌인지 감이 오지 않는가? 다시 읽어보라. 내 말 뜻을 이해할 수 있을 거다.

누나는 향수에 젖어 있었다. "이상하지만 그 천재 녀석들이 정말 그리워. 아프가니스탄에 있는 브래드 동료들이 궁금해하더라. 왜 일주일 넘게 배 영상이 유튜브에 안 올라오냐고."

아빠는 테레빈유가 범퍼 스티커를 떼는 데 아주 탁월했다며, 더 이상 당신이 '영재학교 명예 학생의 자랑스러운 학부모'가 아니라는 사실을 공표했다.

무엇보다 끔찍한 건 바로 학교생활이었다. 말도 안 되게 어려웠던 아카데미에서의 공부와 달리, 하드캐슬의 수업은 너무도 쉬웠다. 웃기게도, 그동안 아카데미에서 했던 공부가 이제야 효과를 발휘했다. 이전과 달리 성적표에는 A만 가득했다. 하지만 기쁘기는커녕 자꾸 아카데미 생각이 나서 오히려 괴로웠다. 전혀 다른 두 세계에 발을 들였는데, 그 세계가 서로에게서 점점 멀어져가는 기분이었다.

다니엘 녀석들은 내 기운을 북돋아주려고 애썼다. 하지만 그런 노력에는 대부분 내가 자기들의 재미를 위해 뭔가 문제가 될 만한 행동을 하게 만들겠다는 속셈이 들어 있었다. 하루는 악취탄을 가져와 나한테 주면서 식당에 던지라고 하기에 거절했더니, 진심으로 놀라는 눈치였다. 교칙을 지키고 말고의 문제가 아니었다. 더 이상 그렇게 놀고 싶지 않은 것뿐이었다. 어깨에 아무것도 지지 않은 아틀라스 상이 언덕 위에서 나를 굽어보고 있는 지금, 아무래도 악취탄 따위의 장난감으로 사고를 칠 기분이 아니었다.

화요일에 과학실 해골 모형에 끼우라고 흡혈귀 이빨을 가져왔을 때도, 수요일 교직원 식당에 놓으라고 라텍스로 만든 토사물 모형을 가져왔을 때도 난 같은 반응을 보였다.

그래서 목요일 복도 저 멀리서 걸어오는 다니엘 녀석들이 눈에 띄었을 때는, 미리부터 걱정이 되기 시작했다.

"이번엔 또 뭐냐? 물비누통에 알레르기 파우더를 넣을까? 환풍기에 신경가스를 풀까? 샐러드 소스에 청산가리라도 타리?"

"그보다 훨씬 나은 거야." 너스바움이 약속했다. "하루쯤 학교에서 벗어나서 멘탈 힐링 하는 건 어때?"

"농담하지 마."

"우릴 믿으라니까." 샌더슨이 말했다.

이번에는 거절이 통하지 않을 모양이었다. 정말 맹세컨대, 난 이 때도 녀석들이 그냥 장난을 치려는 건 줄 알았다. 늘 그래왔던 녀석들이니까. 게다가, 누가 봐도 땡땡이인 이런 상황에, 뭐 얼마나 대단한 곳에 데려갈까 싶었다.

다니엘 녀석들이 나를 건물의 옆문 밖으로 밀었다. 뿌리치고 다시 들어가려 하는데 그때 커브길에 주차되어 있는 차를 발견했다. 운전석은 운전자의 거대한 배가 차지하는 공간 때문에 뒷좌석 쪽으로 한껏 당겨져 있었다.

누나였다.

"이게 무슨 상황이야?"

너스바움이 씨익 웃었다. "닥치고 일단 차에 타."

"안녕, 도니." 차에 오르자 누나가 인사했다.

다니엘 녀석들도 뒷좌석에 자리를 차지하고 앉았다.

"드라이브 어때?"

난 얼떨떨했다. "어디 가는데?"

"오늘이 얼마나 특별한 날인데, 임마." 샌더슨이 고개를 들이밀며 말했다.

"무슨 날인데?"

"자, 생각해봐." 너스바움이 말했다. "일단 내 생일은 아니고,

부활절 축제도 아냐. 크리스마스? 벌써 지났지. 독립기념일도 아니고……."

"헛소리 좀 그만해!"

누나가 웃었다. "재 좀 그만 괴롭혀라. 어서 말해줘!"

"진짜 까먹은 거야?" 샌더슨이 다그쳤다. "네 여자친구가 진짜 실망하겠다."

"무슨 여자친구?"

"걔 있잖아, 아카데미에 체크무늬 클로이."

"걔는 내 여자친구가 아니……."

그런데 클로이를 떠올리자 갑자기 오늘이 무슨 날인지 기억났다. 세인트 리오의 더체스 경기장에서 로봇 경시대회가 열리는 날이었다!

나한테 깡통맨을 보여주려는 모양이었다.

가장 처음 든 생각은 '가기 싫다'였다. 하지만 그 말을 입 밖으로 꺼내기도 전에, 속으로는 엄청 가고 싶다는 걸 인정할 수밖에 없었다. 사실 정말이지 그 어디보다도 가고 싶은 곳이 바로 경기장이었다. 본부가 아닌 관람석에 앉아 경기를 지켜본다는 건 참 가슴 아픈 일일 거다. 하지만 아무것도 보지 못하는 것보다는 낫다. 깡통맨이 콜드스프링하버를 비롯한 우리 주의 최고 로봇들과 경쟁하는 자리인데, 가서 응원이라도 해줘야겠지.

"로봇 경시대회 너무 좋아." 너스바움이 신나서 떠들었다. "슈퍼볼이랑 똑같은 거 아냐. 훨씬 지루하고 아무도 관심 없다는 것만 빼면."

난 고개를 저었다. "오늘인 거 어떻게 알았어?"

"내가 알려준 거 아냐." 누나가 끼어들었다. "난 오늘 그냥 운전해주는 거야. 이 계획 세운 건 네 친구들이라구."

"네 여자친구한테 들었다." 샌더슨이 대답했다. "너 찾아서 학교 왔는데, 우는 소리로 징징거리는 게 딱 요즘 네 꼴이더라. 그래서 둘 다 닥치게 하려면 촌스러운 로봇 경시대회장에서 운명적인 재회를 하게 해줘야겠다고 생각했지."

"아무튼 고맙다."

하지만 '아무튼'이 아니라 진심으로 고마웠다. 이 장난꾸러기들이 이런 이벤트를 계획할 줄 누가 상상이나 했겠는가.

세인트 리오는 하드캐슬에서 겨우 70킬로미터 떨어진 거리에 있었지만, 누나가 중간에 화장실을 두 번이나 들르는 바람에 도착하는 데 한 시간도 넘게 걸렸다. 도시 가장자리에 있는 더체스 경기장에 들어서는 순간, 난 그 엄청난 크기에 압도되고 말았다. 아카데미 아이들이 늘 매우 크고 중요한 대회라고 말할 때는 그냥 대수롭지 않게 생각하고 넘겼었는데.

"진짜 슈퍼볼 아냐?" 너스바움이 조용히 혼잣말처럼 말했다.

관람석이 드넓은 경기장의 가장자리를 죽 둘러싸고 있었고, 한쪽에는 각 팀의 점수판이 나란히 정렬되어 있었다. 그 뒤의 공간을 각 팀의 작전본부로 쓰는 듯했다. 총 36개의 점수판이 있었다. 경기장의 다른 쪽에는 우리가 아카데미 강당에서 깡통맨을 갖고 연습했던 것과 흡사하게 생긴 대회 코스가 있었다. 더 이상 팀의 일원이 아닌데도 눈앞에 펼쳐진 광경에 심장이 두근거렸다. 아카데미 아이들에게 하도 여러 번 들었던 터라, 처음 와보는 곳인데도 예전에 봤던 것처럼 익숙하게 느껴졌다.

얼른 관람석 의자를 차지하고 앉은 누나가 우리가 앉을 자리까지 맡아두었다. 샌더슨이 의자에 깊숙이 기대 앉아 야구모자로 얼굴을 덮으며 중얼거렸다. "혹시 무슨 일 있으면 깨워라."

주위를 살피다가 드디어 아카데미 본부를 발견했다. 아이들이 바닥에 누워 깡통맨의 아랫부분에 있는 부품을 만지고 있었다. 깡통맨! 다른 로봇들도 많았지만, 내 눈에는 우리 로봇밖에 들어오지 않았다. 내가 만든 건 아니었지만, 그리고 내가 조종할 것도 아니었지만, 그래도 왠지 한없이 자랑스러웠다.

"야—" 너스바움이 샌더슨을 쿡쿡 찔렀다. "저 약골처럼 생긴 쪼그만 애, 저번에 네 얼굴 발로 찬 녀석 아냐?"

샌더슨이 허리를 펴고 앉아 너스바움이 가리키는 곳을 봤다. "쟤, 안 작아. 관람석이 높아서 그렇게 보이는 것뿐이라구."

난 웃으며 말했다. "내 자리 좀 맡아줘. 잠깐 내려가서 애들한테 인사하고 올게."

관람석을 가득 채운 참가자 부모들과 형제들, 지도교사들 사이를 비집고 나가 경기장 바닥으로 뛰어 내렸다. 점수판들을 지나면서 다른 팀의 로봇을 흘긋흘긋 확인해봤는데, 별로 특별한 건 없어 보였다. 물론 아직 작동 전이라 그렇게 보이는 거겠지만.

다른 지역에서 온 참가자들을 내가 알 리 없었지만, 그럼에도 왠지 친근하게 느껴졌다. 딱 영재학교 아이들같이 생겼기 때문이다. 노아 같은 비상한 괴짜들, 점수에 미친 애비게일 같은 범생이들, 라트렐 같은 천재 엔지니어들, 클로이 같은 만능 영재들까지. 가끔씩은 나처럼 천재 집단에 무임승차한 것같이 보이는 평범한 아이들도 눈에 띄었다. 부품을 수리하고 미세 조종 중인 팀도 있었고, 다른 팀 아이들과 인사를 나누는 아이들도 있었다. 몇몇 본부에서는 노래를 틀어놨는데, 그중 한 본부에서는 아예 춤까지 추고 있었다.

배너에 '콜드스프링하버 중학교'라고 쓰여 있는 팀이었다. 하지만 배너를 보지 않았더라도 충분히 알아챌 만했다. 접근성 좋은 곳에 위치한 도구 선반부터 팀원들이 짬짬이 쉴 수 있는 해먹까지, 다른 팀들에 비해 훨씬 좋은 장비와 깔끔하게 정돈된 기지를 갖추고 있었다. 게다가 콜드스프링하버의 로봇은 첨단기술을 자랑하는 최신식 공장에서 막 뽑아낸 것 같은 완제품의 모습을 갖추고 있었다. 깡통맨이나 다른 로봇들처럼 집에서 만든 잡동사니 같은 구석이 하나도 없었다. 사실 모양만 따지면 할머니 댁에 있는 국 냄비에 바퀴와 로봇 팔을 붙인 것과 비슷해 보였지만, 크기로는 로봇의 제왕 같았다. 난 녀석에게 '냄비고질라'라는 이름을 붙여줬다.

전년도 우승자인만큼, 콜드스프링하버 팀은 무슨 유니폼이라도 되는 양 모두가 오만한 표정을 얼굴에 띠고 있었다. 그 아이들은 실제로 옷을 맞춰 입고 있었다. 다른 여러 대회에서 수상한 기록을 수놓은 맞춤 티셔츠였다. 얼마나 재수 없어 보이는지, 목구멍에 냄비고질라를 쑤셔 넣어주고 싶었다.

냄비고질라를 지나 아카데미 본부가 있는 좁은 길을 따라 내려가는데, 도착도 전에 벌써부터 입꼬리에 미소가 걸렸다. 못 본 지 1주일밖에 안 된 친구들인데도, 다시 팀원들을 보게 된다는 생각에 가슴이 벅차올랐다.

하지만 그것도 잠시였다. 본부에 다다라 오즈 선생님을 부르려는 순간, 정장 차림의 키 큰 남자가 시야에 들어왔다.

슐츠 교육감.

난 도노반 역사상 가장 빠른 속도로 방향을 바꾸었다. 교육감과 마주치면 안 된다! 원래 학교에 있어야 할 시간인데! 아틀라스 사건 때는 교육감 자신의 이미지를 생각해서 약하게 처벌했다. 하지만 지금 잡힌다면, 정말 죽은 목숨이나 다름없다.

놀란 가슴을 가다듬으며 자리로 돌아왔다.

"아직 안 끝났냐?" 졸다 깬 샌더슨이 중얼거렸다.

"애들 어때?" 누나가 친근하게 물었다. "잔뜩 긴장하고 있지?"

"괜찮아 보이던데." 난 누나를 안심시켰다.

동시에 나도 괜찮아 보이기를 바랐다.

26장
오즈본 선생님
IQ 132

주 로봇 경시대회.

1년 중 내가 가장 좋아하는 날이다. 우리 학생들의 실력을 발휘하기에 이처럼 좋은 기회가 없다. 다른 학교들은 각종 운동 경기들로 학교의 이름을 빛낸다. 하지만 영재 프로그램은, 역시 로봇 대회가 가장 적합하다. 이곳에서는 창의력, 디자인, 엔지니어링, 기계공학, 전자공학, 컴퓨터공학, 이 모든 것을 '대회'라는 활기찬 배경 아래서 결합할 수 있다. 정말 신이 주신 날이다.

하지만 올해만큼은 예외가 될 것 같았다.

아이들은 모두 김빠지고 힘없는 상태로 경기장에 도착했다. 인정하기 싫지만, 나도 마찬가지였다.

도노반, 그 녀석이 필요했다. 조이스틱을 다른 아이들보다 잘 다루기 때문이 아니었다. 각기 다른 능력을 가진 우리 학생들을 하나의 팀으로 모아주려면 도노반이 필요했다. 겉으로는 크게 도움이 안 되는 것처럼 보였지만, 사실 도노반이 없으면 팀워크가 전혀 이루어지지 않았다.

사실 도노반에게 화가 났어야 맞다. 기물 파손이라는 끔찍한 일을 저지른 데다, 거짓으로 아카데미에 들어와 우리를 처벌을 피하기 위한 수단으로 사용하지 않았던가. 게다가 재시험에서 부정행위까지 저질렀다. 자기가 직접 했든, 다른 학생이 도와줬든 간에 말이다. 어찌 됐든 도노반은 아카데미와는 너무도 다른 세상에서 온 아이였다.

내가 좀 더 올곧은 교사였다면, 도노반의 갑작스런 퇴학에 불만스러워하는 반 아이들을 따끔하게 혼냈을 것이다. 그럼에도 불평이 계속된다면, '도노반 커티스'라는 이름을 교실 내에서 절대 언급하지 못하도록 엄격한 규칙을 세웠을 것이다. 그마저 효과가 없으면, 자신의 이익을 위해 거짓말과 부정행위를 일삼는 사람은 진지하게 대할 필요가 없다는 사실을 학생들에게 분명히 설명해 줬을 것이다. 처음에는 정말 그러려고 했다. 하지만 결국 그럴 수 없었다. 마음속 깊은 곳에서는 나 역시 도노반을 아이들만큼 그리워하고 있었기 때문이다.

그런데 그리움이 너무도 심해진 탓인지, 경기장에서 도노반이 계속 보이는 것 같은 착각이 들었다. 한번은 정말 똑같이 생긴 아이를 봐서 손을 흔들어주려 했는데, 다시 돌아보니 그 자리에 아무도 없었다. 도노반은 우리에게 그 정도로 강한 인상을 심어주고 간 학생이었다.

슐츠 교육감이 나와 악수하며 아이들에게 친근하게 고갯짓을 했다.

"행운을 빕니다, 여러분. 잘할 거라고 믿어요."

하지만 아이들의 눈빛은 마치 벽돌이라도 뚫을 기세였다. 그도 그럴 것이, 우리의 도노반을 강당에서, 아이들의 생활 속에서 끌고 나간 장본인이 바로 그였기 때문이다.

첫 라운드는 로봇이 전자 눈으로 바닥의 색선을 읽고 움직이는 자동 운행 경기였다. 깡통맨의 차례가 돌아왔을 때, 콜드스프링하버 팀은 이미 2위인 오처드 파크 팀과 여유로운 시간차를 두고 최단 기록을 세운 터였다. 깡통맨이 정확하게 코스를 도는 동안 아이들은 내 주위에 쭈그려 앉아 스톱워치를 잔뜩 긴장한 채 지켜봤다. 비록 비공식 기록이긴 하지만, 경기 전 연습할 때처럼만 나오면 콜드스프링하버의 로봇을 앞지르기에 충분했다. 모든 팀의 차례가 끝나자 점수판에 순위가 올라왔고, 우리는 콜드스프링하버를 2초 앞서 1등을 차지한 덕에 10점의 추가 점수를 받고 첫 라운드를 마무리할 수 있었다.

두 번째 라운드까지 꽤나 긴 재정비 시간이 있었는데, 나는 경험상 이런 쉬는 시간이 대회 도중엔, 특히 1위를 달리고 있을 땐 별로 좋지 못하다는 사실을 알고 있었다. 정비할 필요가 없는 부품까지 재확인시키며 아이들을 분주하게 만들었지만, 잠시 후 화장실에 갔던 노아가 안경에 커다란 검은색 지문 자국을 묻힌 채 돌아옴으로써 내 우려는 현실이 됐다.

"무슨 일이야? 그거, 페인트냐?"

"도장 잉크예요." 기분이 상한 노아가 신경질적으로 말했다. "콜드스프링하버 애들이 이렇게 했어요. 화장실에서 기다리고 있더라구요."

나는 얼굴을 찌푸렸다. 이게 바로 다른 팀에는 없는 콜드스프링하버 팀만의 특징이었다. 늘 떼를 지어 우르르 몰려다니는데, 그중에는 로봇에 별 흥미가 없어 보이는 괴팍하게 생긴 남자애들이 꼭 두셋쯤 끼어 있었다. 아마 다른 학교 학생들에게 위협을 주려는 목적인 것 같았는데, 노아가 거기에 아주 보기 좋게 당한 것이었다.

애비게일이 화를 냈다. "심판한테 신고해야 해요! 가만있어선 안 돼요!"

"진정해라." 나는 애비게일에게 유킬에이드 한 컵을 건네며 말했다. "그냥 우리 정신 산만하게 하려고 하는 짓이니까. 이런 걸로 신경 쓰면 재들 술수에 넘어가는 거야. 콜드스프링하버는 잊어버려. 깡통맨으로 본때를 보여주면 되니까."

하지만 경기가 진행될수록, 이런 감정적인 요소들이 팀을 크게 방해하기 시작했다. 조종을 맡은 애비게일은 이제 꽤 괜찮은 실력을 자랑하지만, 전문가 수준인 도노반보다 못한 건 어쩔 수 없었다. 물론 도노반이 조종한다고 깡통맨의 속도가 빨라지거나 하는 건 아니었다. 하지만 방향 조절 등에 민첩한 면이 있어 시간 단축에 유리했다. 반면 애비게일의 조종은 늘 필요보다 2.5센티미터쯤

어긋나서, 다시 제자리로 돌아오는 데 추가 시간이 걸렸다. 더 설명할 필요도 없이, 두 번째 라운드에서 콜드스프링하버는 1등자리 탈환에 성공했다. 경기가 진행될수록 우리의 순위는 3등, 4등으로 차차 떨어졌다. 5등까지 떨어지면 본선 진출이 불가능하다.

기지에서 우리는 깡통맨을 어떻게든 살려보려 노력했다. 노아는 소프트웨어 진단 프로그램을 돌렸고, 라트렐과 케빈은 이음과 베어링 등 물리적인 면에서 재정비를 했다. 본선에 진출하기 위해서는 아무리 세세한 것이라도 무시할 수 없었다.

조이스틱을 잡고 있는 애비게일의 손가락이 떨리는 게 보였다. 이전에도 떨었는지 모르겠지만, 지금 죽도록 긴장한 상태라는 건 확실했다. 라운드가 시작되었는데 나조차 스톱워치의 시작 버튼 누르는 걸 까먹을 정도였다. 그 정도로 경기장의 심리적 압박감은 굉장히 무거웠다.

3개의 로봇이 깡통맨을 앞서고 있었지만, 그건 별로 중요하지 않다는 사실을 우리는 알고 있었다. 지금 이겨야 하는 건 다른 로봇들이 아니었다. 그 문제는 본선에 진출한 후 생각해도 늦지 않다. 이 시점에서 우리의 라이벌은 바로 시간이었다.

깡통맨이 경기장 끝에 있는 막대에 다다르자, 애비게일은 조이스틱의 버튼을 눌러 미니 로봇을 바닥에 풀어놓았다. 우리는 자석이 부착된 미니 로봇이 쇠막대에 붙는 모습을 지켜보았다. 높은 톤의 바퀴 돌아가는 소리와 함께, 미니 로봇이 쇠막대를 오르기 시작했다.

땡! 꼭대기에 다다르자 벨이 울렸다.

라운드는 끝났지만, 가장 초조한 건 지금부터였다. 과연 본선에 진출할 수 있을 정도의 기록을 세우는 데 성공했을까? 아니면 5등으로 떨어져 예선에서 탈락하고 말까? 우리는 손을 잡고 둥글게 둘러서서 점수판에 순위가 뜨기를 기다렸다.

마침내, 본선 진출 팀들의 이름이 차례로 나타나기 시작했다.

1. 콜드스프링하버
2. 오처드 파크
3. 아베크롬비 프렙
4. 하드캐슬 교육청 영재아카데미

본선 진출이었다.

27장
도노반 커티스
IQ 112

난 자리에서 번쩍 뛰어오르며 공중으로 주먹질을 해댔다.
"바로 그거야! 잘한다, 깡통맨!"
두 다니엘은 나보다도 먼저 일어나 미친 사람처럼 환호하고 하이파이브 해대며 주위 사람들의 짜증 어린 시선을 사고 있었다. 움직이기 싫어하는 누나조차 일어나서 신나게 응원했다.
지금 기지에서 무슨 일이 일어나고 있을지 궁금해 견딜 수가 없었다. 죽어라고 본선 준비를 하고 있겠지. 오즈 선생님과 애비게일은 작전을 세우고 있을 거다. 하지만 모든 건 조종사인 애비게일의 손에 달려 있다. 손에 조이스틱을 쥐었을 때의 그 긴장감은 내가 잘 알지.
두 다니엘은 곧 시작될 본선을 마치 메이저리그 월드시리즈의 투수 비교라도 하듯 진지하게 분석하기 시작했다.
"한눈에 봐도, 깡통맨은 최고의 로봇이야." 너스바움이 말했다.

"그렇지 않다면 예선을 통과하기 힘들었을 거야."

 "그렇지만 라운드가 진행될수록 콜드스프링하버와의 격차가 점점 벌어지고 있어." 샌더슨이 우려 어린 목소리로 덧붙였다. "본선에서 조종을 제대로 못 하면, 바로 끝이지!"

 졸지 않고 저런 농담을 하고 있는 걸 보면, 녀석들도 로봇 대회에 꽤 푹 빠진 모양이었다.

 이곳저곳 설치된 못들에 서로 다른 크기의 풍선 고리를 가져다 거는 본선 경기를 위한 준비가 끝나기까지는 약 20분이 걸렸다. 모든 로봇 관련 대회에 필수적으로 들어가는 종목이니만큼 정말 끝없이 연습했었는데. 고리의 크기별로 점수가 다르다. 더불어 빠르게 끝낼 경우 추가 점수가 주어진다. 조종이 꽤 까다롭지만, 그만큼 역전의 기회도 있다. 가장 신경 써야 할 점은 바로 속도와 정확도 간의 균형이다. 그 균형의 수치를 컴퓨터보다도 빠른 속도로 계산해서 내뱉는 노아의 모습이 상상됐다.

 팽팽한 긴장감이 감도는 침묵 속에 네 개의 로봇이 출발선으로 옮겨졌다. 콜드스프링하버의 번쩍번쩍 빛나는 냄비고질라 옆에 서 있으니, 깡통맨이 진짜 레이싱 카 옆의 장난감 차처럼 초라해 보였다. 바나나를 먹는 아인슈타인의 사진은 냄비고질라의 로봇 팔끝 높이밖에 되지 않았다. 다윗과 골리앗의 모습을 보는 것 같았다.

 호루라기 소리와 함께, 경기가 시작됐다. 클로이가 초록색 고리를 집게손에 걸어주자, 깡통맨은 못을 향해 트랙을 달리기 시작했다. 네 로봇 모두 첫 번째 고리를 목표 지점에 거는 데 성공했지만, 아베크롬비 프렙 팀이 조금씩 뒤처지는 게 보였다.

"가자, 깡통맨!" 샌더슨이 소리쳤다.

"할 수 있어!" 너스바움이 덧붙였다.

두 번째 고리의 모양을 보고 난 숨을 죽였다. 작은 크기의 검은색 고리였다. 다루기 어렵지만, 그런 만큼 가장 높은 점수를 딸 수 있는 기회였다. 오처드 파크 팀은 헐거워진 바퀴를 조이는 데 시간을 허비하며 확 뒤처지고 말았다. 그사이 못을 향해 부지런히 움직인 깡통맨이 고리를 걸기 위해 공중으로 팔을 높이 들어 올렸다. 조금만 잘못 움직이면 고리가 바닥에 떨어지고, 그와 함께 아카데미의 희망도 산산조각 날 거다.

다행히 고리는 안전하게 못에 걸렸고, 경기장은 환호성으로 가득 찼다. 깡통맨은 다음 고리를 가지러 클로이한테 유유히 돌아왔다. 냄비고질라도 빠르게 굴러가고 있었지만, 가장 어려운 고리를 이미 성공한 지금, 승기는 우리 쪽으로 기울어져 있었다.

다음은 가장 큰 분홍색 고리였다. 문제는 바로 이때 일어났다. 깡통맨이 침착하게 경기장을 가로지르고 있을 때, 맞은편에서 오던 냄비고질라가 갑자기 속도를 올리기 시작했다. 냄비고질라의 한쪽 팔이 깡통맨의 이동 경로를 스치면서 깡통맨의 팔에 걸려 있던 분홍색 고리를 가볍게 쳐 바닥으로 떨어뜨렸다. 가벼운 고리라서 떨어지는 소리는 없었지만, 우리에게 그건 폭탄 투하나 마찬가지였다.

관중석에서 엄청난 반응이 터져 나왔다.

"안 돼애애애애!" 두 다니엘이 소리쳤다.

오즈 선생님이 자리에서 일어나 심판들에게 소리 질렀지만, 심판들은 손짓으로 선생님을 막았다.

애비게일은 공황상태에 빠져 떨어진 고리를 줍지도 못하고 우왕좌왕했다. 그사이 냄비고질라는 빠른 속도로 깡통맨을 따라잡았고, 오처드 파크와 아베크롬비도 격차를 점점 좁혔다.

난 벌떡 일어섰다. "반칙이잖아!"

누나가 나를 째려봤다. "허튼 짓 하지 마, 도니!"

하지만 난 생각도 전에 이미 경기장을 향해 뛰고 있었다. 내가 뭘 할 수 있을지는 나도 잘 몰랐다. 일단 애비게일을 진정시키고 떨어진 고리를 줍는 방법을 설명해줘서 다시 경기를 진행할 수 있게 해야겠다는 생각뿐이었다.

난 계단을 내려가 바닥으로 뛰어내렸다.

제일 먼저 나를 알아챈 사람은 클로이였다.

"도노반?"

하나둘씩, 팀원들이 나를 알아보기 시작했다. 아이들의 얼굴이 밝아지는 게 보였다. 반가운 인사 소리가 터져 나왔다. 하지만 지금은 여유롭게 상봉의 시간을 즐길 때가 아니었다. 일분일초가 긴박한 상황이었다.

"도노반!" 애비게일이 절박한 표정으로 눈을 휘둥그레 뜨며 나를 불렀다.

난 나부터 진정하려 애쓰며 고리를 줍는 방법을 설명하기 시작했다. "일단 조이스틱 들고……."

하지만 애비게일이 그보다 더 나은 방법을 제시했다. 나한테 조이스틱을 던져주고 숨을 몰아쉬며 뒤로 물러난 거다.

이런 상황에서 내가 뭘 어떻게 해야겠는가? 난 로봇 팔을 아래로 낮추고 고리를 튕겨 올려 집게손에 걸었다. 그러곤 지체 없이 목표 지점으로 깡통맨을 움직여, 민첩하게 고리를 못에 걸었다.

시간이 없었다. 난 곧바로 방향을 바꾸어 클로이 쪽으로 깡통맨을 조종했다. 하지만 클로이는 비탄에 빠진 표정으로 고개를 저을 뿐이었다. 곧바로 그 의미를 파악했다. 너무 늦었다. 냄비고질라가 이미 마지막 고리를 가져가버린 뒤였다.

머릿속에 비상이 걸렸다. 콜드스프링하버가 우승 트로피를 받도록 놔둘 순 없다. 녀석들, 나한테 잘못 걸렸어. 난 깡통맨을 냄비고질라의 이동 경로를 향해 곧장 몰았다.

"도노반!" 오즈 선생님이 소리쳤다. "그만둬!"

냄비고질라가 더 크고 무거웠지만, 깡통맨 안에는 아카데미 건물의 모든 바닥을 반짝반짝 광내고 다녔던 강력한 모터가 숨어 있었다.

난 집게손을 사용해 냄비고질라의 몸통을 바닥에서 들어 올렸다. 거대 로봇의 메카넘 바퀴가 공중에서 휘휘 돌아가는 게 보였다.

경기장에 대혼란이 일어났다. 콜드스프링하버 아이들이 죽어라

소리 질렀지만, 아카데미 아이들도 지지 않았다. 심판이 호루라기를 불었지만 다른 소음들에 묻혀 들리지 않았다. 클로이 뒤에서 나한테 소리치는 슐츠 교육감의 목소리도 마찬가지였다. 어쨌든, 이제 와서 멈출 수는 없었다. 깡통맨은 감정이 없는 고철과 전선 덩어리지만, 난 복수의 맛을 아는 인간이니까.

콜드스프링하버의 조종사는 냄비고질라의 팔을 휘둘러 깡통맨한테서 떨어지려고 노력 중이었다. 빠르게 대처해야 했다. 깡통맨은 경기를 위해 설계된 로봇이지, 전투를 위한 게 아니니까. 난 계획을 약간 수정했다. 90도로 방향을 틀어, 냄비고질라를 마치 공성퇴(옛날에 성문이나 성벽을 두들겨 부수는 데 쓰던 나무기둥같이 생긴 무기:옮긴이)처럼 들고 심판석으로 향했다.

"도-노-바-안!" 오즈 선생님이 소리 질렀다.

하지만 이미 엎질러진 물이었다. 심판석 테이블의 쇠로 된 가장자리를 냄비고질라로 내리치자, 심판들이 자리에서 일어나 도망갔다. 거대한 냄비 로봇은 움푹 파인 채 바닥에 떨어졌다. 한쪽 팔은 거대한 몸체에 힘없이 달려 있었지만, 다른 쪽 팔이 깡통맨 쪽으로 슬금슬금 접근했다. 난 재빨리 깡통맨을 뒤쪽으로 뺐다.

혼란에 빠진 관객들의 소리를 뚫고 들릴 정도로 소름끼치는 비명이 내 뒤에서 들려왔다. 노아가 사건 현장으로 뛰어든 거다. 녀석은 텅 빈 심판석 의자를 집어 들더니 WWE 프로레슬링 스타일로 냄비고질라의 빛나는 몸체를 내리치기 시작했다.

쾅! 또다시 쾅! 쾅! 쾅!

아까는 살짝 부상당한 정도였다면, 이제 냄비고질라는 완전히 마무리됐다. 한 번 부르르 떨리더니 픽 고꾸라져서는, 뒤집혀 바둥대는 바퀴벌레처럼 바퀴만 하염없이 돌아갔다.

방금까지 흥분과 안타까움, 공포, 웃음, 분노로 가득 차 있던 경기장이, 이제 과연 어떻게 될 것인가에 대한 긴장감으로 갑자기 조용해졌다. 제정신이 아닌 상황이었지만, 내겐 이상하리만큼 익숙한 느낌이었다. 엄청난 사고를 친 후, 그 행동의 결과가 나오기까지의 짧은 간격. 마치 시간이 멈추고 모두가 얼어붙은 것 같았다. 이제 어떤 미래가 펼쳐질지 알 수 없었지만, 뭔가 분노로 가득 찬 슐츠 교육감과 연관되어 있을 거라는 확신이 들었다.

그때 갑자기 높은 톤의 새된 목소리가 으스스한 침묵을 깨고 들려왔다. "도니!" 누나가 관람석 계단을 간신히 걸어 내려오며 소리쳤다. "도니, 때가 됐어!"

제정신이 아니었기 때문에 그 말을 제대로 이해하는 데 무리가 있었다. "무슨 때?"

클로이는 나와 달랐다. 역시 영재였다. "아기!" 클로이가 소리쳤다. "아기 만날 시간이 된 거야!"

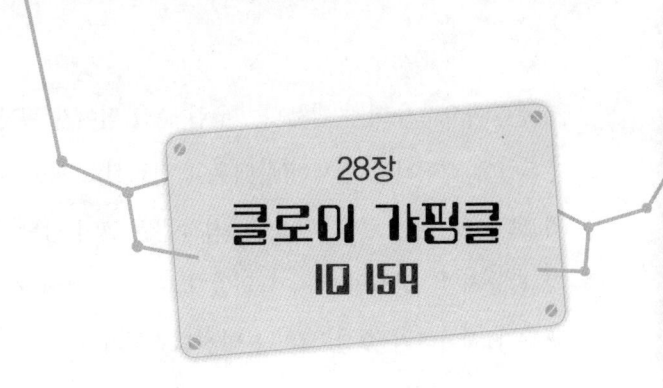

28장
클로이 가핑클
IQ 159

가설: 운전 속도는 사건의 긴박한 정도에 비례한다.

노란 미니버스가 세인트 리오 종합병원의 응급실 앞에 멈춰 서자, 실격당한 아카데미 로봇공학반 아이들이 케이티 패터슨을 부축하며 버스에서 내렸다. 오즈 선생님과 도노반이 접수를 하는 동안, 케이티와 나머지 아이들은 노아가 개발한 호흡법을 연습하며 대기실에 누워 있었다.

"걱정 마." 케이티가 호흡법을 보고 당황하는 두 다니엘에게 말했다. "이 임신은 공동작이거든."

"멋지네요." 키 큰 다니엘이 여전히 혼란스러운 표정으로 말했다.

문이 열리며 병원 직원이 휠체어를 밀고 대기실 안으로 들어왔다. "패터슨 부인." 그러다 바닥에 누워 있는 우리를 보고 경악했다. "바닥에서 뭐 하고 계세요?"

"괜찮아요." 노아가 말했다. "우린 출산 팀이거든요!"

직원은 케이티를 휠체어에 태우고 진료실로 밀고 들어갔다. 우리 모두 그 뒤를 졸졸 따랐다. 직원들은 그리 탐탁지 않아 하는 것 같았지만, 선택의 여지가 없었다. 두 다니엘만 제외하면 우리 모두가 케이티의 출산 코치나 마찬가지였기 때문이다. 평소와 달리 두 다니엘은 입을 꾹 다물고 있었는데, 그렇게 얌전한 모습은 처음 봤다.

우리는 호흡법대로 숨을 쉬고 스톱워치로 케이티의 진통 시간을 재며 한참 동안 진료실을 지켰다. 마지막 초음파 사진을 확인하고, 케이티의 심장박동을 유의 깊게 살펴봤다. 모든 게 순조로웠는데, 도노반만큼은 아기를 낳는 누나보다 더 겁에 질린 모습이었다. 계속해서 부모님과 전화하며 누나의 상태를 알렸다. 우리도 각자 집에 전화를 걸어 경시대회가 예정보다 한참 늦게 끝날 것 같다고 가족들에게 알렸다.

마침내, 때가 됐다고 판단한 의사가 케이티를 데리고 분만실로 들어갔다. 남동생인 도노반도 함께 들어갔다. 그동안 우리는 대기실에 모여 앉아, 음, 대기했다.

이 정신없는 하루를 함께 겪은 두 다니엘은 꽤나 넋이 나간 표정이었다.

"이게, 그 영재 프로그램에서 보통 하는 건가요?" 키 큰 아이가 물었다. "그러니까, 이런 걸 주로 해요?"

오즈 선생님이 힘없이 웃으며 대답했다. "로봇 대회 망치고 와서 출산을 보는 것 말이냐? 아니, 우리도 참 정신없는 날이란다."

"우린 어떻게 되나요?" 애비게일이 걱정스럽게 물었다. "다음 대회에 출전 금지를 당할까요?"

선생님이 어깨를 으쓱했다. "나도 모르겠구나. 다른 로봇의 경로에 끼어드는 건 아주 심각한 반칙이야. 처벌이 따를 수밖에 없어."

"당할 만했어요!" 작은 다니엘이 폭발했다. "제가 도노반을 1학년 때부터 봐왔는데요, 오늘이 가장 멋있었어요! 완전 정의롭잖아요!"

"치명타를 날린 건 나야." 노아가 끼어들었다.

"그래, 너도 끝내줬어." 키 큰 다니엘이 말했다. "까불면 안 되겠어. 저번에 제대로 배웠다."

나도 목소리를 높였다. "도노반이 규칙을 어기긴 했지만, 옳은 일을 한 거였어요. 콜드스프링하버가 먼저 진로 방해를 했잖아요."

선생님이 한숨을 쉬었다. "심판들이 그걸 봤어야 말이지. 만약 못 봤다면 정당방위도 안 되는 거야."

"그래도 효과적이었어요." 노아가 끼어들었다.

케빈이 손을 비볐다. "흠집 난 걸 보니까 아주 쌤통이던데요."

"팔까지 떨어졌으면 좋았을 텐데." 라트렐이 애석하다는 듯 말했다.

"확실히 걔들이 이기도록 둘 순 없었어요." 애비게일이 주저하며 말했다. "우리가 못 이기는 한이 있어도 말예요."

제이시가 입을 열기에 또 이상한 소리를 하겠지 하고 마음의 준비를 하고 있는데, 이번에는 확신 어린 부드러운 목소리로 이렇게 말할 뿐이었다. "도노반이 잘했어."

도노반이 학교에 온 후로 모두가 얼마나 바뀌었는지 깨닫고 새삼 놀랐다. 몇 주 전이라면 대회를 이렇게 망친 것에 대해 모두가 충격과 비탄에 빠져 있었을 거다. 하지만 지금은 우리의 적에게 본때를 보여준 것에 흡족해하고 있었다. 오즈 선생님이 도노반이 우리를 닮아갔으면 하고 바랐다면, 실제로는 그 반대가 된 거다. 우리가 도노반에게 가까워지고 있었다.

난 우리 학교가 좋지만, 조금은 평범해지면 좋겠다는 바람을 늘 갖고 있다.

가설: 마침내 성공했다.

한 시간쯤 기다리고 있는데 슐츠 교육감이 대기실에 나타났다. 헝클어진 머리에, 넥타이도 풀어져 있었고, 깔끔하게 다려진 양복엔 주름이 져 있었다.

우리를 살펴보며 교육감이 물었다. "아직 별 소식 없나요?"

"네." 오즈 선생님이 대답했다.

교육감이 기진맥진한 모습으로 말했다. "로봇은 차 트렁크에 있고, 나머지 물품은 강당 창고에 보관해뒀습니다. 유킬에이드 빼고요. 그건 그…… 난리 중에 쏟아졌어요."

"심판이 뭐라고 하던가요?" 오즈 선생님이 물었다.

뭐 하러 굳이 답을 듣고 싶은 건지 의심스러웠다.

"콜드스프링하버와 같이 실격 처리됐습니다." 교육감이 말했다. "오처드 파크 팀이 우승했는데, 올해는 그게 별 의미가 없을 것 같네요. 대회 자체가 대실패를 하는 바람에 말입니다. 친선 경기에서 물리적인 싸움이 벌어졌으니."

"처벌을 크게 받게 되나요?" 애비게일이 작은 목소리로 물었다.

"솔직히 말해서 잘 모르겠구나." 교육감이 대답했다. "몇 번을 물었지만 제대로 대답해주는 사람이 없어서 말이지. 심판들도 이런 일은 겪어본 적이 없는 모양이다. 그게 오히려 다행일 수도 있어."

"잠시 동안은 로봇 대회에서 활동하지 않는 게 좋겠다." 오즈 선생님의 제안에 모두가 동의했다.

활동을 하든 말든, 이번 로봇 경시대회는 죽을 때까지 잊을 수 없을 거다. 깡통맨을 조종해 복수를 하는 도노반의 모습은 영원히 내 머릿속에 기억될 거다. 다른 아이들, 애비게일조차 마찬가지겠지.

가설: 못에 고리를 거는 용도로 설계된 로봇을 파괴의 화신으로 바꾸려면, 우리에겐 없는 새로운 영재성이 요구된다.

그때 분만실의 문이 활짝 열리며 창백한 얼굴의 도노반이 비틀비틀 걸어 나왔다. 초록색 수술가운을 입은 도노반의 모습은 참 볼 만했다.

"끝났어." 도노반이 불쑥 말했다.

"그리고?"

"여자애야." 도노반이 말을 이었다. "누나가 딸을 낳았어!"

대기실이 환호성으로 가득 찼다. 우리는 축하 인사를 던지며 도노반의 등을 두드려주었다.

가설: !!!!

그래, 이건 가설이라 할 수 없다. 그냥, 최고로 멋진 일이다.

"야, 너 이제 삼촌이네!" 키 큰 다니엘이 소리쳤다. "네가 해냈어!"

"케이티 언니가 해낸 거지." 난 다니엘의 말을 정정하며 도노반을 꽉 껴안았다.

도노반은 갑작스런 포옹에 놀란 것 같았다. 아무도 이만큼 가깝게 와본 적은 없을 테니 그도 그럴 만했다. 하지만 오늘은 너무도 축하해주고 싶었다. 도노반이 로봇공학반 교실에 처음 들어서는 그날부터 이렇게 굉장한 일들이 일어날 걸 알고 있었다. 그리고 오늘은 그중 최고의 날이었다.

아이들에게 축하를 받고 있던 도노반은 슐츠 교육감의 모습에 정말 기절할 듯 보였다.

"도노반한테 뭐라 하시면 안 돼요." 내가 끼어들었다. "콜드스프링하버가 먼저 반칙한 거잖아요."

팀원들 전체가 콜드스프링하버 팀에 잘못이 있다며 와글와글 떠들어대기 시작했다.

"질 수는 없잖아요." 도노반이 말했다. "적어도 그렇게는 못 해요."

"규칙을 어기는 건 용납할 수 없단다." 교육감이 무겁게 말했다. "하지만 네가 보여준 공동체 정신, 그건 높이 살 만하구나. 도노반 커티스, 넌 최고의 팀원이야." 그러곤 미소를 지었다. "누나분과 남편 분께 따님 출산 축하드린다고 전해주려무나."

"잠시만요!" 노아의 눈썹이 찌푸려졌다. "딸일 수 없어요. 초음파 사진에선 분명 아들이었다구요."

오즈 선생님이 웃었다. "네가 틀렸나 보구나."

그 말을 들은 노아의 얼굴이 순수한 경이감으로 가득 차올랐다. "틀렸다……" 노아는 반복해서 말했다. "내가…… 틀렸다니."

"괜찮아, 노아. 별거 아닌데 뭐." 내가 말했다.

"별것 아니지 않아. 난 절대 틀리지 않는단 말이야."

그 순간, 평소엔 늘 심각한 채로 굳어 있던 노아의 표정이 바보 같은 순진한 웃음에 와르르 풀어졌다.

"와, 내 인생 최고의 날이야!"

"나중에 운 좋으면 또 틀릴 수도 있어." 도노반이 농담을 던졌다.

노아가 고민했다. "여름학교 다니면서 좀 연구해봐야겠다."

"아니, 여름학교는 필요 없을 것 같구나." 선생님이 기쁘게 말했다. "원래는 열네 시간이 부족했어. 근데 실습은 시간을 세 배로 치잖아. 그러니까……."

난 손가락으로 딱 소리를 냈다. "그런데 오늘 벌써 누나랑 네 시간 있었으니까 한 시간만 더 있으면……."

애비게일의 얼굴에 화색이 돌았다. "여름학교는 없는 거죠?"

슐츠 교육감이 미소를 지었다. "이런 정신없는 날에도 좋은 소식이 들려오는군요. 확인 서명은 제가 직접 하겠습니다."

"그런데 아직 한 시간이 남아 있어요." 선생님이 덧붙였다.

"어차피 집에 안 갈 건데요 뭐." 내가 말했다. "아기 보기 전까지는 못 가요!"

가설: '성장과 발육'은 절대로 의미 없는 수업이 아니다!

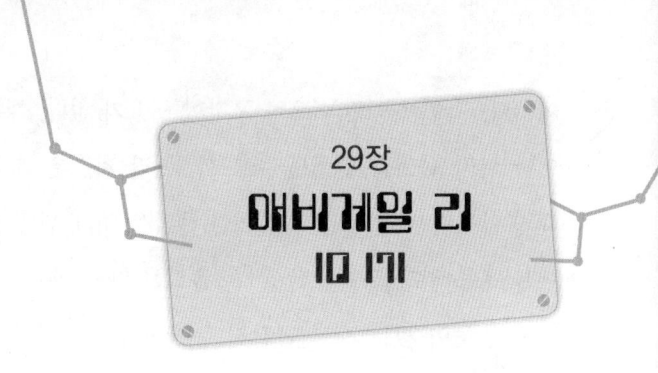

29장
애비게일 리
IQ 171

이대로 내 생활기록부에 오점을 남길 수는 없었다.

대회에서의 불명예스러운 일을 어떻게 잘 포장해야 로봇공학반에서 활동했던 사실을 학생부에 기록할 수 있을까, 한참 고민했다. '실격'은 보기 좋은 단어가 아니다. '출전 자격 박탈'은 더욱 있어선 안 될 단어다. '과학자로서 적합하지 않은 행실', 아, 절대 안 돼.

결국 이렇게 합의를 보기로 했다.

2012 주 로봇 경시대회, 파워 랭킹 1위(DNF)

DNF가 Did Not Finish(끝내지 못함)의 약자라는 사실, '파워 랭킹'이란 게 실제로는 존재하지 않는다는 사실에 관심을 가질 사람은 별로 없을 거라고 믿는다. 저 1위는 그냥 우리가 재수 없는 콜드스프링하버 아이들 코를 납작하게 눌러줬다는 뜻이다. 이렇게 쓰면 하버드 대학 입학처에서도 무심코 지나쳐버리겠지. 물론 노아 같은 아이는 이런 식으로 포장할 필요가 없다. 걔는 아무 대학이나 골라 들어갈 수 있을 테니까. 정작 자신은 대학 진학을 바라지 않겠지만 말이다. 내가 이런 생각을 하게 될 줄은 몰랐는데, 너무 똑똑해도 문제인 것 같다. 솔직히 난 노아가 부럽다. 그 머릿속에 들어 있는 지식을 잠시 동안이라도 구경할 수만 있다면 뭐든 할 거다. 하지만 노아가 되고 싶진 않다. 나머지 아이들에겐 사형 선고나 다름없는 '실격' 기록을 갖고도 맘껏 아이비리그 대학을 골라 갈 수 있다 하더라도 말이다.

하버드 입학처에서 알 수 없을 또 다른 사실은 바로 내가 하마터면 '성장과 발육' 이수 문제로 여름학교를 다녀야 할 뻔했다는 거다. 그게 왜 그리 큰 오점이냐고? 여름학교에는 보통 이런 학생들이 다닌다. 가을, 겨울, 봄이 다 가도록 필수 교과를 이수하지 못한 학생들. 성적표를 받기 전까지는 자기 성적도 모르는 학생들. 로즈 장학금(영국 옥스퍼드 대학에서 공부하는 학생들에게 주어지는 장학금:옮긴이)이 뭔지도 모르는 학생들. 적어도 그 기록을 피하는 데는 성공했다. 도노반 커티스 덕분이다.

그래, 내가 도노반한테 못되게 굴었던 건 나도 인정한다. 여전히 난 그 아이가 영재 프로그램에 들어와선 안 됐다는 기존 입장을 고수한다. 하지만 동시에 도노반이 행정상 실수로 인해 아카데미에 편입하게 된 건 모두에게 행운이었다고 생각한다.

그리고 이건, 하버드 입학처에서 절대 알아선 안 될 또 다른 사실로 이어진다. 하버드뿐만 아니라 예일, 프린스턴, 컬럼비아, 브라운, 다트머스, 스탠퍼드, 펜실베이니아, 코넬 대학 입학처 모두. 누군가 이 사실을 알아낸대도 난 절대 아니라고 부정할 거다. 명예훼손으로 고소를 할 수도 있다.

도서관 컴퓨터를 해킹해서 도노반의 재시험을 도운 사람은 나였다.

놀라운가?

나도 그렇다.

30장
노아 뮤킬리스
IQ 206

유튜브에 어떻게 동영상이 올라가게 된 건지 잘 모르겠다.

관계자들은 올해 대회의 공식 영상이 우리의 "학교 이미지를 깎아먹은 불명예스럽고 폭력적인 행동" 때문에 외부에 공개되지 않을 거라고 말했다.

하지만 경기장을 정복하는 깡통맨의 동영상은 바로 다음 날 '분노의 로봇'이란 제목으로 유튜브에 올라왔다.

원래는 제목을 '터미네이터 다음으로 대박 멋있는 정의로운 로봇의 귀환'이라고 붙이려 했지만, 너무 길어서 관뒀다. 유튜브를 하는 사람들은 읽기보다 보기를 원한다. 검색 유입을 위해선 간단한 제목이 필요하다. 실제로 '분노의 로봇'은 '깡통 메탈리카 스폰지밥 맨, 아이스케키를 하다'의 조회 수를 일주일 만에 돌파하는 데 성공했다.

새로 올린 동영상이 너무도 쉽게 내 채널의 최고 인기 동영상이 된 것에 조금 기분이 상했다. 하지만 아무래도 괜찮다. 왜냐하면 내가 영상 마지막 부분에 콜드스프링하버의 로봇을 의자로 내리치며 주연급 배우로 출연했으니까.

정말 대단한 액션이었다. 마치 WWE 프로레슬링에서 진짜 의자로 내리치는 것처럼 실감나고 소름이 돋았다. 나도 늘 모범적이기만 한 건 아니란 말이다.

하지만 규칙을 어긴 건 이번이 처음이 아니었다.

교무실의 오래된 도트 프린터가 끽끽거리는 소리를 내며 내 수업시간표를 인쇄했다. 마치 승리의 함성을 듣는 기분이었다. 행정실 직원이 시간표를 뜯어내 새로운 학생증, 사물함 안내문과 함께 카운터에 올려놓았다.

직원이 미소를 지었다. "이사 왔니?"

"죽 이 동네에 살았어요. 이제야 영재아카데미에서 쫓겨난 것뿐이죠."

내가 케이티 누나 아기의 성별을 맞추는 데 실수하지 않았더라면 이 멋진 순간은 영원히 오지 않았을지 모른다. 계산하고 분석하고 추론하고 연역하고 추측하더라도 틀릴 수 있다는 사실은 나한테 무한한 가능성을 심어줬다. 이제 나를 놀라게 하는 건 유튜브만이 아니다. 이건 엄청난 발전이자 축복이다.

모두 도노반 덕이다. 도노반이 없었다면 난 3.5킬로그램 나가는 티나 맨디 패터슨과 만날 일이 없었겠지. 아기의 이름을 마리 퀴리 패터슨이라고 짓는 게 어떠냐고 제안해봤지만, 케이티 누나는 단호하게 거절했다. 대신 생일날을 빛냈던 스타, 깡통맨(Tin Man)의 이름을 따 '티나'라고 지었다.

난 그 이름에 반대표를 던졌다. 왜냐하면 실격을 당한 이상, 깡통맨을 '스타'라고 보는 건 무리가 있기 때문이다. 하지만 케이티 누나는 내 의견을 묵살해버렸다. 하긴, 진짜 1등을 한 오처드 파크 팀의 이름을 따 '오처드 파크 패터슨'이라 지을 순 없겠지.

아기를 그리 좋아하는 편은 아니지만, 티나가 아주 귀여운 표본이라는 사실은 인정할 수밖에 없었다.

어떻게 생겼는지 궁금하다면 내 유튜브 채널을 구독하시길. 티나가 내 신발에 침을 뱉는 영상을 가장 추천한다. 그때 티나를 처음으로 안아봤기 때문에 개인적으로 가장 좋아하는 동영상이다. 케이티 누나는 우리가 3분 동안 흐르는 물에 손을 씻은 후에야 아기를 안아보는 걸 허락했다. 산부인과 병동의 멸균 비누를 사용할 경우 1분이면 대부분의 병균 제거에 충분하지만, 괜히 그 사실을 말했다가 아기 안을 기회를 박탈당할까 봐 그냥 입을 다물었다.

난 행정실 직원에게 고맙다는 인사를 한 후 유인물과 학생증을 집어 들고 교무실을 나왔다.

내가 틀렸다니. 아직도 그 생각을 하면 설렌다. 오늘, 이 영광스러운 순간이 이뤄지기까지 나한테 자신감과 용기를 심어준 동기였다.

"노아?" 복도에서 누군가 나를 불렀다.

뒤를 돌아보자 가장 고마운 나의 은인이 서 있었다. 나의 이전 학교 친구이자, 다시 학교 친구가 된 녀석.

"여기서 뭐 하냐?" 도노반이 물었다.

자랑스러운 기분에 가슴이 벅차올랐다. "전학 왔어."

그 말에 녀석은 충격을 받은 모양이었다. "퇴학당했어? 대회에서 의자로 내려친 것 때문에?"

"아니. 그게 아니라, 네 재시험을 도운 것 때문에."

처음엔 놀란 표정을 짓던 도노반이 점점 화난 얼굴로 바뀌었다. "그럴 줄 알았어! 그 머리 갖고 왜 그렇게 사냐, 임마! 왜 그랬어? 재시험 보든 말든, 어차피 내가 계속 다니는 건 무리였어. 뭐 하러 나 때문에 학교생활을 망쳐?"

"내가 부정행위 한 게 아냐." 난 신나서 말했다. "그냥 그랬다고 말한 것뿐이지."

도노반의 목소리가 높아졌다. "왜?"

"베벨라쿠아 선생님이 그러더라. 부정행위는 퇴학당할 수 있는 심각한 사안이라고. 그런 기회를 놓칠 순 없잖아?"

도노반이 끙 하고 신음소리를 냈다. "미쳤어. 게다가 이젠 진짜 도와준 애가 누군지 알 수도 없게 됐잖아."

난 어깨를 으쓱했다. "내가 알려줄게. 애비게일이었어."

"설마!" 도노반의 눈이 커졌다. "애비게일이 첫날부터 날 얼마나 싫어했는데! 왜 날 돕겠어?"

너무도 당연한 걸 설명해야 하는 게 당황스러웠다. "네가 최고의 조종사고, 또 케이티 누나가 '성장과 발육' 선생님이기 때문이지. 애비게일이 가장 중요시하는 건 딱 한 가지야. 애비게일 자신."

"안 믿겨." 도노반이 무뚝뚝하게 말했다.

"믿어. 내가 했다고 거짓말해야 해서, 애비게일이 해킹했던 기록을 싹 지웠단 말이야."

놀라움과 체념이 도노반의 얼굴에 교차했다. "미쳤구나."

"이젠 나랑 아무 상관 없어. 봐, 이제 여길 다니니까 이런 말도 할 수 있는 거야. 무슨 상관이야? 난 괜찮아!"

등에 지고 있던 엄청난 짐을 내려놓은 것처럼 가볍고 기분 좋은 말이었다.

도노반이 한숨을 쉬었다. "음, 그래, 축하한다. 드디어 소원 이뤘네. 그나마 너한테 어려운 과제를 던져줄 수 있는 학교에서 쫓겨나는 데 성공해서."

난 솔직히 대답했다. "거기서도 어려운 건 별로 없었어."

"여기보단 수백 배 어려워." 도노반이 말했다. "여긴 너 같은 애한테는 완전 바보 천국이야. 지능이 거의 시체 수준으로 느껴질지도 몰라."

난 고개를 저었다. "난 케이티 누나 아기의 성별을 틀렸어. 그러니까 다른 것들도 충분히 틀릴 수 있다는 말이야. 어려운 건 학교 커리큘럼이나 교육에서 오는 게 아니야. 실생활에서 오는 거지."

내가 듣기에도 멋있는 말처럼 들렸다. 미지의 세계에 발을 들여놓는 기분은 참으로 짜릿했다. 지금 난 그냥 미래를 향해 나아가는 게 아니었다. WWE 스타일로, 정복하러 가고 있었다. 무한한 발전 가능성을 가진 노아 유킬리스 시즌 2.0.

 아, 내가 틀릴 수도 있다니.

 얼마나 멋진 일인가?

31장
도노반 커티스
IQ 112

처음엔 흐린 화면이 떴다. 노아가 노트북 키보드를 몇 번 두드리자, 그제야 무거운 검은색 헬멧, 고글로 가려진 얼굴이 스크린에 선명히 나타났다. 무전의 통신상 문제로 오디오가 지지직거렸고, 시끄러운 탱크 엔진 소리가 배경음처럼 깔렸다.

"패터슨 중위님?" 노아가 소심하게 불렀다. 그러곤 좀 더 큰 목소리로 다시 말했다. "패터슨 중위님?"

매형의 표정이 당황스럽게 바뀌었다. "누구지?"

같은 탱크 안에 있던 다른 대원들이 카메라로 모여들어 우리를 가리켰다. "그 유튜브에 나왔던 애잖아요! 중위님 딸이 침 뱉은 애!"

자기를 알아본다는 사실에 노아는 기분이 좋은 모양이었다. "탱크 멋지네요. 아프가니스탄은 어때요?"

"매형, 저 도노반이에요. 보여드릴 게 있어요."

매형이 고글에 가려진 눈을 찌푸리며 물었다. "케이티 있어? 지금 낳고 있는 거야?"

누나가 노트북 앞으로 기대며 인사했다. "안녕, 자기야. 이제 조금 있으면 시작돼."

매형이 신이 난 표정으로 외쳤다. "카메라 좀 돌려줘! 봐야겠어!"

노아는 노트북을 돌려 내장 웹캠으로 병원의 하얀색 벽과 클로이, 애비게일, 라트렐, 제이시, 케빈의 모습을 차례로 담았다. 그리고 마지막으로 수술 마스크를 쓰고 있는 오시니 의사선생님에게 렌즈를 고정했다.

옆에 있던 다른 대원이 눈을 커다랗게 뜨며 물었다. "이게 뭔 일이래요? 지난주에 딸 태어나지 않았나요? 설마 아직 안 나온 쌍둥이 동생이 있는 건가?"

노아가 다시 노트북을 들어 오늘의 산모를 화면에 담았다. 뚱뚱하게 부풀어오른 차우차우, 베아트리체였다.

"베아트리체!" 목이 멘 매형이 울먹였다. "아빠다! 좀만 힘내!"

아프가니스탄을 가로지르는 탱크 안에서, 패터슨 중위는 사랑하는 베아트리체가 수술대에 새끼 강아지 여섯 마리를 낳는 모습을 눈물을 흘리며 지켜봤다. 누나가 몇 시간 동안 병원에서 진통을 겪은 데 비해, 베아트리체의 분만은 90초 정도밖에 걸리지 않았다.

"진짜 빠르네." 노아가 말했다.

"너무 예뻐, 브래드." 누나가 쉰 목소리로 말했다. "티나 태어나는 건 못 봤지만, 그래도 애들은 볼 수 있어서 다행이야."

노아가 노트북의 마이크에 가까이 대고 말했다. "신호가 점점 약해져요. 산 같은 데에 계세요?"

"그건 기밀 사항이란다." 매형이 대답했다. "누군지 모르겠지만, 정말 고맙다. 탱크에 영상 채팅을 걸 정도면 정말 실력이 대단한 건데."

"'분노의 로봇' 영상 정말 잘 봤다!" 옆의 대원이 덧붙였다.

이어서 수신기의 잡음이 '팟' 하고 터지며 화면이 꺼졌다.

"신호 놓쳤어요." 노아가 말했다. "다른 인공위성 해킹해볼까요?"

"아냐." 누나가 말했다. "근무 중이잖아."

'성장과 발육' 과목은 이렇게 하루 동안 '포유류 식육목 개과의 성장과 발육'이라는 특집 수업을 진행하게 됐다. 얘기 끝에, 아기 티나를 위해 한 마리만 키우고 나머지 다섯은 분양하기로 결정 났다. 그중 한 마리는 클로이가 데려가기로 했는데, 내심 다행이라는 생각이 들었다. 강아지 소식을 빌미로 클로이와 계속 연락할 수 있으니까.

노아는 생각보다 꽤 빠르게 하드캐슬 중학교에 적응해나갔다. 나랑 두 다니엘이 괴롭힘 당하지 않도록 보디가드 역할을 해줘서 그런 건지도 모른다. 그렇지 않다면 어떻게 될지 누가 알겠는가. 우린 모두 노아를 좋아한다. 특히 노아한테 맞은 전적이 있는 샌더슨은 노아가 오직 천재들만 할 수 있다는 비밀 무술, '괴짜도'의 달인이라고 주장했다. 하지만 노아는 지구상에 존재하는 인간들 중 제일가는 샌님이다. 계속해서 자기도 틀릴 수 있다고 말하고 다니는데, 아직까지는 그런 일이 없다.

오즈 선생님이 특별히 부탁한 덕에, 노아와 나는 1주일에 세 번씩 로봇공학 수업을 들으러 미니버스를 타고 아카데미에 간다. 보험회사가 마침내 지급한 보험금으로 체육관을 수리할 수 있게 돼 요즘 한창 기분이 좋은 슐츠 교육감도 이 계획에 찬성했다. 언덕 위에 남아 있던 아틀라스 상은 지구본과 함께 행정실 건물의 지하실로 들어가게 됐다. 아직 사회봉사시간이 5시간 반이나 남아 있는데, 이제 동상 닦을 일은 없는 셈이다.

슐츠 교육감은 각 학교마다 새로운 동상 아이디어를 공모하는 상자를 설치했다. 난 내 조상이자 동료 '생존자'인 제임스 도노반 씨를 기리는 마음에 '타이태닉호' 기념비를 만들자고 써서 상자에 넣었다.

노아는 나와 함께라면 아카데미로 잠깐 돌아가는 것도 나쁘지 않다고 했다. 난 로봇공학반 교실에서 조이스틱을 다루는 그 시간이 너무나 즐겁다. 애비게일한테 재시험 얘기를 꺼내진 않았다. 여전히 나를 싫어하는 것 같지만, 그래도 예전보다는 덜하다는 느낌이 든다. 아마 모든 게 밝혀져서 그나마 기분이 나아진 걸지도 모른다. 진짜 영재인 자신과 내가 같은 위치에 있는 것으로 취급받던 예전과 달리, 이제 난 공식적으로 '평범한 학생'이 됐으니까. 조이스틱을 다룰 때만 빼면 말이다.

 우리는 내년 대회에 내보낼 '헤비메탈'을 개발 중이다. 그때가 되면 고등학생 신분으로 출전할 테니, 올해 중학생 로봇 경시대회에서 있었던 일을 기억해내는 사람은 없을 거다. 깡통맨의 '횡포'는 영원히 대회의 오명으로 남겠지만, 우리 팀원들은 배경에 묻혀 사람들의 기억 속에서 사라지겠지. 나중에 사람들은 깡통맨을 떠올리며 '그런데 도대체 뭐가 로봇을 그렇게 움직이게 만든 걸까?' 하고 궁금해할지도 모른다.

 뭐긴. 나뭇가지로 동상의 엉덩이를 쳐서, 세상을 바꾼, 아니 적어도 내 세상을 통째로 뒤엎은 거대한 도미노의 시작을 끊은 그 충동적인 성격이 바로 주인공이지. 족보닷컴조차 내 그런 성격의 근원에 해답을 주지 못했다. 조절하려고 노력 중이지만, 언젠가는 또다시 불쑥 튀어나와 나를 이보다 더 큰 사건에 빠트리리란 걸 난 알고 있다.

 영재가 아니라도 그 정도는 알 수 있다. 안 그런가?